ラルーナ文庫

歪な絆と満ちた情慾

柚槙ゆみ

三交社

CONTENTS

Illustration

篁 ふみ

歪な絆と満ちた情慾

本作品はフィクションです。
実際の人物・団体・事件などにはいっさい関係ありません。

第一章　失恋の痛手

右足を踏み出すと、下ろしたばかりのモカシンがぐちゅりと音を立てた。ソックスも雨で濡《ぬ》れていて気持ちが悪い。デートのために購入した黒のチェスターコートも、水を吸って重さを感じる。

なんとか終電に飛び乗ったが、結局この駅止まりの電車で降りざるを得なかった。改札を抜けた先、秋雨にしてはかなりの雨が降っていた。

（あーあ、奮発して買った服と靴が。あと五つ先の駅だったら家だったのに、ここからタクシーはちょっとな。漫画喫茶かカプセルか。とにかく休みたい）

傘も差さずに夜の駅前をとぼとぼ歩きながら、雨宮和幸《あまみやかずゆき》はため息を吐《つ》いた。これ以上濡れるのは嫌だな、と思っていると、予想を裏切って急に雨は大粒になり始めた。さすがに雨宿りを考えて、足元の水を跳ね上げながら走りだす。

近くに軒のあるカフェを見つけ、足早にそこへ駆け込んだ。息を乱しながら、腕についた水滴を払う。暗い空はまだ雨を含んだ雲が満ちていて、この様子では当分止《や》みそうにない。

「参ったなぁ」

雨宮が呟《つぶや》くと、雨がさらに激しさを増す。水は地面を打ちつけて跳ね上がり、辺りが白く煙り始めた。夏の雨なら分かるが、秋にこんな降り方をするのは珍しい。まるで雨宮の気持ちを代弁しているようで微妙な気持ちになった。

そんな空を見上げて、濡れないようにと一歩後ろへ下がる。

足元にある黒い看板に気づいて目を留めた。そこにはローマ字で『ＴＯＭＡＲＩＧＩ』と書かれてある。それを見て張り詰めていた気が緩み、どっと押し寄せる疲労に息を吐いた。

今日は半年ほど付き合っている彼女と何回目かのデートだった。いつも洋服が野暮ったいと言われるので、ファッション雑誌を真似《まね》して頭から足先までまるごと購入した。それなのに新品を下ろして出かけたデートで、彼女に振られてしまった。

(今日のは結構、きつかったな。鬼門の三ヶ月を超えたと思ったのに)

二十四歳になった雨宮は、今日の彼女を含めて全《すべ》て同じ理由で振られていた。だいたいは向こうから、好きだから付き合って欲しいと言われる。雨宮がＯＫして交際が始まるが、三ヶ月としないうちに相手側から、もう無理、と告げられてしまうのだ。しかも彼女たちの台詞《せりふ》は決まってこうである。

――和くん、やさしくて格好いいけどさ、なんだかつまんないんだよね。男ならもっとリードしてよ。なんでも私が決めてるじゃん。

確かに彼女たちの言うことには一理あった。デートに行って入る店を選ぶときでも、食事のメニューを選ぶ際も彼女の意見を優先する。気に入ってもらいたいから、というのは表向きで、自分からこれがいい、と主張するのがあまり上手くないのだ。普通の人ならなんなくこなすことでも、雨宮には難しい。

(父さんの……影響かな)

小さい頃から全て父が決めたものを与えられ、口答えせず全て言われた通りにこなしてきた。自分の考えや意見は一切言わせてもらえなかった。そのせいで率先してなにかを決めることが極端に苦手になった。リードして欲しい、と言われたらどうしていいか分からなくなり、ただ困ったように笑うだけなのだ。

逆に指示されたり、相手の決めたことに従うのは苦痛ではない。

(どうしたらいいんだろう)

つまらないとか、男ならもっと引っ張ってよ、くらいならショックを受けはしても言われ慣れている。そんな免疫がつくのもよくないとは思うが、性格なのだから仕方がない。

しかし今回の彼女はその次にこう続けた。

——あなた本当は女性より男性の方がいいんじゃないの?

そんな言葉だったのだ。

どうしてそう言われたのか、その彼女はまるでひとり言でも話すように、呆《あき》れた口調でしゃべり始めた。

――格好いいから連れて歩くのにはいいけど、中身は女の子みたいなんだもん。それに本当は女性には興味ないいんじゃない？　セックスだって……さ。

傷ついた雨宮の胸をさらに抉《えぐ》る勢いで指摘され、苦笑したまま固まった。彼女は少し馬鹿にしたような表情で雨宮を見ると、そのまま席を立って帰ってこなかった。

父が亡くなってからは一度もあの快楽を思い出したことはなかったのに、彼女にそう言われた瞬間、靄《もや》がかったセピア色の記憶がなぜだか一気に蘇《よみがえ》り色づいた。

「まさかそんなこと、あるわけがない」

雨宮が呟いたとき、背後でかわいらしいドアベルの音が聞こえて、ハッとして振り返る。

「あっ」

「あれ？」

小さな窓のついた黒い木製の扉が開き、背の高い男の人が店の中から出てきた。電気が消えていたので閉店していたと思ったが、もしもまだ営業中なら入り口を塞《ふさ》いでいることになる。

「すみません……お店まだやっていましたか？　雨がすごくて、雨宿りさせてもらっていました」

「ああ、もう営業は終わっていますよ。風が出て看板が倒れたらまずいので、取り込みに来ただけで。それにしてもすごい降りですね」

彼が雨宮の隣に立って雨の様子を窺《うかが》う。雨宮よりもずいぶん背が高く体格がいい。白い長袖シャツに黒いベストを身につけていた。高い位置にある腰に黒のタブリエを巻きつけた彼は、空を見上げていた顔をひょいとこちらへ向ける。

「結構、濡れてますね。雨宿り……中でされますか？　まだ止みそうにないですし」

「え、でも、……もう閉店されているのにご迷惑じゃ、ないですか？」

「平気ですよ。店が終わったらいつも一人で晩酌してるので。あ、なんなら洋服が乾くまでそれに付き合ってくださってもOKですよ」

店内の間接照明が小さく灯《とも》されて、店主の顔がさっきよりもはっきり見えた。想像以上に格好いい店主に雨宮は驚いた。赤っぽい髪は硬質そうでヘアジェルでツンツン立たせたスタイルだ。吊《つ》り上がった切れ長の目と、筋の通った高い鼻に形のいい唇。一見すると雨宮が参考にしているファッション誌に掲載されていてもおかしくないような容姿だった。

「でも、あの……」

「これから予定とかありますか？　もう終電終わってますし。あ、この近所に住んでますか？」

だったら濡れても帰りますよね、タクシーに乗ればいいだけだし、と彼はひとり言のようにそう口にしていた。

「ご迷惑じゃなければ……」

「よかった。じゃあどうぞどうぞ。こっちに」

彼は客を迎え入れるように軽く会釈をして、雨宮を店内に案内してくれた。

中はL字型のカウンターに椅子《いす》が七脚ほど設置されていて、テーブル席は四人掛けのものが三つほどだ。カウンターの上には吊るし棚が下がっており、そこには色々な形の酒瓶が並んでいる。

壁は白いモルタル塗りで、ワイングラスを逆さまに吊るした形の照明が、周辺をやわらかく照らしていた。

「靴と靴下、ジャケットも脱いで大丈夫ですよ。奥の部屋にかけておくので」

「すみません。初対面で初めて入ったお店でここまでしていただいて……。本当に大丈夫ですか？」

「あ、いやいや、全く平気だから」

軽いノリでそう言われ、彼は雨宮のジャケットを脱がせ始める。貴重品は手元に置いてくださいね、と念を押されたので、慌ててスマホと財布をジャケットから取り出した。彼は本当に靴と靴下まで持っていってしまう。

（なんていい人だろう。世話好き、なのかな？）

カウンターの椅子に腰かけ、もじもじと足先を動かす。こういう雰囲気あるお店はあまり来ないので心なしか落ち着かなかった。

「お酒は飲める人ですか？」

奥から戻ってきた彼が、カウンターに入ってそう聞いてくる。

「ええ、まあ人並みに」

雨宮の答えを聞いた彼は、手際よくなにやら楽しそうに酒を造り始めた。まるで鼻歌でも飛び出してきそうな感じだ。

「あ、俺はここの店主で横澤《よこさわ》宗《しゅう》っていいます。バイトでもう一人いるけど、彼女が迎えに来て今日はもう帰ってしまいました」

「そうなんですね。俺は雨宮和幸です。実は今日……デートだったんです」

名前を言ったあと思わず口走り、また彼女のあの言葉を思い出す。我ながら情けないな、とため息が零《こぼ》れた。

「デート帰りでその顔ですか？　もしかしてなにかあったんですか？　愚痴とか聞きますよ？　そういうのもバーテンの仕事ですし。ただし、俺の酒に付き合ってくれるなら、ですけど」

ウィンクを自然に飛ばしてくる横澤が、雨宮の前にオレンジ色が鮮やかなカクテルを出してくる。見た目は女性が好みそうなジュースのようだった。

「それ、ウォッカベースで度数ちょっとは高いけど、飲みやすいですから。甘いのは大丈夫？」

横澤の口調が砕けてきた。年齢はおそらく彼の方が少し上だろうが、でもあまり年齢でマウントを取ったりはしない。

「あ、はい。平気です。あ……おいしいですね」

口に含むと、甘いのにきちんとアルコールの味もして飲みやすかった。度数の強いアルコールが胸の辺りを熱く焼くような感覚もない。

「だよね。俺もそれ好きなんだよ。でも飲みやすいからって調子に乗ると、足に来るから要注意」

悪戯《いたずら》っ子のように笑ってみせた彼が、自分のグラスをこちらに掲げてくる。雨宮は慌ててグラスを持ち上げ、カチンとぶつけ合った。

彼の言う通りそれは甘くて口当たりがよく、あまりにおいしいので止まらなくなってしまった。喉《のど》が渇いていたのもあったのかもしれない。

お酒の種類は横澤にお任せで、店が閉店したというのに酒の肴《さかな》まで用意してくれた。

「これはサーモンとクリームチーズと野菜の生春巻きな。ソースはピリ辛。で、こっちはうちで手作りしてる焼き豚。カクテルよりビールに合うのしか残ってなかったけど」

横澤がカウンターの向こう側から出てきて、雨宮の隣に座った。どうぞ、と皿を寄せら

れ、すみません、と軽く頭を下げる。アルコールがほどよく回っていて、頭がふわふわと浮いているようで気持ちがいい。

「で、デートの帰りなのに落ち込んでいる理由は？」

「はは、今日は何回目かのデートだったんですけどね……、恥ずかしい話、スッパリ振られたんです」

グラスに残っているカクテルをぐいっと呷《あお》り流し込むと、頭がグランと揺れる。顔が熱くて目のピントが上手く合わない。酔っている自覚は十分あった。

「振られたのか……そりゃ、雨の中を歩きたくなるわけだ」

横澤の同情するような顔に、なんとも言えない気持ちになる。初めて会った人に酔ってくだを巻きながら、失恋話を聞かせているのだから当たり前だ。それでも溜《た》まっていた憤りのようなものが抑えられない。

頭の中でまた彼女の言葉がぐるぐる回り始める。全員が同じ理由で別れを切り出してきたのだから、きっと彼女たちの言うようにこちらに原因があるのだろう。

「歴代の彼女、みんな同じことを言うんですよ。あなたはつまらない、男なのにリードしてくれないって。でも、好きだから付き合ってと言ってきたのは、みんな向こうからで……。それなのに……」

男の方がいいんじゃないの？　なんて一生忘れられない言葉で振られた。そこまで女性っぽいつもりはない。精一杯付き合っていたつもりだ。確かに優柔不断で決断力は弱いかもしれないが、それが別れる原因になるほどだと自覚はない。

自分は普通だと言い聞かせて、一番初めの彼女を作ったのは二十一歳の冬だった。父が亡くなって半年後のことだ。長続きしなかったのは、初めて付き合った人だし経験が浅かったのだろうと、そんな理由で自分を慰めたのを思い出す。

（じゃあ二人目は？　その次は……？）

考え始めて、頭の中がこんがらがってきた。結局は自分の心の寂しさを埋めるために、彼女たちを利用していた、そんな結論にしか至らない。だとしたら、キツイ言葉で振られても仕方がないのだろうか。

「ふふ、ふはは……、結局、俺は……」

今頃気づいて、雨宮は途端におかしくなってしまう。笑うつもりはないのに、腹の底から笑いが込み上げてくる。酒のせいで箍《たが》が外れ、肩を揺らして笑った。

「俺、なんでこんなことになってるんですかね。父さんと、あんなこと、いっぱいしたから……かな。でも俺だって……何度も……何度もして……バカみたいだ」

酒の影響だと思いながらも、その境目が徐々に曖昧《あいまい》になっていく。そして脳裏に色々な光景が回り始めた。

父の厳しい顔、遺影の笑顔、雨宮の硬直を頬張《ほおば》り見上げてくる欲情した目。そして彼女の雨宮を見る冷めた視線。心に突き刺さった言葉がないまぜになって頭の中に響き渡る。

「おっと、グラスを割るなよ？　ほらこっちに渡して」

力の抜けた指先からグラスが落ちそうになり、それを横から伸びた手がさっと奪い取った。

カクテルはこれで最後ね、と今度はスタウトの瓶を目の前に置かれる。それを乱暴に取り上げて口元へ持っていくと、瓶を傾けすぎて口の端からボタボタと零れてしまった。

「あっ……すみ、すみません……」

「いいよいいよ、っていうか、雨宮さん、お酒そんなに強くないね？」

タオルを持ってきてくれた横澤がそれを渡してくれたのに、摑《つか》み損ねて落としてしまった。

「あっ……あの、すみま……」

椅子から下りてそれを拾おうとしたが、想像以上に足元がふらついてしまった。目の前にあるボトルや横澤の顔がぼやけて見える。たった数杯のカクテルでこんなに酔うのかと思いながらも、雨宮の体は言うことを聞かず斜めに倒れていった。

「ちょ、ちょっと！」

横澤の驚いた声が聞こえて、ヘマしたかも、と考えるが体の反応は鈍い。さらに椅子の脚に自分の足を引っかけてバランスを失い、転倒は免れないはずだった。だが横澤に抱えられて、想像した痛みは襲ってこなかった。

「嘘《うそ》だろ？　人並みに飲めるって言うから、あれを出したのに。ちょっと、雨宮、さん？」

「俺は……女性に興味がないでしょ、って……そんな、そんなこと……ない。男が好きだなんて、そんなの……嘘だ。……嘘だ。父さん……父さん……の……」

横澤にしがみついた雨宮は何度も父のことを呼んでいた。そんな雨宮に抱きつかれても、横澤は嫌がる素振りを見せない。それどころか雨宮を抱き返してくれる。

「そうか、色々あったんだな、分かるよ。鬱憤《うっぷん》は全部吐き出してしまいな。俺が受け止めてやる」

やさしい言葉に涙が滲《にじ》んだ。床の上で一緒になって座り込んで、子供のように泣きだした雨宮を彼があやしてくれる。

彼の肩口に頭を乗せていた雨宮は、近づいてきた横澤の顔をぼんやり見ていた。

「横澤、さ……んっ、んんっ」

唇を吸われ、口腔《こうこう》に舌が忍んでくる。驚いたのは一瞬だった。

キスされるのは悪い気がしなかった。頭の芯《しん》がジン……と痺《しび》れるような感覚に心地よくなりもっと欲しくなる。だから自分から舌を出して催促するように動かした。

「は、ん……ぁっ、ん、ふ、ぁ……」

「なに、あんた……結構エロい顔すんだな」

さっきまでとは違う横澤の口調に腰がゾクっと震えた。背中のシャツを捲《めく》り上げた横澤が、雨宮の素肌を探り始めた。だが酔いの回った雨宮はとても目を開けていられず、ふわふわした意識が徐々に途切れていく。そして瞼《まぶた》の裏で、自分の原点とも言えるような鮮烈な体験を思い出していたのだった。


中学二年の雨宮は、学校帰りに駅前の大きな本屋へ足を伸ばしていた。家の近くにある個人書店はほとんどがシャッターを下ろしてしまい、今はこの駅前の書店だけが手に取って本を買える場所になっている。

今日は受験のための参考書を買うために、この本屋へやってきた。

（えっと……三階だったっけ）

雨宮は階段を使って上へと向かう。店内の客はそれほど多くはないが、雨宮にとって人の多い場所は緊張するのでエレベーターは使わない。さすがに目的地が十階以上の場合は、なんとか我慢してエレベーターを使うのだが。

息を切らせて階段を上りながら、休日に来てしまったことを心なしか後悔した。

欲しい本があるフロアは三階だが、階段を上り終えてフロアに来てみると、そこは以前来たときとは全く雰囲気が違っていた。

（あれ？　売り場が変わったのかな？）

幼さを残す大きな茶色の目で上を見上げると、そこには洋書・芸術と書いてあるのに気づいた。どうやら少し来ないうちに、いつの間にか店内の改装をしたらしい。それほどこの本屋に足を運んでいなかったのかと雨宮は思った。

改めて階段脇《わき》にある館内マップを見ると、雨宮が行きたいフロアは七階になっていた。それを確認して、もの憂げな表情になる。体力にはあまり自信がないから階段で行くのは骨が折れるし、かといってエレベーターは苦手だ。同じ気が重いなら、体力を使わない方で我慢するのを選ぶことにする。

仕方なく上矢印のボタンを押した。幸い狭い空間には人がいなくてほっとして乗り込んだが、途中からたくさん人が乗ってきてやはり辟易《へきえき》としてしまう。

七階に到着して扉が開くと、フロアは三階よりも人がいることに驚いた。コミックスなどが平積みされてあるエリアを足早に避けて、奥の棚のある方へ向かった。そこは比較的人がまばらだ。ほっとして目的の本を探し始める。

（どうして参考書とコミックスが同じフロアなんだろ）

そんな文句を胸の中で呟きながら、棚沿いに歩いていく。しかし目的の参考書がなくてさらに疲労は増した。重いため息も出るというものだ。

しかしここまで来て手ブラで帰るのも嫌だと思い、普段は行かない小説エリアに足を向ける。平積みになっている場所には、店員おすすめ！　と書かれた煽《あお》り文句や、書店大賞などと書かれたカラフルなＰＯＰが並ぶ。そのうちの一冊に雨宮は目を留めた。

（その夜、あなたはどこにいましたか？　……って、どんな話かな。おもしろいタイトルだな）

作者は那花壮一郎《なばなそういちろう》となっているが、雨宮は聞いたことがない。中学に入っても漫画や小説などはほとんど読まず、テレビもあまり見なかった。それは父の教育の影響なのだが、ずっとそういうものだと思っていたのだ。

けれど二年に上がってからは、周囲が漫画やテレビゲームに夢中になり、その話題ばかりになった。

学校では自分が取り残されている気がして、そのことを父に相談した記憶がある。しかし、そんなバカどもと同じになるな、とあっさり一蹴《いっしゅう》されて終わった。

全ては父に管理されている。それは幼少期から変わらず今も続いていた。小さい頃は窮屈に感じなかったことも、色々な情報に触れ知識が豊富になった今は、多少の不自由さにストレスを感じている。かといって父に反抗するなど、馬鹿な行為はしない。してはいけないと、そう躾《しつ》けられてきたからだ。

畏怖《いふ》する存在である父は、雨宮の全てだった。

家で読めるのは父が許した自然に関する本や、芸術に関する本だけだ。毎月もらう小遣いで、いつかこっそり自分の欲しいと思う本を買おうと思っていた。

（買ってみようかな）

どこかの街の風景が表紙で、漫画みたいにイラストではない。これなら父にはすぐバレないだろうと思った。迷わずその那花壮一郎の本を手にしてレジへと向かった。

思春期になって初めて自分で自分の好きな本を買うなんて、世間では遅すぎるのかもしれない。本屋に来るときは決まって参考書を買うためで、買ったものは必ず父が確認した。だから今日の行動はかなりの冒険なのだ。

ドキドキしながら支払いを済ませ、袋に入った本を隠すように鞄《かばん》へと突っ込む。

早く読みたくて足早に書店をあとにして帰路に就く。父に初めて反抗した気分で少しの罪悪感と気持ちのいい解放感に心が躍った。

（この本、いつ読むのかが問題だな）

父は雨宮の様子を窺いに、よく部屋へ入ってくる。こんな本を勝手に買ったとなれば、きっとすごく怒られるだろう。もしかしたら捨てられるかもしれない。

（捨てられるのは、嫌だなぁ）

不安に思いながら家へ帰ってきて、ただいまも言わずに自分の部屋へと駆け込んだ。母はいつもと違う雨宮の様子に困惑していたが、学校で疲れただけ、と言って部屋には入れなかった。

父が会社から帰ってくるまでの間、少しだけ読もうと思い、ベッドの上で寝転んで本を開く。

読み始めてすぐに気がついた。この作者とは息継ぎが合うということだ。だから夢中になって文章を追うことができた。

序盤から伏線と思われる出来事が次々と起こる。ここまで読んだらまた明日にしよう、と思うのに、気になってページを捲ってしまう。

制服も着替えないまま読みふけっていると、バタン、と玄関の扉が閉まる音が聞こえて、雨宮は飛び跳ねるようにして起き上がった。

(まずい、父さんだ!)

部屋の電気も点《っ》けず、ベッドサイドのライトだけを灯して読書をしていたため、外が真っ暗になっているのに気づかなかった。

大急ぎで制服を脱いで部屋着に着替えた。本をベッドのマットレスの下に突っ込み、鞄の中から教科書やら参考書を机にぶちまけて開く。ギシギシと階段を上がってくる父の足音が聞こえて、心臓が体の中で急に暴れ出して雨宮を焦らせた。

「和幸、勉強しているか?」

父の声とともに部屋の扉が開けられる。もちろんノックはない。部屋の電気は点け損ねたが、デスクライトはかろうじて間に合った。

「うん、今から数学だよ」

「そうか、いつも勉強頑張ってるな。でも部屋の電気くらいは点けなさい。デスクライトだけでは目が悪くなるからな」

「そうするよ」

動揺しているのを誤魔化《ごまか》すように、にっこり笑ってみせた。

雨宮は一人っ子で、父が二十一のときの子供だ。身長が高く整った顔立ちは、とても三十五歳に見えず若々しい。白髪など一本もないし、ましてや中年太りもしていない。下手をすれば二十代後半でも通ってしまうくらいの容姿だ。そんな見た目と、笑えば親しげで柔和な印象の父なので、三者面談では担任の女性教諭がうっとりするほどだった。

だが他人が知り得ない父の厳しさを、雨宮は身をもって知っている。父は雨宮の全てを管理していないと気が済まないのは、今も昔も変わらない。

父が扉の脇にあるスイッチを入れて部屋の灯《あか》りを点ける。室内が明るくなって、そのまま何事もなく出ていくのかと思いきや、父の視線がベッド脇のなにかを見つけた。

「これはなんだ？」

落ちているなにかを手にした父が、途端に厳しい眼差《まなざ》しに変わる。それは本の間に挟まれてあった二つ折り広告だ。読む前に抜いてベッド脇に置いたはずが、慌てたばかりに落ちてしまったらしい。

「そ、それは……っ」

「こんなもの、どこで拾ってきたんだ？　なにか買ってきたのか？」

父に睨《にら》まれ、瞬く間に身が竦《すく》んだ。下を向き、このあとに起こる嵐《あらし》が大きくありませんようにと願うだけだ。

父は昔から人を威圧するようなものの言い方をする。今ですら手を上げられることはなくなったが、小学生の頃はよくぶたれた。思春期に入ってからはそこまで手を上げられなくなったが、代わりに違うお仕置きをされるのだ。

「ご、ごめんなさい……」

雨宮は蚊の鳴くような声で謝った。声は震えていて、目に涙が溜まり始める。小さな子供じゃないのに泣きだすなんてみっともないが、お仕置きをされるのは雨宮にとって恐怖だった。

(もう最近はされなくなってたのに……どうしよう)

小学生のときに尻《しり》を素手で何度もぶたれて、わんわん泣いた経験があった。思い出すとあのときは雨宮が悪かったのだ。仕方がないとはいえ、尻を叩《たた》かれるのは子供ながらに辛《つら》い経験だった。

「来年は受験だろう？　そろそろ自覚が必要な時期だというのに、一体なにをしているんだ？　なにを買ったのか出しなさい」

「……っ！」

雨宮は息を飲んだ。初めて自分で買った本だったのに、出せば取り上げられてしまう。それだけは嫌だった。なにも言わずに黙っていると、父は雨宮の傍《そば》までやってくる。そして腕を摑むと強引に椅子から立たされた。

久しぶりにぶたれるのかと思ってぎゅっと目を閉じる。しかしそのままベッドの縁へ座らされた。

「父、さん？」

「父さんに言えないものを買ったのか？」

「……」

言えないのではなく、言いたくないのだと、それが言い出せなかった。

「じゃあ、お仕置きをしないとダメだなぁ、和幸。私が怒るのを分かってて、黙っているんだな？」

俯《うつむ》いていた顔を上げると、ポロリと涙が零れ落ちた。痛いのを我慢すればあの続きを読める、そう思ってしまう。

「尻を出しなさい」

思わぬ言葉に目を見張った。それは小さい頃のお仕置き方法だったが、まさか今も同じように言われると思わず戸惑う。だが有無を言わさぬ父の目と固い声に、雨宮はスウェットのウエストに手をかけるしかなかった。もたもたしながらそれを脱いだが、父はまだ無言の圧力をかけてくる。

「これ……も？」

「当たり前だろう。尻を出せと言えば、昔からそうしていたじゃないか」

言われた通りにトランクスを脱ぎ捨てて、膝頭《ひざがしら》を揃《そろ》え股間《こかん》を隠しながらベッドへ座った。子供でもないのに尻を叩かれるなんて……と思ったが、それで本が読めるなら我慢はできる。

思春期といえば多感な時期で二次性徴が著しい。だが雨宮の場合は違っていた。もともと体が小さいというのもあったが、雨宮のそこはまだ幼さが残っている。精通すら来ていなかったし、下生えもほとんどない。だがそれを見られることが恥ずかしいという、一人前の羞恥心《しゅうち》は持ち合わせていた。

「脚を開きなさい」

「え？」

恥ずかしくて下を向いていた雨宮は、思わぬ言葉に父を見上げる。表情ひとつ変えず、怒りの滲んだ眼差しでこちらを凝視していた。

「手で隠さないで。早く開きなさい」

「……っ」

太腿《ふともも》の間に挟まれた雨宮の性器は手をどかしてもよく見えなくて、一見、女の子のようにも思える。しかし脚を開くのはさすがに憚《はばか》られた。

雨宮は厚ぼったくピンク色の唇をぎゅっと嚙《か》み締め、顔から火が出る気持ちで下を向いた。しかしもたもたしているうちに父が膝を折り、目の前に座り込んでくる。顔を覗《のぞ》き込まれて雨宮は身じろいでしまった。

（なに？　父さん……なにするの？）

父の両手が雨宮の膝頭に乗せられ、強引に開いていく。力を入れて抵抗しても敵《かな》わず、とうとう父の前で股間を晒《さら》してしまった。

ふるんとかわいらしいペニスが揺れ、外気と父の視線に晒される。

「や……、やだ……よ」

「嫌じゃないだろう？　和幸がなにを買ってきたのか言わないから、父さんがお仕置きをすることになるんだ」

「でも……こんな、の……」

恥ずかしくて死にそうだった。なのにどうしてか体が熱い。羞恥でそうなっているのか、それとも別のなにかなのか判断に困り、そして怖くなる。

見られているという行為を直視できず、雨宮は顔を逸《そ》らす。そしてぎゅっと目を閉じた。

「暴れたら、お仕置きは長くなるぞ？」

父の吐息が太腿にかかった。ビクンと体が反応する。そして次に感じたのは、ペニスがなにか温かいものに包まれる感覚だった。

「……はっ、ふっ……！」

雨宮は思わず体を反らし、傾いた体を支えきれずにベッドへ横たえた。

自分がなにをされているのか、なにが起きているのか理解できなかった。うっすらと目を開け下腹を覗き見ると、そこには父の頭がある。それは雨宮の股間で動いているのだ。

次第に刺激を受けたペニスが硬くなるのが分かる。そうすると、部屋にはジュプジュプと卑猥《ひわい》な音が聞こえ始めた。

（こんなの……変だっ）

おかしいと分かっているのに、父の舌が裏筋をナメクジのように這《は》い、亀頭の周りをきゅっと吸われると、腰が無意識にビクビク震えた。それは変な感覚で、トイレを我慢しているときのような、それでいて痺れるような感じだ。

声を必死に我慢していたが、吐息に蕩《とろ》けるような快楽の破片が混ざる。

「ふっ……ぁっ、はっ、はっ……ぁっ、なん、か、出ちゃう……漏れ、ちゃ……う」

「出しなさい。出さないとお仕置きは終わらないよ」

硬直を咥《くわ》えていた父が、口からそれを出して小さな声で囁《ささや》いた。今なにを言ったのか、と我が耳を疑う。この状況ですら飲み込めずにいるのに、漏らせというのだ。

「やだ……父さん……、や、やっ、あっ！」

きゅうっ……と強く吸い上げられて、腰が融けるような感覚に身震いし、背筋を激しい電流が這い上がってきた。それは後頭部から脳天を突き抜けていき、何度か同じように吸い上げられると雨宮は呆気《あっけ》なく果ててしまった。

それが精通だとは分からず、雨宮は父の口の中に粗相をしたと勘違いして涙が止まらなかった。

「これに懲りたら、父さんに隠れて物を買うのはやめなさい。それから、欲しいものがあれば言いなさいと教えただろう？　和幸、お前は今、大人になったんだから、そんなふうに泣くのもやめなさい」

「う……ぅ、ふ、うぅっ……」

ベッドに突っ伏した雨宮は、父の言うことを聞けずに混乱で泣いていた。こんなのおかしい、なんてひどいお仕置きなんだと頭の中で思いながらも、自分が快楽に負けて父の口の中に射精したことを知る。それがとてもショックだった。

父は静かに部屋を出ていき、次の日の朝食で顔を合わせたときには、何事もなかったように笑顔でおはよう、といつもと変わらず挨拶《あいさつ》をしてきた。

あんなお仕置きがもしかしたらこれからも続くのだろうか、そう思うと雨宮は怖くなった。もっと抗うべきだったのかもしれない、そう考えるも、黙って本を買った自分が悪いのだからと、父の行為を責める気持ちになれなかった。

(俺、変なのかな)

もともと性的なことに興味の薄い雨宮だったので、父のあの行為が思いのほかキツいお仕置きになった。しかしそれは一度では終わらず、あの日から週に一度、雨宮の部屋へ来てはペニスを咥えてくるようになった。もちろんなにか悪いことをしたお仕置きなどではない。ただ管理されたのだ。

——和幸。パジャマを脱ぎなさい。そろそろ溜まる頃だろう？　覚えたばかりでまだ若いからね。

初めはそう言われると体が硬直して動けなくなった。だが徐々に、雨宮が射精するのもそれを父が管理するのも当たり前なのかもしれないと思い始めた。そしてその中にあの快楽を見つけてからは、下着を脱ぐことに抵抗がなくなった。

自分からあからさまにそれをねだることはしなかったが、週に一回で我慢できなくなった雨宮は、お仕置きという名目で行為を欲したのだ。

部屋へ入ってきた父の目に留まる場所へ、こっそり買った本を欲望のサインのように置いておく。初めのうちはすぐに咎《とが》められた。しかし雨宮が自分から置いていると察した父は、そのうちなにも言わなくなった。しかし必ず夜にはお仕置きをされたのだ。

「和幸……夕方、お前の部屋でこれを見つけた。また隠れて本を買ったんだね？」

父の手の中には那花壮一郎のミステリー小説があった。そして本を捨てるか仕置きを受けるか、その場で選択させられる。

「ごめんなさい……。我慢できなくて、勝手に買いました。お仕置きは、受けます」

そう言って自ら下着を脱ぎ捨てる。心拍数が静かに上がっていき、下半身に熱が集まり始めた。父の粘つく視線に晒されただけで興奮していくのがたまらなくて、同時に自分の中にある性衝動の奥深さに恐ろしくなる。

雨宮のそこはあの頃と違って大人の男に成長しつつあった。けれど父は変わらずに雨宮のペニスを口に咥え、射精するまで口淫したのだ。しかし一線を越えて雨宮を母の代わりにすることはなかった。亭主関白な部分はあったが母とは仲がよく、喧嘩《けんか》をしているところも目にしなかった。だからそれが本当に雨宮に対しての仕置きであることと、父の愛情表現なのだと察した。

那花壮一郎の本は目に見えて増え、クローゼットはいっぱいになっていった。本屋で彼の名前を見かけるだけで、条件反射的に下半身が疼《うず》くほどだ。

学校の授業を受けているとき、ふとした瞬間に脳裏を過《よ》ぎる。精液を飲み干したときの興奮と悦に浸る父の目を。そして射精の強烈な快楽を思い出して背筋がゾクッとする。嫌悪ではないその肌のざわめきに、雨宮は困惑さえ覚えた。

父と回数を重ねるごとに、初めの頃にあった嫌悪は消え失せ、快楽に従順になっていく体に戸惑った。だがその戸惑いがなくなってからは疼きを抑えきれずに、触れて欲しいと切望した。

性欲の薄かった雨宮が、いまや自室で自慰行為を繰り返すようになっている。年齢的には普通なのだろうが、その異様な欲求の高まりに自分でも制御不能だった。

母が町内会の集まりに出ていき、父が残業で遅くなった日。雨宮は自分の部屋のベッドで横になり、ぼんやり天井を眺めていた。そして目を閉じ、自分の性器が温かくてぬめる口腔に包まれる瞬間を想像する。熱は瞬く間に下半身へと集まり、少し尻に力を入れると、硬くなり始めたペニスが反応した。

吐息を漏らしてジーンズの前を寛《くつろ》げる。それは元気にジーンズを押し上げ始めている。トランクスの布越しにペニスを掴むと、ヒンヤリとした感触が手の平に当たった。想像だけで先走って濡れているのだ。

「……は、ぁっ」

我慢できずに下着の中に手を入れた。硬く熱い雄が主張している。下着をこれ以上汚したくなくてジーンズと一緒に一気に引き下げ、下半身を露出させた。

「ぁ……、ふっ、んっ、あっ」

手の中に包んでゆっくりと扱《しご》く。じんわりとした刺激に腰がぞくぞくする。

（違う……こんなんじゃなかった。父さんの口の中、もっと……もっと熱くて……）

想像だけで射精感が高まる。手の動きが勝手に速くなって、先走りだけで竿《さお》全体が滑らかになり抵抗がなくなっていく。くちゅくちゅと淫靡《いんび》な音が聞こえ始めて、雨宮の息も上がる。

オナニーのおかずが、まさか父のフェラチオだなんて自分でも信じられないが、これが一番興奮した。初めてされたあの記憶が強烈すぎて、どうしても消せない。

快感に任せてがむしゃらに手を動かす。体全体に力が入り、足の指先がピンと張る。腹筋がぴくぴく震え始めると、双珠の収縮を感じ快楽が膨らんだ。

「も、もう……、あぁ……、あっ、で、る……。父さん……出る、あぁっ！」

父を呼びながら果ててしまった。陶酔するような心地よさに目を閉じると、緊張していた体を徐々に弛緩《しかん》させる。熱い息を吐きながら、ゆっくりと目を開いて天井を見つめた。

快楽が遠のいていくと、襲ってくるのは背徳感と切ない物足りなさだ。だから一度だけで終われず繰り返した。そのうちに後ろめたさが薄れ、あまつさえ、今すぐあの温かな口の中で果てたいと願ってしまう。

父と自分の関係が普通でないのは理解していた。だが体は父を求め、父にされたいと思った時点で、雨宮のなにかが壊れていたのだろうと思う。互いに依存し、快楽を共有していたのかもしれない。

高校に入っても大学生になってもそれは変わらず、父だけが精を受け止めてくれた。そのせいか彼女の一人も作れず、異性と交際する気にならなかった。

自分が父と爛《ただ》れた関係でいること、咥内《こうない》射精や自慰行為でしか快感を得られないこと。それらを知られるのは恐怖だった。しかし雨宮が二十一歳になったとき、父が交通事故で呆気なく目の前から消えてしまった。

「父さん……」

遺影の中でやさしく微笑《ほほえ》んでいる姿はなんだか異様だった。厳しく叱《しか》りつける姿と淫靡な光に満ちた瞳《ひとみ》しか記憶になかったからだ。

そして父が亡くなったと同時に気づいたことがあった。初めて父に与えられたあの快楽の記憶と、狂ったように湧《わ》き上がる欲求が消え失せていたのだ。それは不思議な感覚だった。まるで今まで夢の中にいたような、突如として魔法が解けたような感じだ。

これで普通に戻れる、雨宮はそう思った。

しかしなぜか、異様な喪失感が雨宮の胸の中を支配していて、それを埋めるかのように異性との交わりを深めていくのだった。

◇　◇　◇

手の甲を誰《だれ》かに撫《な》でられている感触に、意識が微《かす》かに浮上する。それが徐々に腕を上ってきて肩に触れ、一度離れたかと思うと、今度は鎖骨をなぞるように往復してきた。くすぐったいからやめて欲しいと思うのに、体がぴくりとも動かない。ときどき頭を撫でられて、その温かい手が頬に触れ、そのまま唇を弄《いじ》ってくる。微かに聞こえる衣擦《きぬず》れの音で、懐かしいような感覚を思い出す。

（父さん……）

今、雨宮に触っているのはきっと父だ。

そう思った。

震える内腿を撫でる手の感触。

羞恥と快楽と、そして焦燥。

それが順番に襲ってきて、けれど最後には快楽だけに支配されて、もっと強い刺激を欲してしまう。

そんな自分をいやらしいと思いつつ、だけどやめて欲しくないのだ。

「ぁ……、あぁ……や、やだ……、父、さ……ん、もっと……ぁ、ん」

遠くで自分の声を聞きながら、自分の意識が徐々に覚醒《かくせい》していくのが分かる。静かに目を開けると、天井から下がったシーリングファンが回っているのが見えた。何度か瞬《まばた》きをして、ゆっくりと上半身を起こそうとする。しかし自分が思っていた以上に体が重くて、全く起き上がれなかった。

「あれ……なんで？」

力を入れ直してようやっと起き上がる。どうやらリビングのソファの上で寝かされているようだった。体の上には毛布までかけられてある。

リビングは広々としていて、なんだか殺風景だった。壁にかけられたテレビ、その横にはノッポなスピーカー。部屋の隅にある観葉植物と、小さなワインセラーがあるだけだ。リビングの大きな窓から見える景色は青々とした緑で、この部屋とは不釣り合いな感じだった。

横澤と飲んでいて潰《つぶ》れたのだから、ここが彼の自宅なのだとおおよそ予想はできる。死にそうなほど喉が渇いていて、喉に手を当てて何度か唾《つば》を嚥下《えんか》すると、ぴりっと痛みが走った。ただ座っているだけなのに、体はまるで鉛のように重い。深くため息を吐いて、右手で気怠《けだる》げに額を押さえる。

「あ、起きた？　雨宮さんカクテル数杯で意識がなくなったんだよ」

隣のキッチンから姿を見せたのは、白Tシャツに黒いハーフパンツ姿の横澤だった。一緒に飲んでいたときは髪がツンツンに立っていたが、それが全てオフの状態で額を半分ほど隠している。

「はい、水。喉渇いたっしょ。そこそこ泣いてたもんな、あんた」

やたら砕けた口調で話しかけられて驚いた。どうやらプライベートはこんな感じらしい。

（俺、昨日どこで潰れたんだっけ）

思い出そうとしても記憶が途切れ途切れで繋《つな》がらない。横澤の差し出した水のペットボトルのキャップを開けた。一口、二口飲めば、胃に染み渡っていくのを感じる。雨宮は飲むのをやめられなくて、一気に水を飲み干そうとした。

「一度に飲みすぎ」

途中でペットボトルを取り上げられて、中身がボタボタとシャツの上に零れた。なにするんだ、と睨もうとしたが、自分が見覚えのないシャツを着ていて、下半身はボクサーパンツのままであるのに気づく。

「あの、もしかして、着替えまでしてもらったんでしょうか……」

「そうだよ。酔い潰れた雨宮さんを二階の俺の自宅まで引っ張り上げて、酒で汚れたシャツを脱がし、体を拭《ふ》いて、洋服まで洗濯しましたよ」

母親のような口調で横澤がそう言って、雨宮が横になっている三人掛けソファの足元に腰を下ろす。

面倒くさそうな口調なのになぜか彼の表情はうれしそうで、雨宮は横澤が怒っているのか呆れているのかさっぱり分からなかった。

「すみません。本当にご迷惑をおかけしました。あんなにすぐ記憶がなくなるなんて思わなくて。俺、なにか変なこと言ってませんでしたか？　どこか汚してしまったりとか。もし、弁償しないとだめな物があったら……」

「はいはい、ストップ」

横澤がソファの空いているスペースに座ってくる。雨宮の足はソファの背と彼の背中に挟まれる格好になった。まだお酒が抜け切れていない雨宮を、まるで子供を寝かしつけるかのように再びソファに沈めてくる。

「今は水分取って横になってな。別に迷惑じゃないし。それ以上に俺、あんたのこと気に入ったし」

「え？」

「まぁ覚えてないだろうな。自覚なさそうだったし。普通は初対面の相手には言えないようなこと、口走ってたからな」

横澤はソファの背もたれに体重をかけ、立て膝の格好で寝ている雨宮を見下ろしてきた。彼の指先が毛布越しに雨宮の膝頭に触れる。まるで誘うかのようにそれがゆっくりと円を描いて動かされた。

（え……？　俺、なにを言ったんだ？　どうなってるんだろう。横澤さんの印象が昨夜《ゆうべ》と全然違う）

嫌な予感が雨宮の胸を覆い尽くす。初対面の人には言えないようなこと、というのが引っかかる。口走ったとすれば、今でも記憶の底に眠っている父のことしかないのだから。

「あの……俺が、なにを言ったのか、教えてもらえますか？」

「どうしようかなぁ。ただで教えるのはちょっとな」

にやにやと下卑た笑みを浮かべ、膝頭を撫でていた指先がするすると腿を下りてきた。

「どうすれば、教えてくれるんですか？　あの……」

「そうだなぁ。じゃあ、一回だけ試させてくんない？」

「試す……？」

「そう。無理にとは言わないけどさ。キスのひとつくらいなら、減るもんじゃないだろ？」

冗談なのかと思いきや、横澤は予想外に真面目《まじめ》に言っているようだった。しかしなぜキスなのか、と酔った頭で考えて、彼が言わんとすることをようやく飲み込んだ。

「ああ、キスくらいでいいのなら、別に……」

「あっさりしてんね。じゃあ、気が変わらないうちに遠慮なく」

そう言いながら、雨宮の体の上へ重なるようにして覆い被《かぶ》さってくる。もちろん彼は自分の体を左腕で支えているから雨宮に重さは感じない。だが想像以上に大きな影にびくっとする。

「そんな構えんなよ。別に取って食いやしねえし」

「……は、い。……んっ」

顔が近づいて、大丈夫です、と言おうとした口を横澤に塞がれた。思ったよりもやわらかい唇の感触が雨宮の唇に触れる。うっすらと口を開くと、そこから強引に彼の熱い舌が入ってきた。

「ぁ……、んんっ、ぁっ、んぅ……」

あっという間に雨宮の舌は横澤に絡め取られ、攫《さら》われた。強く吸われて舌の根が痛いくらいで、でも次の瞬間にはやさしく撫でるように愛撫《あいぶ》される。気持ちがよくて、雨宮は無意識に彼の背中へ両手を回していた。

「あんた、エロい顔すんなぁ」

「な、に……、なん、ですか……」

「キス、好きなんだな」

彼の言っている意味が分からなくて、とろんとした目で横澤を見つめる。これでもう終わりなのかと思っていると、それは再び始まった。

「んっ、んんっ……、は、ぁ……んんっ」

今度はさっきよりも激しくて、横澤の舌が口腔で暴れ始めた。鼻翼呼吸だけでは追いつかなくて、思わず声を漏らして喘《あえ》ぐように呼吸する。体が熱くなるのを感じ、なにかが変だと気づいた。熱が下半身に集約し、その塊はゆっくりと快感に変化したのだ。

（だ、だめ……これ、だめだ！）

彼はなにかを探すように歯列をなぞり、頰の内側を無遠慮に撫で回す。彼のペースに飲まれ、あまつさえ快楽を覚えてしまった。そして口蓋《こうがい》を突かれたとき、雨宮は思わず腰を浮かせていた。

「あっ、んっ！」

「なんだ、その、エロい声」

「あ、あの……もう、もういいですよね？」

キスだけで雨宮の息は上がっていた。そして違和感はとんでもない部分を大きくしている。

彼女とキスをしただけで、こんなふうに勃起《ぼっき》したことはない。ましてや二日酔いのときは勃《た》ちにくいはずなのに、横澤のキスに感じて大きくしてしまった。

「ま、いいけどさ。でも雨宮さん、わりと好きでしょ？　キスするの」

「す、好きじゃないですよ。だって、横澤さんは男性じゃないですか」

そうだけどさ、と彼の体が離れていった。ほっとしたのも束《つか》の間、雨宮の上にかけられてあった毛布をばっと捲り上げられてしまう。

「わっ！　な、なんですかっ」

「あー、やっぱり。勃ってる。キスの気持ちよさに男も女もねえよ。ようは相性だろ？」

黒のボクサーパンツをしっかり膨らませ、おまけに先走りで布の一部分だけ濃い黒色に変わっていた。

「ちょ、ちょっと……あの、やめてくださいよ」

慌てて毛布を取り返そうと腕を伸ばしたが、間一髪、それをひらりとかわして遠くへ投げ捨てられた。なんて意地悪なんだと睨んだが、横澤はもっと鋭い視線でこちらを見据えていた。

「教えてやるよ。雨宮さんが昨日、俺に言ったこと」

まるで全てを見透かしてしまいそうな鋭い視線に、雨宮の鼓動は途端に騒がしくなる。みっともなく股間を両手で隠した状態で、雨宮はおとなしく横澤の答えを待っていた。

「男の方が相性が合うのかもしれない、って、あんたが言ったんだよ。だから試してみるか？　って俺が聞いた。そしたら、うんって頷《うなず》いてたな。かわいかったなぁ」

からかうような口調で言われ、酔っていたとはいえ自分の言動に恥ずかしくなる。

「え……あの、俺、そんなことを、本当に言ったんですか」

「言ったよ。酔ってたけどな。でもそれって本心じゃねーの？　酔ったときこそ出る深層心理、本音ってやつ」

「嘘だ、そんなの……そんな、の……」

雨宮はソファの上で膝を抱えるようにして座った。まさか自分からそんなことを口走るなんて信じられなかった。そもそも酒で記憶がなくなるほど飲まない。だから酔い潰れた自分がどうなるのかは知らないのだ。かといって、本当にそんなことを口走ったのなら、もうお酒は一滴も飲まないと誓いたい。

もしかしたら眠りから覚める前のあれは、夢ではなくて横澤がしていたのでは？　とそんな考えが過ぎる。

「嘘じゃねーよ。嘘吐いてまで雨宮さんを陥れたって、俺にはなんのメリットもねえからな。でもさ、俺のキス、よかったろ？　二日酔いで勃起するくらいには」

にやっと笑われて、雨宮は恥ずかしくなった。確かに彼の言ったことは間違っていない。キスをされながら腰を振ったし、無意識に背中へ腕を回して彼のシャツを必死に摑んでいた。

快楽の種類が、過去のそれと似ていると気づいたとき、一気に雨宮の中で膨らんで体を支配したのは事実だ。

「父さんのときと、同じ……だ」

心の声が思わず口から転がり落ちた。はっとして慌てて口を噤《つぐ》む。どうやら横澤には聞こえなかったようだ。そしてふと思った。もしかして酔って記憶のない間、自分は父の話もしたのだろうかと。

そう思うと確かめたくて仕方なくなる。でも話したかどうかを聞いてしまえば、彼に追及されそうな気がした。結局は自分から打ち明けるハメになりそうで、どうしたものかと考えあぐねる。

「なに？　その顔。妙に考えてるよな」

「あ、いえ……あの、変なことを言ってすみません。忘れてくださ……」

「試してみればいいだろ？」

雨宮の言葉を遮るようにして横澤が言う。なにを突然、とそんな眼差しで見やると、彼はやけに真剣な眼差しだった。

「試……す？」

今キスを試したのに？　とそんな顔で横澤を凝視した。

「なにを？　とかしらばっくれるなよ？　あんたが言ったんだ。男の方が相性がいいかもって。だから試すか？　と聞いた。嫌だと思ったら言ってくれていい。途中でやめる自制心くらいあるしな」

「だって、その……横澤さんって……」

「俺は男も女もどっちもいけるよ。でも最近は男ばっかりかな。女はなにかっていうと精神的なもんを求めるだろ？　男は体で発散したいときだってあるしな。あ、俺、風俗は行かねえから」

横澤はなにかを思い出すように上を見上げ、一人で頷いている。そして聞いてもいないようなことまで話し始め、案外おしゃべりな人なんだなと思った。

（あ、バーテンの仕事してるなら、話すのは得意か）

そんなことを考えていると、彼の熱い手が雨宮の足首を力強く摑んできた。条件反射的にびくっとすると、怖がるなよ、とやさしい声で諭される。

「キス、よかったろ？」

股間を押さえている両手の甲を、上からそっと撫でられた。直接触られたわけでもないのに、自分の手の中で陰茎がぴくりと反応する。

「でも、あの……」

「うん、だからな、嫌だったら言いなって、言ってんの」

綺麗《きれい》で誘惑的な顔が近づいてくる。それだけでさっきのキスを思い出した。横澤の目に見据えられると体が動かない。動かないことで雨宮が了承したものと思った彼が、やんわりと口を塞いできた。

「ん……、んぅ……」

やさしく労《いたわ》るような口づけに、雨宮はゆっくり目を閉じた。男性にされているのに嫌じゃないし、やはり二度目のキスも気持ちがいい。とろとろに蕩かされていくようで、体の力が抜けていく。

（なんで、こんなに気持ちいいんだ？）

くちゅくちゅと部屋に唾液《だえき》が絡む音が聞こえる。雨宮の手の中で完全に勃起したペニスは、心臓の鼓動と連動するように脈打っていた。

「いい反応すんなぁ。これ、出さねえと辛いだろ？」

彼の指先が雨宮の手の隙間《すきま》から入ってくる。布越しに触れられると、びくん、と腰が勝手に跳ねた。

「や、やめ……て」

羞恥で全身が熱くなるのが分かった。キスだけなら目を閉じればその感覚に身を委《ゆだ》ねることができた。しかしそれ以外はどうしても思い出してしまう。

父に口淫をされ、乱れて腰を振った自分。

その快楽を欲して、自らそう仕向けた自分。

異常だと理解しながら父が亡くなるまで続けて、ようやくその沼から抜け出せたというのに、横澤とキスをしてその快感を味わえば、またアレが雨宮を支配してしまうかもしれない。そうなったらもう、普通には戻れない気がする。

それが怖くて仕方がなかった。

「やめて？　言葉と行動が伴ってないけど、いいのか？　ん？」

雄をゆるゆると撫でられて、雨宮の腰がひくついた。この先をどこまで許したらいいのか分からない。理性と感情がせめぎ合い、雨宮は混乱していた。

閉じていた瞼を開くと、雨宮のシャツを捲り上げて腹にキスをする横澤の頭が見えた。

自分の股間でペニスを咥えていた父とそれが重なる。

その瞬間なにかが弾《はじ》けたように、ドクン、と鼓動が大きく跳ねた。

「だめだ……いやだ、やめてっ！」

一瞬で夢から覚めたように我に返り、雨宮は横澤の頭をぐいっと押し返した。彼の体は簡単に離れていってしまい、それがまた切なく感じる。

「あー、やっぱダメか」

彼はそう呟きながら、すっと雨宮の上から体を移動させた。そのまま床に座り込むと、ソファを背もたれにして頭を座面の上へと乗せる。

「残念」

こちらを向き、彼はまるで悪戯を企《たくら》んでいるような子供の顔で笑う。しかしその目は獲物を狙《ねら》う猛禽類《もうきんるい》のようでもあった。

「す、すみません……」

「いいっていいって。普通は無理だからな。でもあんた素質あるよ。っていうか、自分で気づいてないだけで、本当はこっち側の人間なんじゃねーの？　もしそういうので困ったら、俺んとこ来なよ。やさしく教えてやっから」

どこまでが本気でどこまでが冗談なのか分からず、雨宮は頷きもせず、ただ楽しそうに笑う横澤を見つめるだけだった。

父に植えつけられたあの快楽を、雨宮は確実に思い出しかけている。

いや、もう体は完全に欲していた。

封印されていた背徳感に満ちた欲望は、雨宮の体の奥に再び澱《おり》のように積もり始めていたのだ。

◇　◇　◇

入力をしていた手を止めてぼんやりしている雨宮は、電話の音にびくんと肩を揺らした。それが内線だと分かって内心げんなりして、それでもデスクの上の受話器を取り上げる。

「第三総務、雨宮です」

『よう、元気か？』

予想通りの声の主に力が抜ける。

「なに、どうしたの？　電話で挨拶しなくても、すぐそこだろ？」

雨宮の勤める常磐《ときわ》株式会社は、ガス事業全般、熱供給事業などを行っている。他にも多岐に亙《わた》って様々な業務を展開しているが、雨宮が所属するのは第三総務部だ。第一、第二総務に比べたら雑用のような仕事をする部署だったが、そこそこ忙しくしている。

隣の第一総務から電話をかけてきたのは飯山美博《いいやまよしひろ》だ。パーテーションがないフロアは、端から端まで見渡せた。天井にはＬＥＤが白く光り、パソコンの液晶が整然と並んでいる。

立ち上がればこちらの様子が見えるはずなのに、わざとらしく元気か？　などと電話をかけてくるあたり、彼の性格を窺い知ることができる。

『なんかボーッとしてんだろ？　だからちょっと気合いを入れてやろうと思ってさ』

飯山の言葉に雨宮はため息を吐いた。そして液晶画面の上から顔を覗かせて、その向こう側の様子を窺う。三つ向こうの島に飯山の頭がぴょこぴょこ動いているのが見えた。

「なんだよそれ。仕事、暇なのか？」

『まぁね。もうすぐ昼だからさ、ちょっと早めに外へ出ないか？』

そう言われて壁にかかっている時計を見上げた。あと十五分もすればランチタイムで、一斉にみんなが外へ出ていく。店舗数の割に働いている人が多いので、どの店に入っても十五分以上並んで待つことになる。

「いいよ、わかった。じゃあ、下で待ち合わせる？」

『そうだな。俺は今すぐ行く。お前もな』

こちらの返事を聞かずに内線は切れた。まったく、と少し呆れ気味に笑い、雨宮も席を立った。

飯山とは大学からの友人だ。就職先に悩んでいた雨宮に声をかけてくれた。今まで全てを父に決められていた雨宮は、今も昔もなにかを決めることが苦手だ。だから飯山に誘われて安堵《あんど》したのは忘れもしない。

同期で同年代ということもあって、公私ともに仲良くしている。そして配属先もたまたま総務だったので、この会社では一番親しくしている。

通った鼻筋と薄い唇は性格とは似つかわず繊細な顔立ちで、黙っていれば非常にクールな印象だ。体格はスマートだが、肩幅があり意外と筋肉質でスーツがよく似合う。

性格は明るくて前向きで、どちらかというとリーダーシップの取れる人間だ。上司受けもいいし、周囲の女性社員からも密《ひそ》かに人気があった。きっと近いうちに自分は置いていかれて、彼は出世してしまうだろうと思っている。

雨宮はお昼前の静かなオフィスを抜けてエレベーターホールに向かう。一足先に下へ行ったのかと思いきや、まだエレベーターが来ていなかったのかそこには飯山の後ろ姿があった。

「おつかれさま」

声をかけると、両手をスラックスのポケットに突っ込んで立っている彼が、こちらを振り返りにやっと笑った。

「おー、来たか。今日は中華にしようぜ」

周りに聞こえないよう、雨宮の耳元でコソッと囁いてきた。

入社して以来、ほとんど会社の外で昼食を取っている。店を決めるのは飯山で、それに従うのは雨宮だ。それも入社当時から変わっていない。

会社の外に出ると初秋の心地いい風が頬を撫でる。天気がよくて雲ひとつない空は高く、今が一番いい季節だろう。

早めに昼食へ出る人が多いのか、ビジネス街はそこそこ人が出ているようだ。

飯山の隣を歩いていると、向かいからやってきた人と肩がぶつかりそうになった。

「あ、すみません」

「いえ」

すれ違いざまに、ふわっといい匂《にお》いがする。それが思い当たる香りで思わず振り返った。

ブルーのダメージジーンズに黒のジャケットを着ていて、髪が赤っぽくツンツンに立っている。そんな知り合いが少ない雨宮にとって、思い当たる人間は一人しかいない。

鼓動が高鳴り、心臓が早鐘を打つ。

妙な高揚感に包まれて、隣にいる飯山の存在を忘れてしまった。

「あのっ！」

なにも考えず声をかける。それに気づいて振り返った男性は雨宮の知っている人物ではなく、似ても似つかない人だった。

「あ、すみません……人違い、でした」

雨宮が謝ると、男性は怪訝《けげん》そうな顔をして立ち去っていった。確かに横澤と同じ香水だったが、声をかけてどうするつもりだったのかと、そう考えて思わず笑ってしまう。

「雨宮？　知り合いに似てたのか？」

「あ、うん。でも違ったみたい」

苦笑いをして歩きだすと、飯山が隣へやってきた。

「でもさ、見た感じリーマンでもないし、大学時代の友人にいたタイプでもないし。どこであんな感じの人と知り合うんだ？」

「ああ、うん。ちょっとね」

誤魔化すのが下手な雨宮が返事を濁した。こんなふうに返せば、いつもの飯山ならもっと食いついてくるはずだ。なのに、ふーん、と言ったきり黙ってしまった。今はなにを聞かれてもはぐらかす自信はないから、ある意味よかったかもしれない。

そんな飯山のことは上の空で、焦るように打ち鳴る自分の心臓を静まらせるのに気をやった。

（偶然ここで会ったからって、一体なにを話せばいいんだ。この間は色々とありがとうございます？　色々ってなんだ……）

あのときのことが脳裏を過ぎる。

出されたカクテルの鮮やかなオレンジ。

抱き留められた腕の温《ぬく》もり、キスの心地よさ。

そしてそれと重なってしまった、父との背徳の日々。

「雨宮、どこ行くんだ？」

飯山の声に反応して顔を上げる。はっとして振り返ると、彼が店の前で腰に手を当てて呆れた顔で立っていた。どうやら店の前を素通りして行ったらしい。

「あ、ごめん。気づかなかった」

「おいおい、大丈夫か？　気づかないってこんな派手な店なのに？」

真っ赤な外観に中国格子の窓、煌《きら》びやかな宮灯がいくつも下がっている。その店の前を素通りしたのだから、飯山が呆れるのも頷けた。

「考え事してた」

「そっか。じゃ、その考え事ってやつを聞かせてもらおうか」

アーモンド型の形のいい黒い瞳をすっと細め、意地悪く笑う飯山に肩を組まれてそのまま入店した。きっと問い詰められる。気が重いなと思いつつ、雨宮は店の扉を閉めた。

店内はまだ人がまばらで、お昼前に入って正解だと雨宮は思った。いつも昼前に入れるとは限らないので、今日はゆっくりできそうだ。

注文を取りに来た店員に、飯山が酢豚定食を即答で注文していた。しかし雨宮はまだメニューを決めかねている。青椒肉絲《チンジャオロース》もいいな、と思っていると、彼が横から口を出してきた。

「エビチリ定食とかどうよ。エビは疲労回復とかに効くらしいよ。今日は仕事中も上の空だったし、疲れてるんだろ？」

「ああ、じゃあそれにしようかな。エビチリ定食お願いします」

メニューを取りに来た若い中国人店員にそう言うと、メモを取って席を離れていった。

「俺、疲れてるのかな」

雨宮がぼそっと呟くと、明らかにな、と彼が間髪入れずに返答する。

「だってさ、仕事中ぼーっとしてただろ？　俺、お前の席の後ろを三回通ったんだぜ？気づいてた？」

「嘘……本当に？」

「そんなこと嘘吐いてどうするんだよ。三回目のときはデスクに書類を置いたのに、俺だって気づかないで生返事で受け取ってたな。この店に来る前には人間違いで男に声かけて、派手派手な店の前は通り過ぎる。疲れてる以外でなにかあるのか？」

有無を言わさぬ飯山の言葉に、水のグラスを口元まで持っていった雨宮は呆気にとられて固まった。その様子を見ていた飯山が、間違ってないよな？　と言いたげに微笑んで首を傾《かし》げる。

「そうだったのか……」

「そうだったのか……じゃねーよ。そんな上の空で、一体なにがあったわけ？　人間違いしたあの人、ああいう感じの奴らとつるみ始めたのか？」

ああやっぱり、と雨宮は思った。聞かれるとは思っていたが、案の定だ。どこまで話すべきかと考えたが、記憶がなくなる前までのことを打ち明けた。

「え、なにそれ。どういうこと」

笑い交じりで言われ、少し恥ずかしくなる。カクテル数杯で意識がなくなるなんて、と飯山も思ったのだろう。

注文したエビチリと酢豚定食がテーブルに並べられ、食事しながら話の続きをする。

「うん、まさか酔い潰れると思わなくて……。でもウォッカベースだって言ってたし、それでかもしれないけど」

「いや、そっちじゃなくてさ、彼女に振られたっていうの。ていうかその捨て台詞にしたって、突っ込みどころ満載な出来事を、どうして俺に黙ってるんだよ」

雨宮が思っていたところと違う部分を飯山に突っ込まれて拍子抜けだ。

「なんだ、そこか」

「そこか……じゃないっての。女性より男の方がいいんじゃないの？　ってそんな台詞さ、なにもなければ言われないと思うんだけどな」

「うーん、歴代の彼女はみんな……ああ、みんなじゃないけど、だいたい同じ台詞だったかな」

酢豚定食を食べ終わった飯山が、テーブルに肘《ひじ》をついて呆れた顔でこちらを見ている。雨宮はのろのろとエビチリを口へ運び、咀嚼《そしゃく》しながら合間に会話した。

「同じって？」

「うん……みんなさ、もっとリードして欲しいのにって言うんだ。それで最終的にはつまらないって彼女から離れていく。そのパターンばっかり」

「ああ確かに、今までの彼女も向こうからって、言ってたよなぁ。しかし最後のその彼女は斬新だな」

飯山がおもしろがって笑う。雨宮にとっては笑い話ではないというのに、全く失礼な奴だ。

（まあ、本気で笑ってるわけじゃないからいいけど）

最後のエビを口へ放り込んで噛んでいると、飯山がこちらに手を伸ばしてくる。びくっと身構えると、その指先が口元に触れてなにかを拭く仕草をした。

「なに？」

雨宮は飯山が触った口の端を手の甲で擦《こす》る。それを見て飯山がにやっと笑った。

「チリソースがついてたんだよ」

拭《ぬぐ》ったソースを彼はぺろりと舐《な》める。それに驚いて口元を拭った手が途中で止まった。飯山がそんなことをするのは初めてで、なんだか二人の間の空気が妙な感じになる。

「ああ、ありがと」

「で、そのバーでカクテルを数杯飲んで、酔い潰れた、と？」

「……うん」

はぁ、と飯山が大きくため息を吐いた。彼のその落胆は分かる。いい大人が雨宿りで親切にしてくれた人に迷惑をかけたのだ。

しかしあれから二週間が過ぎても、未《いま》だに横澤にされたことが脳裏から離れてくれなかった。そのことだけはいくら親しい仲の飯山にも打ち明けられない。

——なんだ、そのエロい声。

横澤に触れられて、思わずエッチな声が出てしまい……。

——キス、よかったろ？

さんざん口腔を舌で愛撫されまくり蕩かされて、挙げ句にそう聞かれ……。

横澤が触れた手が心地よくて、何年も前に封印した、忘れ去ったあの強烈な快感を体が思い出した。怖いと思ったたし、それでいてまたその毒牙《どくが》に犯されたいとも思ってしまったのだ。

(どうかしてたんだ。まだ酒が、残っててそれで……。そうじゃなきゃ、あんなのおかしい。俺は普通だ、変なんかじゃない)

心の中で必死に自分で言い訳をしていると、目の前で飯山が手を振るのに驚いて顔を仰《の》け反《ぞ》らせた。

「な、なに？」

「なに、じゃないって。大丈夫？　俺の話、聞いてた？」

「ああ、うん。聞いてた聞いてた」

嘘だな、と即答する飯山が椅子の背もたれに体重をかけた。二人とも定食を食べ終え、店員が空になった食器を引いていく。グラスに冷たい水が新しく注がれると、飯山が腕を組んだ状態で前のめりに顔を寄せてきた。

「お前さ、それだけ迷惑かけて、店にあれから電話の一本でもしたのか？　素面《しらふ》で、ちゃんと詫《わ》び入れたの？」

思いもよらない彼の言葉に、自分がそこまで考え及ばなかったことに気づく。普通に迷惑をかけ、世話になったのだから、改めて礼をするのは社会人としての常識だ。

「い、いや……なにも」

「ああ、もう。だめだって雨宮。そういうところ、ちゃんとしておいた方がいいぜ？」

なにかを考えるような仕草を見せた飯山が、黒目をビー玉みたいにキラキラさせて見つめてきた。なにか嫌な予感がする。彼がこの顔をしたときは、雨宮にとっては絶対にいいことはないのだ。

「なあ今夜、そのバーに行かないか？　俺もその人に会ってみたい。そんで、お前のこともちゃんと謝ってお礼したい」

「えっ、なんで飯山が俺の代わりにそんなことするんだよ。いいよ、自分でできるから」

雨宮は、ほらやっぱり、と胸の中でため息を吐いた。彼は目の前で、こんなにいいことを思いついた俺は天才だ、みたいな顔でにこにこだ。

「自分でできる？　二週間なにもしなかったのに？　俺に言われて、ああそうか、って気づいたのに？　いいじゃん、別に。そんなおもしろいバー行かない手はないでしょ！」

俄然《がぜん》やる気を出してきた飯山にげんなりする。こういうところがなければすごくいい友人なのだ。好奇心旺盛《おうせい》すぎるのは玉に瑕《きず》だが。

おもしろいバーじゃないからな、と言いながら雨宮は席を立つ。そしてＴＯＭＡＲＩＧＩに行く気満々な飯山が、雨宮に続きレジへ歩きだす。

店の中はいつの間にか満席で、昼の騒がしさに包まれていた。

第二章　憧《あこが》れのあの人

二時間ほど残業をして、会社のエントランスを落ち着かない様子の飯山と歩いている。終業時間を過ぎた社内は人の姿がまばらだ。

気乗りしない雨宮の腕を掴んでいる飯山は、まるで自分で掴まえたうさぎを離すまいとするハンターのように、ぐいぐい引っ張ってくる。

「そんなに引っ張るなよ。バーは逃げない」

「ああそうだな。バーは逃げない。でも、お前は逃げるだろ？」

雨宮の心の中を見透かしたように、にやにやしながらこちらを見てきた。確かに飯山の言うことは当たっている。逃げられるなら今すぐにでも走って逃げたいが、自分よりも身体能力の高い相手から逃れられないのは百も承知だ。

そう思って残業を引き延ばしたがそれも二時間までだったし、牛歩戦術のようにのろのろ歩いてみたが、連行される犯人のように腕を掴まえられて今に至る。

会社を出て電車に乗り込んだときには、もう諦《あきら》めの境地だ。

（だめだ、もう逃げられない）

雨宮は電車の窓に映る自分の顔を見ながら思った。隣にはスマホを片手に吊革を持ち、やたらと機嫌のよさそうな飯山が目につく。なにか言おうと口を開いて息を吸い込んだが、言葉が見つからず、それはため息になって吐き出された。

バーの最寄り駅に着いて、飯山と改札を抜けた。この間は気づかなかったが、駅の周辺には意外と店があるようだ。

「うわ、ここで降りたのか？　なにもないな。空がすっげー広い」

飯山が周囲を見回してそう言った。しかし少し先にある雨宮の最寄り駅の方がもっとなにもない。この辺はまだ店がある方だと思っていたが、よく考えたら飯山は都心の大きな駅の近くにあるマンションに住んでいるのだ。

「そう？　俺の最寄り駅の方がもっとなにもないよ」

呆れたように返事をして、こっちだよ、と雨宮は歩きだした。

線路沿いには小さい個人店の居酒屋が並び、高架下が駐輪場になっている向かいに六階建てのビルがある。その一階部分にＴＯＭＡＲＩＧＩが入っていて、店の上は住居スペースだ。

前に来たときとは違って、バーの店内にはやわらかなオレンジ色の光が満ちていた。

「ふーん、よさげな店だな。ＴＯＭＡＲＩＧＩ、か」

「うん」

じゃあ、と飯山が店の扉に手を伸ばしたので、雨宮は慌ててその腕を掴んだ。

「なんだよ。ここまで来てまだなにかあるのか？」

「だってその……なんて言えばいいのかな。この前はすみませんでしたって、謝れば……？」

雨宮が目を泳がせながら、しどろもどろでそう言うと、飯山はふふっと鼻で笑った。

「ばぁか、普通にあのときはご迷惑おかけしました、でいいんだよ。それに店主の方がお前を覚えていないかもしれないだろ？　心配性だなぁ」

飯山が慰めるように雨宮の肩を抱き、ぽんぽんと頭を撫でてくる。子供扱いされて少しムッとしたが、一人だったらこの店には来られなかったかもと思うと、やはり感謝するべきなのだろうか。

（いや、忘れるわけないよ。だってあんな……）

横澤にキスをされたことを思い出して自分の唇に触れた。雨宮が黙ったことで飯山はOKと取ったのか、今度こそ店の扉が開かれる。飯山が先に入り、そのあと緊張気味に雨宮も続く。

店内には数名の客の姿があった。まだ浅い時間だからか、大半が女性客のようだ。

「いらっしゃいませ」

店員の声が聞こえて雨宮はびくっとする。飯山の体の後ろに隠れるようにして奥へ進み、ようやく顔を上げて店員を見た。

「あ……」

横澤ではなかった。見た目は爽《さわ》やかな印象だが、横澤よりはもっと若い感じの店員だ。

(あれ？　今日は休みなのかな)

カウンター席しか空いていなかったので、二人で椅子へ腰かける。一番奥の席には男性が一人でグラスを傾けていた。

「いらっしゃいませ。お二人は、こちらは初めてですか？」

「俺は初めてです。こいつは二回目かな」

飯山が雨宮の腕を肘で突き、意味ありげな視線を送ってくる。横澤が店にいないので、ええまぁ、と曖昧な返事をした。

「いい雰囲気のお店ですね」

「ありがとうございます。店の内装は店長の趣味なんですよ」

そんな会話をしながら、飯山は出されたおしぼりで手を拭いていた。

「なにをお作りしますか？」

「そうだなぁ。モスコーミュール。雨宮は？」

どこからか横澤が姿を見せるのでは、と思って店内を見渡していると、飯山に注文を聞かれた。どうしようかと悩むが、こういうバーであまり酒を飲まないのでメニューが思いつかない。

（いつも普通のチェーン居酒屋だしなぁ）

店内にメニューが張り出してあるわけではないので、テーブルの上のメニューを手に取った。度数が低くて飲みやすそうなものを選ぶ。

「えーっと、ミモザ？　ください」

雨宮が言うと、店員がかしこまりました、と笑顔で受けてくれた。しかし隣で飯山が肩を揺らし声を殺して笑っている。

「なんだよ？」

「いや、かわいらしいのを注文するなと思って」

「今日は酔えないから、度数が低いのにしたんだよ。この前みたいなことになったら困るだろ？」

恥ずかしくなって唇を尖《とが》らせて、もごもごと口先でそう言った。

メニュー表にあったミモザというカクテルは、シャンパンをオレンジジュースで割ったものである。飲みやすいので女性にお勧め！　と書いてあったので選んだのだ。見た目もジュースのような感じだった。

（いや、でも、この間飲ませてもらったのも、見た目はジュースみたいだったな）

あの夜のことを思い出して遠い目になりながらも、横澤がいないことにほっとしてしまう。その様子を見ていたのか、飯山が顔を近づけてくる。

「なあ、その世話になった店員ってあの人？」

さっきオーダーを取ってくれた人を視線で示し、再び雨宮の方を見てきた。

「違うよ。今日はいないみたい」

他にもう一人店員がいたが横澤ではない。どうやら本当に休みのようだ。

「なんだ、空振りか。つまんないな。なんて名前の人？」

「え？　ああ……横澤さん」

雨宮が答えると、カクテルを飯山の前に置いた店員がこちらを向いた。

「店長のお知り合いの方ですか？　上にいると思うので呼びますか？」

「いや、いえ……あの。お休みなら別に……」

「なに言ってんだよ。その店長の横澤さんに会いに来たんだろ？　呼んでもらえばいいじゃん」

横から飯山が当然のように口出ししてきた。名前を教えるべきじゃなかった、と後悔してももう遅い。興味ありげに笑う飯山を、今すぐこの店から連れ出したくなったが、現状打破は無理なようだ。

店員が近くの電話を手に取って、もう横澤に連絡している。ああもう、と嘆きを胸の中へ吐き出して、目の前のアルコールを一気に飲み干した。

「休みでも声をかけると下りてきますし、大丈夫ですよ？　でも、自分だったら自宅と店は離しますね。気が休まる日がないですから」

「仕事熱心な店長さんなんですね」

飯山が相槌《あいづち》を打ちながら言うと、店員は調子づいたように話し始めた。

「店長、昔はモデルをしていたんですよ。あのルックスですから頷けますけど。熱狂的な一部の女性固定客がすごくて。昼のランチタイムは女性ばっかりで圧巻ですよ。それに見た目だけじゃなくて仕事もできるので、自分を含めてここの従業員の信頼はかなり厚いんですね」

横澤がモデルをやっていたというのはなんとなくしっくりくる。あのルックスにミステリアスな印象のマスク。女性ファンがつくのも頷けた。

「あ、店長もうすぐ来ますよ」

気を回した、という感じでにこやかに微笑む店員に苦笑いを返し、雨宮は緊張に包まれていた。

反面、隣に座る飯山は子供っぽくそわそわと落ち着きがない。

「ああ、雨宮さん。こんばんは。また来てくださったんですね」

心なしか寝起きのような声だが、けれどやさしげなトーンの声音に背中が震えた。そして嫌でもあのときの感覚が蘇ってくる。

「こ、こんばんは。あの、この間は……ご迷惑をおかけして、すみませんでした」

　雨宮は奥の扉から出てきた横澤の姿を見るやいなや、慌てて椅子から下りて頭を下げた。彼は白いシャツに黒いパンツと蝶《ちょう》タイ、カマーベスト姿だ。きっと店に出るからと着替えてきたのだろう。

「いやだなぁ。そんなに改まって……。別に大したことしてないですよ」

　仕事用の笑顔でさらっとそう言われてしまった。彼はタブリエを着けながらカウンターの中へ入り、雨宮の隣に座る飯山をチラリと見る。

「今日はお友達とご一緒ですか？」

「あ、はい。今日は同僚の飯山と一緒に来ました。世話になったと話したら、礼のひとつもしに行かないでどうするんだって叱られて……」

「どうもすみません。うちの雨宮がすごく世話になったと聞いて」

　飯山がまるで保護者のごとくそう言って、にやにやしながらこちらを向いた。そんな言い方するなよ、と制するように、飯山の脇腹を突いてやるが、それでも彼は煽るような下品な笑みを浮かべている。

「いえいえ。あの日は急に大雨が降ってきて、軒先で困っている雨宮さんを見かけたのでね」

「それにしたって、カクテル数杯で記憶がなくなるなんて、そこまで弱いはずではないいんですけどね。なあ、雨宮」

飯山が知ったかぶりでそんなふうに言ってくる。確かにそこまで弱くはないが、あの日は色々と参っていたのもあったのだ。

（それにウォッカベースって言ってたし、度数は高かったんだぞ）

それは言葉にしなかったが、もうそれ以上は言うなよ、と飯山の口を止めるために睨みつけた。けれど彼はあまり気にしていないようで、手元にあるグラスの中身をぐいっと一気に飲み干し、さらに調子づいて話し始めた。

「それに、酔って店長さんに絡んだって聞いたんですけど、大丈夫でしたか？」

「ちょっと、飯山っ」

「ああ、彼女に振られたって言われたので、慰めて差し上げていたんですよ。まぁ、僕の晩酌に付き合ってもらっていた、という方が正解かもしれませんが。ね？　雨宮さん」

横澤はどこまで話すのだろうか、と気が気じゃなくて、雨宮は中途半端に笑顔を作りながら目を泳がせた。曖昧に返事をしながら、内心は心臓が早鐘を打っている。

「宗くん、君はこちらのお客様とどんな遊びをしたの？」

雨宮の左隣、一番奥の席で一人飲みをしていた男性が横澤に声をかけてきた。カウンターの中でにこにこしていた横澤が、声をかけた男性の方へ顔を向ける。その瞳がすっと色を変えたのを感じて、この二人の間がバーテンと客という関係ではないような、そんななにかを感じ取った。

「ここではお客様として振る舞ってもらえませんか？　それに、その呼び方はルール違反です」

威嚇《いかく》するような笑みをその人に向け、彼の目の前にある空になったグラスを新しいものと取り替えた。

「ああ、そうだったね、横澤くん」

わざとらしくそう言って、取り替えられたグラスの中身を男は優雅に口へ運んでいた。

黒髪で長めの癖毛はいい感じで色っぽく、顎《あご》の先には無精髭《ぶしょうひげ》を蓄えている。額を隠す前髪と切れ長で一重っぽい瞳。気怠げな雰囲気のその人を、雨宮は見知っていた。

もちろん今のこの姿を知っているわけではないのだが、雨宮の記憶にある人物とそっくりで、もしかしてそうなのかもと思ったら、全身の血が沸き立つようだった。

「あの……もしかして、ま、間違っていたら申し訳ないのですが、……その、那花壮一郎先生……ではないですか？」

声が震えてしまって恥ずかしかったが、確認しないわけにいかなかった。風貌《ふうぼう》があの那花壮一郎にそっくりだったからだ。

那花の姿を目にしたのはインターネットのインタビュー記事だったり、雑誌の特集だったり、テレビの特番だった。おもしろい話を書く人があんなに格好いい人だなんて反則だ、

とそんな感想を持ったのは忘れもしない。

（まさか、まさか……本物？　本物だったらどうしよう！）

体が熱くなるようなその感覚は、初めて那花の本を読んだときと同等か、それ以上だった。

雨宮は固唾《かたず》を飲んで彼の返答を待つ。彼は口元へ持っていったグラスを止め、視線を雨宮に留めた。そして両目を細めながらこちらを観察し、酒をひとくち含んで嚥下する。

「かわいいね、君。こんな薄暗いバーで私のことを言い当てるなんて、すごいな。お察しの通り、私は那花壮一郎だよ」

にやりと笑った彼が、カウンターの上に置かれた雨宮の手の甲に触れ、指先ですっと撫でてきた。

「うわっ、うわぁあ！」

驚いて思わず大きな声で叫んで立ち上がった雨宮は、一斉に周囲の注目を浴びる。そして動揺のあまり挙動不審になり、自分のグラスを肘で思い切り倒してしまった。

「あっ！」

「おっと……」

ほとんど口をつけていなかったグラスの中身は、勢いよくテーブルを流れて雨宮と那花の洋服に吸い取られていった。

「あぁっ！　す、すみません！　あの、ど、どうしよう！　横澤さんっ、タ、タオルを、くだ、くださいっ」

　慌てふためいてしまいもう大変だ。飯山も慌てて立ってフォローしてくれる。タオルを持ってカウンターの裏から出てきた横澤が、那花の洋服を拭き始めた。だがすぐにその手を止めてしまう。

「これは拭くだけじゃダメですね。すぐに洗わないと。ほら、雨宮さんもこれどうぞ」

「お、俺はいいです。こんなスーツ、安物なので、別に……。すみません、那花先生、こんな、本当にこんなつもりではなくて……」

　白のケーブルニットに思い切りオレンジ色の染みがついていた。立ち上がった那花は黒のピッタリとしたボトムをロールアップで穿《は》いていて、キャンバスシューズに素足というスタイルだ。色が濃いから分からないが、きっとボトムも濡れているだろう。

「ああ、いいよいいよ。でもこれはもう、ダメかな……」

　那花が自分のニットを伸ばし、色の変わった部分をのんきに眺めている。それを見ながら雨宮は真っ青になって言葉を失っていた。

（た、高そうな洋服だ。ボトムも靴も、すごくいい物だよな。俺、舞い上がったとはいえ、なにやってんだよもう！　初対面なのに印象最悪すぎるだろ）

　誰か今すぐに頭を殴って気絶させてくれ、と思いながら、泣きそうな顔でタオルを握り締めて立ち尽くしていた。

「これで帰るのは無理でしょうね。上で着替えてはどうです？　僕の普段着でよければお貸ししますよ」

横澤が見かねてそんな提案をしてくれた。こちらの方へちらっと目配せして、雨宮にだけ分かるようにウィンクしてくる。それがやけに様になっていてドキッとした。

那花は横澤に促されるようにして奥の扉から中へ入っていく。そして扉を閉める直前に振り返り、横澤が雨宮に視線を留めた。

「ほら、雨宮さんもこっちに来てください。それ、ひどいですよ」

艶《つや》っぽい笑みを浮かべた彼が雨宮を呼んだ。自分が原因なのだから洋服は借りられない、と小さく首を振る。

「ほら、行けよ。店長さん、お前を待ってくれてるみたいだぞ？」

背後から飯山がそう声をかけてきて、ぽんと背中を押された。でも……と躊躇《ためら》いがちな表情で飯山を見ると、早く行け、と今度は尻を叩いて押される。

「すみません、俺まで……」

ようやく彼の傍まで歩いていくと、気にしすぎですよ、と肩に触れた横澤がやさしい言葉をかけてくれた。

二階へ上がると、リビングでニットを脱いでいる那花と鉢合わせる。彼は慣れた様子でそのニットを洗面所へ持っていき、グレーの薄手のシャツで出てきた。

「あの、那花先生、本当にすみませんでした。たぶんニットは色が落ちないと思うので、新しいのを弁償させてください」

　体の前で手を重ね、ションボリと項垂《うなだ》れて肩を落とす。買い換えることで那花が納得してくれることを願いながら、ずっと床を見つめていた。その雨宮の視界に那花の足先が見える。

「そんなに畏《かしこ》まらないでいいんだよ？　あのニットはそんなに高いものじゃない。だから顔を上げなさい」

　やわらかな物言いは雨宮をほっとさせる。言葉通りに顔を上げると、那花が穏やかな表情で微笑んでいた。彼の手が雨宮の肩に乗せられ、こっちへ来て座ろうか、とリビングのソファへ連れていかれる。

　腰を下ろした雨宮のすぐ隣に、那花が座ってきた。彼の膝が布越しに触れ、途端に緊張が増す。顔を上げられずに、太腿の上で握り締めた手の甲を見つめていた。

「そんなところでイチャつくのはどうかと思うんですけど？　ここ俺の自宅だし、そういう場所じゃないっすよ？」

　洋服を何着か持って横澤が姿を見せる。店に出ていたときとは口調が全く違っていて、プライベートな彼が現れた。

「イチャついてなんかいないよ。かわいいこの子が緊張しているので、それを解いてあげようとしただけだ」

「よっく言う。ほら見てよ。彼、肩に力が入っちゃって、こんなに怯《おび》えてるじゃないっすか。かわいそうに」

背後に立った横澤が、雨宮の肩を意味ありげに揉《も》む。触れられて、ひっ、と情けない声が漏れると、那花が喉の奥で笑った。

「宗くんこそ、そうやってこの子で遊んでいるのだろう？　私はそこまではしないよ」

彼らの会話を聞きながら、もしかしたら自分は二人に遊ばれているのでは？　と思い始めた。この子だとか、かわいい子だとか、そんな単語が飛び交い、二人の間に挟まれていたたまれなくなる。

「あのっ！　弁償させてもらえないなら、俺は……どうやってお詫びすればいい、でしょうか？」

雨宮が二人の会話を割ってそう問いかけた。隣に座る那花と背後に立つ横澤を交互に見て、今にも泣きそうになっている。しかし今度は二人が顔を見合わせ、そして交わった視線が雨宮に注がれた。

「それより、君のスラックスも濡れてる。そのシャツもきっともうだめだね。一緒に着替えよう」

那花の手が雨宮の太腿を撫でてきた。ぴくんと反応して、自分たちの周りだけ空気が濃厚になって心なしか戸惑う。太腿に乗せられた手が淫靡な動きに変わり、はっとして那花を振り向く。そこで初めて那花の顔を正面からまともに見た気がした。

（さっきはバーの灯りだけで暗かったし、今も俺ずっと下向いてたけど……那花先生って……やっぱりすっごい美形！）

長い睫《まつげ》毛と切れ長でやさしげな濡羽色の瞳で、見つめられるだけで男の雨宮でさえうっとりしてしまう。顎の先に見える無精髭も、整った顔の那花だとどこまでもセクシーな色気を感じるのだと思い知らされる。

テレビや雑誌で見るのとはかなり差があった。もちろん間近で見た方が格好いいのは言うまでもない。

那花の顔から目が離せず見惚《みと》れていると、彼に立つよう促される。

「ほらほら、これに着替えて」

いつの間に手にしていたのか、那花がシャツを手渡してくる。横澤からはスラックスを差し出された。流されるまま隣の和室へ連れていかれ、さあ着替えて、と横澤に言われる。

「あの、洋服……ありがとうございます」

戸口に立った横澤が胸の前で腕を組み、壁によりかかってこちらを観察している。どうやら扉は閉めてくれないようだ。男同士なのだから別に恥ずかしがる必要はない。そう思いつつシャツのボタンを外し始めた。

「壮さんはこっちをどうぞ」

大きめなので、と言いながら横澤が黒のニットを手渡している。それを持った那花が和室へと入ってきて、私も着替えるかな、と呟いた。

雨宮は二人の視線を気にしつつシャツを脱いで畳の上へ落とした。アンダーシャツまで染みていて、仕方なくそれも脱ぐ。上半身が露《あら》わになり、いっそう二人の視線が刺さっている気がする。

(なんだかすごく、見られてる……よな)

ドクン、と雨宮の心臓が跳ね上がった。女じゃあるまいし、と思いつつも、羞恥で肌が火照《ほて》ってピンクに染まったらどうしようと、変な心配が頭を過ぎる。

「下のシャツまで染みていたのか。タオルはいらない？　肌についたままだとベタベタするかもしれないから、見てあげよう」

那花が雨宮の背後に立ち、耳元で囁きながら脇腹に触れてくる。

「ひゃっ！　あっ、あのっ……大丈夫、です」

「そう？　ここ、ベタついてない？」

後ろから抱き締められるような格好になり、彼の両手が雨宮の腹を撫でる。雨宮がパニックになっている間に、首元に掠《かす》めるようなキスをされた。

「あっ、ぁん、大、丈夫、……んっ」

左からガッチリと腕を回されて雨宮は捕まっていた。そして二度目にされた首筋のキスに変な声が出てしまい、思わず手で口を押さえる。

「ああ、かわいい声が出たね。もう少し聞きたいな」

そう言いながら那花の手が雨宮の胸の先を探し始める。これ以上触られたら女子みたいな反応してしまいそうで怖くなった。自分の体が敏感なのは知っていたが、まさか初対面の人に触れられて自分がこうなるなんて予想外だ。

(俺、なんでこんな、反応して……声とか出てるんだ⁉)

もうダメだ、と思ったところで、横澤が部屋へ入ってくる。

「壮さん、ここはそういう場所じゃないって、言ってるじゃないっすか」

注意している横澤の口調がなぜか笑っている。本気で那花に注意しているのではなさそうだ。それどころか、撫で回される雨宮を、彼が舐めるような視線で見つめている。

「なんだい、宗くん。ちょっと若い子の肌に触って英気を養っていただけじゃないか」

「いただけって……雨宮さん、そんな反応してないっすよ？」

那花に後ろから抱えられながら、雨宮は前屈《まえかが》みに上半身を倒していた。熱を帯びた自分の顔はおそらく真っ赤になっているだろう。なにが一番困っているかというと、足の間の息子が硬くなり始めていたのだ。

「え？　後ろからじゃ彼の顔が見えなくてね。悪かったね、驚かせたかな？」

抱えられていた手がするする離れていくと、腰が抜けたように畳の上へ座り込む。心配そうに様子を窺う横澤は戸口の前で立ったまま入ってこないが、含み笑いを浮かべ、視線は楽しげに事の成り行きを観察しているようだ。

座り込んだ雨宮の隣で那花が膝をつき、顔を覗き込んでくる。もう見ないでください、とは言えなくて、唇を嚙み締めて下を向いた。

「ほら、怯えてるじゃないっすか。まったく、そういうとこ性悪っすよ？」

「そんなつもりはなかったんだ。すまない。だからそんなに警戒しないでくれるかな？」

彼の手が雨宮の肩に触れる。びくん、と体を震わせてゆっくり顔を上げた。そこには本当に申し訳なさそうな顔をした那花がいて、からかわれただけだと分かる。

「い、いえ……俺こそ、なんか変な反応してしまってすみませんでした」

「いやいや、今のは雨宮さんは悪くねえよ。この人が悪い」

部屋に入ってきた横澤が、さっきのじゃサイズが合わないだろうから、と那花に薄手のシャツを手渡している。それを受け取った那花が立ち上がり、ようやく雨宮から離れていった。ほっと胸を撫で下ろし、畳の上に置いてあったシャツをのろのろと着る。

「でも、さっき言ってたみたいに、私に詫びがしたいならひとつだけ方法があるよ」

雨宮の後ろで着替えている那花が言う。シャツのボタンを全部留めて、スラックスを脱いだところで振り返った。今度は那花が上半身裸になっていて、こちらに背中を向けている。裸を見てしまった、と言わんばかりに雨宮は目を逸らした。

「長さ、合うかな？」

横澤が雨宮の近くで膝を折る。貸してもらったスラックスを自分の体に当てると、あからさまに布が余っているのが分かった。

「これ、俺はサイズが小さいんだけど、雨宮さんはちょっと余るな。どうするかな。雨宮さん細いし、スキニー系の方がピタッとしてるから長さはあまり気にならないかな」

ちょっと待ってて、と彼がスラックスを持って部屋を出ていった。雨宮は長袖の白いシャツと靴下、という間抜けな格好で横澤を待つ。

「あの、どんな方法ですか？」

「ん？　ああ、お詫びの方法かい？」

「……はい」

すっかり着替え終えた那花が、付け書院に腰かけて足を組んでこちらを見ていた。自分だけが下着姿で所在なさげに立っていて、見られているからもじもじしてしまう。

「私がミステリー小説を書いているのは知っているね？　まぁ、それでさっきは驚いてカクテルグラスを倒したんだったね」

「は、はい！　もちろんですっ。俺、初めて読んだミステリー小説は那花先生の本でした。

今でも大好きで、先生の本は全て持ってます」

頬を上気させながら一気に口にして、ようやくファンらしい言葉を伝えられてほっとする。そして束の間、緊張から解放されてへらっと笑った。

「そうだねぇ。実は今、新しいジャンルに挑戦していてね、それに協力してもらうというので、今回のトラブルはなしにしようか」

「新しい、ジャンル……ですか？」

那花が期待に満ちた目で雨宮の返事を待っている。どんなことか聞かなければ分からないが、けれど那花と関《かか》わりを持てるなら、多少の無理は構わないと思う。

「次の作品のモデルになってもらえないだろうか？」

「えっ、あの、次の……新作……ですか？　俺が？」

「そう。モデルというか、まあ少し力を貸してくれればうれしいかなというところだね」

「俺にそんな大役が務まるでしょうか？　普通の、平凡な人間ですし、那花先生の作品に力を貸すなんて……」

雨宮はそう言いながら徐々に動揺し始める。付け書院に座っていた那花が立ち上がり、じりじりと近づいてきたからだ。

「女性よりもきめ細かい白い肌、さっき触ってみて分かったよ。君は私の中にある欲をくすぐる。久しぶりに心が沸き立つような気持ちになった。行き詰まっていた部分を、君が解放してくれそうな気がするんだ」

「俺は……なにをすればいい、ですか？」

雨宮は那花に追い詰められて部屋の壁に背中をつける。長身の彼に見下ろされ、その瞳の奥に、父と似たものを見つけて体が強《こわ》ばった。

(父さんと同じ、目だ――)

そう認識して背中をぞくっと震わせた。那花はさらに近づいてきて、雨宮の背後にある壁に肘をつく。彼との距離が息がかかりそうなほど極端に縮まり、雨宮は身動きひとつできなくなってしまった。

「君がすることは、そう難しいことじゃない。なに、きっとその才能があるよ」

まるで恋人にするように、那花が指先で雨宮の唇を意味ありげに撫でてくる。彼の瞳は獲物を狙う獰猛《どうもう》な鷹《たか》のようでいて、やさしく慈しむ愛情を湛《たた》えた天使にも見えた。

◇　◇　◇

飯山とTOMARIGIへ行った夜、思いがけない人と出会った。そして雨宮の憧れの那花から予想もしない提案をされて、今は彼に指定された場所へ足を運んでいた。

「はぁ……この辺り、すごい家ばっかりなんだけど、あってるのかな？」

雨宮は那花からもらったメールに記載されてある住所を何度も確認する。住所は間違っていない。

都内にも自宅を持っているという那花だが、雨宮が招待されたのは神奈川県逗子《ずし》市にある本宅の方だった。逗子駅からタクシーで十分ほどのところにあり、車を降りてみると見たことのない景色が広がっていた。

（タクシーに乗ってたときから思ったけど……どれも大きな家ばっかりだったよな。それに、都内と逗子に家を持ってるって……やっぱりすごい）

そして目の前には、雨宮の目的地である切妻屋根に外壁がサンドベージュの大きな邸宅があった。雨宮の背丈以上ある大きな門扉は、モスグリーンのヨーロピアン調だ。門の向こう側にはバルコニーのある玄関ポーチが見える。それを中心に、左手にテラス、右手に三面取りのウインドウがあり、左右アシンメトリーな変化を持たせた建物の正面は、前庭とのバランスも素晴らしい。剪定《せんてい》された美しい木々が、明るく上品に佇《たたず》んでいた。

あまりにも周囲にある住宅との世界観が違いすぎて、まるで中世にタイムスリップした気持ちになる。その家を門の外から不審者のように覗き込み、家の前でしばらくうろうろしていた。

「間違ってインターフォンを鳴らしたら、まずいもんな」

雨宮は都合よく、こんなときだけ飯山のお節介を欲しいと思ってしまう。

（こういうとき、飯山がいてくれたらいいのに）

しかしいつまでもここでこうしているわけにはいかない。約束の時間も迫っていて、思い切ってインターフォンを押した。しばらくして男性の声が聞こえる。

「あのっ、あ、雨宮ですっ。こちらは那花先生のお宅でしょうかっ」

緊張のあまり声が上ずってしまい顔が熱くなる。ドキドキしながら応答を待っていると、スピーカーの向こうからくすくす笑うような声が聞こえて、そうですよ、どうぞ、という声とともに門の開錠音がする。

（わ、笑われた。恥ずかしい……）

門を押して中へ入り、玄関までの長いアプローチを歩く。玄関扉は真っ白で、縦長の大きな楕円形《だえんけい》のステンドグラスが扉の真ん中に設《しつら》えられていた。

「ようこそ。待っていたよ」

ドアが開いて那花が姿を見せた。バーで会った日から一週間ほど過ぎていたが、あのときの印象とえらく違っている。オフホワイトのカーディガンにキャメル色のパンツ姿だ。着ているものは前と同じで高そうなものだったが、今日は無精髭はきちんと剃《そ》られていて、髪もスタイリングされていた。そして相変わらず手足は長くスタイルは抜群である。

そんな那花をうっとりと眺めてしまった雨宮は、開かれた扉をくぐるのも忘れて立ち尽くす。

「雨宮くん？　中へどうぞ」

「は、はい！　すみません」

緊張しながらエントランスホールへ足を踏み入れる。まず目に留まったのは優雅に曲線を描くサーキュラー階段で、次は高い吹き抜け天井から下がったクリスタルのシャンデリアだった。

階段には真っ赤な絨毯《じゅうたん》が敷いてあり、その手摺《てす》りは細かな蔦《つた》の模様が施されている。足元から壁に至るまでオフホワイトで統一されていて、大理石の床はとても美しかった。写真でしか見たことのないような世界が広がり、雨宮はぽかんと口を開けて上を見るばかりだ。

「すごい、おうちですね……」

小さい声で呟いたのに、空間が広いせいか声が反響する。

「ただ広いだけだよ。こんなに手広いのに一人だから寂しいけど、それを言うと自分で希望したのだから文句を言うなって、宗くんに叱られるんだけどね」

那花が困ったような笑みを浮かべ、奥へ行こうか、と雨宮を促してきた。

「靴はそのままでいいよ」

「あ、はい」

こんなに綺麗な床を靴のまま歩いていいのかな、と雨宮は神妙な面持ちで歩き始め、庶民染みた疑問が頭に浮かんでくる。きっと普段から汚れた靴など履かないのだと気づいて、変なふうに考えた自分が妙に恥ずかしくなった。

　雨宮は那花に連れられて一階のリビングへ通された。オフイエローの壁紙とゴールデンオリーブ色の家具の組み合わせが華麗で上品な印象だ。どちらかというと那花には日本家屋が似合いそうな印象があったので、雨宮は彼が洋館に住んでいることにとても驚いた。

（雑誌のインタビューでも、自宅のことに関しては謎《なぞ》だったもんな）

　昔から那花のファンである雨宮は、色々なところで顔出しの雑誌インタビューを受けている彼を知っていて、もちろんどの雑誌も余さず手に入れている。インタビュー記事では小説に関することもそうだが、那花のプライベートに突っ込んだ質問もされていた。

　しかし那花の答えは無難なもので、その辺りはミステリアスな部分も多かった。だから今日は余計に彼の印象も変わったし、人生の中で一番幸せだと感じていた。

（まさか自宅へ招待されるとは思っていなかった。バーで迷惑をかけたのはこっちなのに、変な展開になってきたな）

　不安を滲ませながら、案内されたリビングのソファに腰かける。こんなにふかふかなソファも初めてで、座った途端に体が沈み変な声が出そうになった。

「お茶を用意するので少し待っていてくれるかな」

「あ、あのっ、お構いなく。それでこれ、あの……」

今日は那花の自宅に伺うということで、もちろん手土産《てみやげ》も持ってきた。あまりに豪奢《ごうしゃ》な家に圧倒されてすっかり渡すのを忘れていたが、那花がキッチンの方へ姿を消してしまったので慌てて追いかける。

酒が好きだという那花に買ってきたのは、雨宮にしては奮発した日本酒だ。桐《きり》の箱に入っていて、贈り物にでもしない限り買わないような一品だった。

それを抱えてリビングから続くダイニングへ入る。そこは淡いセルリアンブルーの壁色で物静かな印象の空間である。

「ああ、別に気を遣ってくれなくてよかったのに。私がお酒好きなのを知っていて、それを選んだ？　うれしいね、ありがとう。いただくよ」

キッチンでお茶の準備をする那花が、雨宮の手にした袋を見てそう言った。喜んでくれているようでうれしくて、照れながらその紙袋を渡す。

「那花先生でもご自分でお茶を準備されるんですね」

アイランドキッチンで飲み物を用意してくれている彼に向かってそう聞いた。雨宮のイメージは、メイドさんが全てやってくれる、とそんな妄想をしていたからだ。キッチンに立つ那花を想像できなくて、だから目の前でお茶の準備をする彼を見てとても不思議な感じがした。

那花は雨宮の質問にくすっと笑い、伏し目がちに手元を見ながら話し始める。

「それ、この家に来た人はみんな私に聞くよ。確かに部屋の掃除なんかは週に何度か業者さんに来てもらっているけど、お茶くらいは淹《い》れられるよ。それにこう見えても料理だってするからね」

君の目には私がどう見えているのか分からないけど、となぜか楽しそうにそう言いつつ、ティーカップを二つ持って出てくる。紅茶のいい香りが漂い、これもまた那花の印象を覆した。

「さあ、少し座って話そうか」

「はい」

ひとつを彼の手から受け取りリビングへと戻る。今度は体が沈むのを覚悟で腰を下ろし、慌てないように気を遣った。雨宮の向かいに座った那花が、カップを口元へ持っていきつつこちらの様子を窺う視線に心なしか緊張する。

「あの、今日はこんな素敵な自宅へ招待していただき、ありがとうございました。先日は大変ご迷惑をおかけしたのに……」

雨宮は姿勢を正して頭を下げる。これは那花に会ってすぐに言うべき言葉だったのに、なにもかもに圧倒されてすっかり忘れていた。紅茶を一口飲んでほっと一息吐いたところで思い出すなんて、間抜けもいいところだ。

「気にしないでいいよ。あのくらいどうということはない」

「……はい。それで、あの……」

この家へ招待されたのは、おそらく那花の気まぐれというわけではないだろう。横澤の自宅で提案された話を詳しく聞いて、それに協力するために呼ばれたのだ。

(俺にできるかどうかは、分からないけど。とりあえずは、頑張ってみるしかない)

「ああ、私にどうやって力を貸すかというのが気になる？　それとも、私が次に書く新しいジャンルについてというのが気になる？」

どちらも言い当てられてドキッとするが、なにより雨宮を緊張させるのは那花が自分を見る視線の熱量だった。肌がチリチリ焼けるようなそれに、ぞくっと背中が震える。

「えっと……、あの、どっちも、気になってます」

「そうか。素直な子は好きだよ。そんな難しいことは求めないから、安心して。今はお茶を飲んで少しリラックスしようか」

「はい……。分かりました」

やんわりと微笑みを浮かべた那花を見て、なんとなく安心する。人心地つくと紅茶の香りも味も、じんわりと染みるような気がして雨宮はそれを味わった。

「もう一杯どうかな？　最近、紅茶に凝っていてね。よかったら」

「あ、はい。お願いします。俺、紅茶なんて淹れたこともないし、飲むこともないんですけど、こんなにおいしいのは初めてです」

「そう？　君は……甘いのは好きかな？」

「甘いのは好きです。逆に苦いのは苦手で……。コーヒーも飲みますけど、シロップとミルクはたっぷりめに入れてしまう方ですね」

「じゃあ、次は甘いのにしよう」

ソファから立ち上がった那花が、自分のティーカップと雨宮のカップを手にしてキッチンへと向かう。

待っている間、改めてリビングを見回した。座っているソファはコの字型に配置されていて、手触りは本革で重厚感のある黒だ。

アンティークで濃い茶色の木製リビングテーブルと、ここにもシャンデリアが下がっていた。エントランスで見たクリスタルのものとは違い、真鍮《しんちゅう》製のシックなものだ。

壁にかかっているテレビはまるで映画館のスクリーンかというほど大きい。

明かり取りの窓は四面もあり、それを縁取るカーテンも落ち着いたリビングに合うように真鍮色をしていた。

「お待たせ。熱いから気をつけて」

どれもこれも高級そうで、博物館へ来た子供のようにキョロキョロしてしまう。落ち着かない雨宮は、那花の声にびくんと肩を揺らした。

「あ、ありがとうございます」

テーブルに置かれたソーサーを手にして、ティーカップの持ち手を摑んだ。液体が唇に触れるとぴりっとする。

「ぁっ……っ……」

熱いのは苦手じゃないが、唇の先が火傷《やけど》したようだった。舌先でその部分を舐めてから、唇を窄《すぼ》めてふーふーと冷ます。

「唇、大丈夫かな？　熱すぎた？」

「油断して、少し……」

大人なのに恥ずかしい、と思いながら照れ笑いをすると、那花が立ち上がって雨宮の隣にやってきた。雨宮の太腿にじわりと体温を感じるほど密着する。手にしているソーサーごと取り上げられて、那花がそれをテーブルの上へと置く。

あまりに近い距離に驚いていると、自然な仕草で顎に指をかけられた。

「見せて、赤くなっていたらまずいからね」

「な、那花……せんせ……」

体が仰け反り、倒れまいと両腕を座面について体を支える。それでも近づいてくる綺麗な顔に動揺した。那花の親指の腹がゆっくりと雨宮の唇をなぞった。横澤の自宅で追い詰められたときと同じように、彼の瞳の奥に青白く燃え上がる情欲を見る。

ドクンドクンと心臓が大きく打ち鳴り、血液が逆流する感覚が膨れ上がった。父が亡くなってから閉じてしまったあの禁断の扉が、鈍い音を響かせて開いていくのが分かる。

「……っ」

思わず息を飲み、ぎゅっと目を閉じた。本当なら押し返すのが普通なのだろう。いくら目の前にいるのが憧れの人であっても、那花が男性好きだったとしても、やめてください、と言わなくちゃいけないのに、そんな簡単な抵抗すらままならない。

（唇に……那花先生の息が、当たって、る……）

温かい感触がたまらなくて、ソファについた手をぎゅっと握り締めた。自分の唇が震えているのが分かって、どうしたらいいのか分からず混乱する。

横澤の自宅でも思ったが、那花は基本的に人と話すときの距離が近いようだ。もしそうなら彼は無意識なのだろう。それにドキドキする自分の初心《うぶ》さに情けなくなる。

「うん、ひどくはないな」

雨宮の唇をやさしく撫でていた那花の指が離れていき、同時にすぐ近くにあった彼の甘い香りも遠のいた。雨宮はゆっくりと目を開けて、体の力を抜く。しかし心臓だけはなかなか落ち着いてくれなかった。

「そう、ですか……すみません。猫舌なはずじゃないんですけど、なんだか緊張しちゃって」

「あはは。そんなに緊張しなくていいよ。君にできないようなことを要求しないから。まあこれを飲んで、落ち着いて」

雨宮はティーカップを渡され、今度は那花と隣同士に座って紅茶を楽しむ。さっきより少し冷めていて、一口目より甘く感じた。ほっと一息吐いたはずが心臓の鼓動は未だ忙《せわ》しく、それどころかさっきより体が熱い。

(あれ……なんだろうこれ、体がすごく温かい。いや、熱い……?)

紅茶を全部飲み干したあと、体の奥から熱が湧き上がる不思議な感覚に戸惑った。

「そろそろ話そうか。私が君に力を貸して欲しいという件について」

本題に入り始めた那花に、雨宮は居住まいを正した。隣に座る彼が雨宮の様子を気にしつつ、穏やかに話し始める。

「今まではずっとミステリー小説を書いてきたんだけど……君は私のファンのようだから知っているね」

「あ、はい。俺は七番目の目撃者シリーズが好きです。今でも読み返してしまうので」

「そう。うれしいね。あのシリーズはコアなファンが多いんだよ。君もそのうちの一人に入るのかな?」

にっこり微笑んだ那花が雨宮の顔を覗き込んできた。さっきから那花の一挙手一投足に雨宮の胸が高鳴る。特に今は妙に体が熱くて、指先もじんじん痺れるような気がしてどうしようもないのだ。

「あ、俺は……そうですね。コアなファンと言われたら、そうかもしれないです」

もじもじしながら彼に気づかれぬよう、足の指先を丸めたり伸ばしたりを繰り返した。

さっきから体の様子がおかしい。那花が隣にいるのは緊張したが、だからってこの反応はどう考えても普通じゃない。

(なんで……俺、少し勃って、る？)

こんなふうになっているのを那花が知ったら、変態だと思われるだろう。むしろ気持ち悪いと嫌な顔をされるかもしれない。だから悟られないよう、膝頭をしっかり揃えた。

「まだプロットの段階なんだけど、印象的なエピソードをいくつか入れようと思っているんだ。そのうちのひとつに協力をして欲しい」

「分かりました。俺はどんなことをしたらいいですか？　できることは全部、協力したいです」

吐き出す自分の呼気が熱くて、目元も火照っている気がする。風邪《かぜ》をひいたときのように怠い感じが襲ってきて、明らかに体調が変だ。しかし那花の話を途中で切りたくなくて、雨宮はなんとか耐えていた。

「ペンネームを変えて出すかどうかはまだ決めていないが、そのジャンルっていうのは官能小説だよ」

「……か、官能小説？」

那花の文章は硬い印象だが叙情的なところもある。それで官能小説を書いたなら、きっととんでもなく色っぽい作品になるだろう。想像した途端、雨宮の股間でペニスがぐぐっと硬度を増した。

「私が官能小説を書くなんて、想像できない？」

「いえ、あの、驚きましたけど、でも那花先生の美しい文体は好きです。だからすごくドキドキさせられるだろうなって思いました」

「よかった。ファンに幻滅されたら挑戦する意味はないからね」

「でも、どうして官能小説を書こうと思われたんですか？」

「そうだねぇ。言うなれば、自分の……性的な本性の部分をさらけ出して書いてみたいと思ったからかな」

「性的な本性……ですか」

那花がソファの背もたれに体を預け、長い足をゆるりと組んだ。今そんな話をされてはまずいかも、と雨宮はそれっきり口を噤んでしまった。さっきよりは明らかに体調に異変をきたしている。火照りに疼き、それに下半身の硬直。体の異変は悪化する一方だ。

（さっきの紅茶……？）

思い当たるのはそれだけだった。甘い味の中に心なしか苦みを感じたが、そういう紅茶なのかと思って飲み干した。

「和幸くん、だったかな？　下の名前」

「あ、はい」

那花に名前を呼ばれて、胸の奥がきゅうんと切なくなった。

「君に私の作品のモデルになって欲しいんだ。この意味が分かるかな？」

「あ……モデル、ですか」

そう言われてもなにをすればいいのか分からないし、意味を問われてもどう答えていいか見当もつかない。困ったように黙り込むと、那花の腕が急に雨宮の肩を抱いてきた。

「……っひぁっ！」

驚いて変な声が出てしまう。なによりも肌で擦れた服の感覚があまりに鋭くて、敏感に反応してしまった。

「大丈夫？　体調よくないかな？　顔が赤い」

「いえ……その、すみません。少し、体が熱くて……」

彼の腕の中で雨宮は小刻みに震えていた。寒いわけではないのに体が熱いし、こんな状態で那花の要望には応《こた》えられそうにない。

「すみません……。俺、今日は、帰ります。なんだか体調がおかしくて」

「君をそんな状態で帰すわけにはいかないな。もしも途中で倒れたら大変だろう？」

はっ、はっ、と息を荒らげながら、那花の腕の中でぐったりしてしまった。体をまっすぐに保っていられないなんて絶対にどこかがおかしい。

「少し横になっていきなさい。さあ、続きは二階のベッドルームで話すよ。立てるかな？」

「は、い……大丈夫で、す……。あっ……」

肩を抱かれたまま促されるようにして立ち上がった雨宮は、足元をふらつかせてしまう。だが那花の胸に体を預けていたので、もちろん転ぶことはなかった。抱えられていた腕にぐっと力が入り、全身が敏感になっている雨宮は切なげな吐息を吐く。

「安心して。ちゃんと準備もできているからね」

「準、備……？」

まるで酔っ払ったような状態の雨宮は、那花にしがみついている。膝が震えてとても一人では立っていられない。

「さあ、行こうか」

体がふわりと浮いた。まさか大人になってお姫様抱っこを同性にされるとは思っていなかったが、今はもうなにも言えず為《な》すがままだ。彼の首元に頭をこてんと乗せれば、バーで香ったあの甘いフレグランスが鼻腔《びこう》を刺激した。

那花が歩くと体が揺れる。頭がふわふわしてとても気持ちがよかった。彼がなにかを話しかけてきたようだが、上手く聞き取れなかった。

（どうしたんだろう。なんで、こんなことになってるのかな。結局、那花先生は……違うジャンルで作品を書くって言ってたけど、だから俺が……なにをするんだ？）

頭の中で疑問ばかりがぐるぐる渦巻き、一向に答えに辿《たど》り着かない。そのうちにふわふわ浮いていた体は、どこかへそっと寝かされた。

閉じていた瞼を開くと、落ち着いたベージュ色の天井が目に入り、そこから円筒形のシャンデリアが下がっている。しかしそんな景色が二重になったりぼやけたりして、まるで酒に酔っているときと同じだ。

「先、生……」

「その他人行儀な呼び方はやめようか。壮一郎、と言ってごらん？」

ベッドの上へ寝かされているのは分かった。すぐ傍に那花が腰かけていて、こちらをやさしげな瞳で見下ろしている。大きくて温かい手の平が雨宮の頭を撫で、その指がそっと頬に触れた。

「壮、一郎……さ、ん」

唇を震わせながら掠れた声でそう言った。暑くてたまらなくて、震える指先をシャツの首元に入れる。指先が痺れていてボタンを外すことが叶《かな》わずイライラした。

「そう、いい子だね。暑いのかな？　シャツを脱ぎたい？　そうだ、さっきの話の続きもしないとね」

那花が首元のボタンを外してくれた。心なしか楽になってほっとしたが、そのボタンはどんどん下まで外されていく。シャツの下にはなにも着ていないから、素肌はすぐ外気に晒される。

「ぁ……、あぁ……、は、ん……」

放熱されていく心地よさに思わず声が漏れた。首筋を撫でる冷たい手が気持ちよくて、再び目を閉じた。体の熱さは治まらなくて、雨宮の陰茎は完全に勃起してジーンズの中で硬く息づいている。

「君が私のアイデアの根源になってくれるとうれしいな。あらゆることをこの体と……君の心で、私にそれを提供してもらえないか、ということだよ」

「この、体……？」

「そう、君の、和幸くんの白くてきめ細かい肌の、この体だよ」

シャツのボタンが全て外されて、胸と腹が露出している。その肌の上を那花の手が這った。少し撫でられるだけで過敏に反応して、体がびくびく跳ねる。気持ちがいいのかくすぐったいのか分からない。きゅうっと胸の先が尖って痛いような気がして、それは股間の滾《たぎ》りよりも鋭いのが分かる。

「ぁ、ああ……、あっ、んっ、はっ、ふぁっ……」

「いい声だ。今はまだこれ以上はしない。君が私の申し出を了承してくれたら、この体に溜まった熱を発散させてあげるよ」

「あ、熱……い、か、体……へん、です」

「そう。初めてだったとしたら、少し反応がきつく出てしまったかもしれないね。でも安心して。自然由来のものだから、害はないよ。ああ……こんなふうに、意識が混濁している君に、返事を聞くなんて……私は卑怯《ひきょう》なことをしているね。でも……」

ギシッとベッドが軋《きし》むと、上半身で覆い被さるようにして顔を近づけてきた。那花の高い鼻が雨宮の首筋に埋まる。スンスンと匂いを嗅《か》がれて、恥ずかしさに身が焦げた。

「この匂いに、たまらなく惹《ひ》かれるんだ。私に詫びがしたいと言ったね？　私にこんなことをされても……君は平気？」

那花の吐息が首筋から鎖骨に下りてきた。肌に唇を押し当てられてその部分が痺れるような感覚に体が高ぶる。そしてその少し下にある胸先に唇が到達し、やんわりと口に含まれた。舌でひと舐めされて、得も言われぬ快楽が走り抜ける。

「ふっ……あっ！　ぁあっ！」

女のような甲高い声が漏れて、恥ずかしくなった雨宮は思わずぐっと奥歯を噛み締めた。手足が重怠くて上がらない。なのに触れられたら敏感に反応して体が跳ね、自分でも聞いたことのないような声が出た。

「和幸くん？　聞いているかな？」

「き、聞いてます……俺で、よければ……壮、一郎さんの、好きに、して……ください」

息を荒らげながらそう言うと、悦に入った瞳で那花が再びこちらを見下ろしてきた。意識がぼんやりしていても、体が動かなくておかしくても、根底にあることは変わらない。

(俺は、那花先生が好きだから……なにされたっていい)

そんなふうに思うようになったのはいつの頃だったか、もう思い出すことはできない。

父にされていたことが起因になり、那花の名前を見るだけで下半身がそわそわ落ち着かなくなった頃からかもしれない。

雑誌で何度もインタビューを受ける那花の記事を見た。テレビでゲストとして出ている彼を見た。そのたびにまるで恋でもするかのような切なさに胸を焦がし、その反面、肉体的な欲求に翻弄《ほんろう》された。同じ年代の男性が異性でそれを処理するように、雨宮は那花でその欲求を何度も処理した。

それが普通じゃないと知りながら、普通の人になりたくて異性と交際した。

(その結果が……あの、彼女の台詞だった、ん、だよな……)

頭の中でこの間のひどい振られ方が蘇る。もしかしたら那花は、横澤からその話を聞かされているのかもしれない。そうでなければ、こうして自分に触れたり首元にキスをしてきたりしないはずだ。

「本当にいいのかな？　好きにしていいって、思ってる？」

「あ……思って、ます……。俺があなたを好きなのは、もうずっと前から……。何度も、何度も……あなたで、シテ……。し……信じ、られますか？　あなたを見るだけで、硬くなった……り、あって。あなたを考える、だけで……」

「熱烈な告白だな。まさか君からそんなふうに言われるとは想像もしなかったよ。ああ……かわいいね。君を見ていると創作意欲が刺激される」

那花の指先が雨宮の肌の上を何度も往復する。やさしく撫でられるだけで、皮膚の上を緩い電流のような刺激が走り抜けた。腰が無意識にぴくぴくして、雨宮の陰茎は痛いほど張り詰めている。

「壮一郎さん……俺は、どうなって、る、ですか……？」

雨宮は荒い息を吐き、虚《うつ》ろな目で那花を見つめながら聞いた。指先で雨宮の素肌を堪能《たんのう》していた那花が視線を合わせてくる。そしてほんの僅《わず》か、申し訳なさそうな顔で彼は笑ってみせた。

「ああ、今の君の状態のことかな？　和幸くんの飲んだ紅茶に少し、気持ちよくなるお薬を入れたんだよ。甘いのが好きだと言ったから、喜んでもらえると思ってね。ああ、大丈夫。見る限り……効果は正常に出ているよ。心なしか過剰気味かもしれないけど」

「気持ちよく……なる、……？」

「そう。今から私の創作意欲の源になってもらうから。いいね？」

もう体が限界だった。腕が上がるなら、今すぐにでも自分の息子を摑んで扱いて出してしまいたい。目の前の那花を見ながら、力任せに扱いて射精できたらどんなに気持ちいいだろうと、そんな卑猥な想像をする。

「は、い……。壮一郎、さん……ここ、も？」

自分の体に手を這わせ、なんとか熱く疼く股間に持っていく。指先が触れそうになったとき、那花に手首を摑まえられて雨宮の動きは制限される。

「あっ……」

「いけないいな。自分でしようとしたのかな？　全部、私がしてあげるつもりなんだよ。辛くても、きっと気持ちいいはずだから。今は我慢するんだ。いいね？」

諭すような那花の言葉に、雨宮はなんの反論もなく頷いていた。それを見届けた那花が、準備をするから少し待っていなさい、と言って立ち上がった。そして寝室の戸口の前で立ち止まった彼が、自分でするんじゃないよ、と言い残して部屋を出ていく。

「ぁ……あぁ……」

触りたくて仕方がない。手の平で押さえるだけでもいい。腰を動かして、布と摩擦する刺激だけでも欲しかった。力を入れて僅かに陰茎を動かすと、裏筋と亀頭部分が擦れて微電流が背中を這い上がってくる。

「んっ」

思わず声が漏れて、両手でベッドシーツを握り締めた。那花の言葉が頭の中を巡り、湧き上がる欲求を抑えている自分に興奮していると気がついた。

（ああ……俺って、絶対に変だ。分かってたけど……こんなことで興奮するなんて）

広いベッドの上でシャツの前をはだけさせたまま悶《もだ》えている自分を想像すると、実に滑《こっ》稽《けい》だと思う。この部屋に連れてこられてから雨宮の状態はあまり変わらず、それどころか興奮して性的欲求は高まるばかりだ。

しばらく待っていると、那花が部屋に入ってくる気配があった。閉じていた瞼を開き、音のする方へ頭を動かす。

「さあ、始めようか。和幸くん」

部屋の中にふわりとソープの香りが漂う。那花の髪は濡れていて、前髪は掻《か》き上げられて額が見えている。束になった髪がいくつか色っぽく垂れていて、こちらを見る那花の瞳がさっきまでと違っていることに背筋が震えた。

第三章　快楽の本質

バスローブ姿の那花がベッドサイドに腰かけた。体が揺れて布で肌が擦られると、弱い電気が走ったように痺れる。さっきよりは時間が経ったのでかなり体の自由が利くようになった。まだ上半身を起こすのは無理だったが、腕は上がる。

「今日は、君にだけしてあげようと思ったけど……少し、味見もさせてもらうよ」

那花が楽しそうに雨宮のシャツを全部脱がせてしまった。そしてジーンズも下着ごと引き抜き、すっかり真っ裸にされている。

「あの、あのっ……壮一郎さん……、俺、恥ずかしいです。こんなの……こんなこと、どうして……」

体を起こそうとして、中途半端に起き上がってはベッドに沈む。左半身を持ち上げたが寝返りを打とうとしてもできなかった。下半身は全部露出し、緊張と羞恥でいっぱいなはずなのに、腹の上にはぱんぱんに張り詰めた肉茎が横たわっている。雨宮が体を動かすたびに、ふるふる揺れた。

「君が私の提案にイエスと言ったからだよ？　なにか問題が？」

「だってこれじゃあ……俺だけが恥ずかしい、です……それに、心の準備も……」

問題もなにも、会って二度目でこれはあまりに刺激が強すぎる。体は素直だが、心が置いてけぼりだ。

「そうだね。それはさすがに不公平だ。じゃあこうしよう。私も脱ぐよ」

そうじゃないのに、と言おうとしたがもう遅かった。ぱさりと那花がバスローブを脱ぎ去る。布の下は思った通り裸で、彼は雨宮と同じ全裸になった。

「そのつもりでシャワーを浴びたけど、仕方ないね。今日は最後までしないであげよう。その代わり、焦《じ》らして啼《な》かせて、観察させてもらうよ。存分に私を刺激してくれ」

那花の手が雨宮の首筋に触れた。そのまま指先が肌を滑り、刺激を欲していた小さな突起に辿り着く。

「んっ……ぁっ！」

体がびくびくと跳ねた。くすぐったいような、それでいてむず痒《がゆ》い刺激が生まれる。それが下腹部のもっと奥を疼かせた。

「君のここは、とても小さくて慎《つつ》ましやかだね。でも、まだなにも知らない、無垢《むく》な蕾《つぼみ》だ。それを私が、私の色に咲かすことができるのは、とてもわくわくするね」

「は……ぁ、あっ！　んっ、んんっ、やっ……ぁっ！」

那花の指先が乳輪の周りをくるくるなぞり、そしてつんと勃った小さな粒に触れてくる。

初めはやさしく右に撫でるだけで、そのうち人差し指に親指が加わった。摘《つ》まんで引っ張られ、痛みの中に快楽を感じ始めた雨宮は、声を我慢することができなくなった。

「ひっ……あっ、あぁっ、くぅん……、んんっ、あぁ……」

「いい声だねぇ。乳首を弄られてこっちも元気に跳ねている。触って欲しいのかな？　それとも乳首を先に開発する方がいい？」

那花のもうひとつの手が、雨宮の腰の辺りをいやらしく撫でながら、薄い下生えを指先で掬《すく》い上げるようにしてくすぐり始めた。ペニスへ触れそうで触れない那花の指に、焦れったくなった雨宮は腰を浮かせる。すると那花の指がすっと離れていった。

（あ……、あぁ……触って欲しい、のに……っ）

頭の中で昔の記憶が蘇った。雨宮はベッドに座らされ、その前に跪《ひざまず》いた父がこちらを見上げてくる、あの光景だ。

初めは父親の目だったが、雨宮のペニスを咥えながら次第に男の目に変わっていった。口淫されながら興奮しているのを知られたくなくて、あの頃の雨宮は必死に声を殺したのだ。

「ああ、興奮してるね？　硬くなった先から切ない涙を流してるよ。君の興奮が伝わってくる。でもまだ、触ってあげられない」

素肌を撫でていた手がするすると腰の上を滑って太腿へ下りていった。内腿から膝へ、そして膨《ふく》ら脛《はぎ》を妖艶《ようえん》に愛撫して足首に辿り着く。その足首にやわらかいものが触れ、ぐっと締めつけられた。

「あ……壮一郎、さん？」

「痛くないよ。ふわふわのやわらかいファーがついているからね。君の肌を傷つけたりはしないよ。だからじっとしておいで」

左の足首が適度に絞められて、ぐいっと引っ張られる。それをベッドの下の方に留められ、もう片方の足も同じようにされてしまう。両脚を開いた形で固定されてもう動けない。

「えっ……な、に……？　なんで、足が……」

「これからすることは、気持ちよすぎて君が暴れる可能性があるから、足だけ留めさせてもらったよ。手首はそのままにしてあげよう。その代わり……我慢できずに自分を握ったら、手も固定するからね？」

那花の言う意味があまり理解できず、とにかく痛いことはされないのだけが分かった。

足を固定されて動けなくなると、余計にむずむずが激しくなる。拘束されて興奮しているという事実に驚きつつも、自分でも知り得ない深淵《しんえん》の性欲を暴かれていく気がして、雨宮はぞくっと体を震わせた。

「さあ、本番だ」

那花がベッドの下から大きな黒い羽ブラシを取り出した。まさか掃除でもするのかと、馬鹿なことを考えた雨宮は、五秒後に後悔する。その羽で足の先から撫でるようにしてくすぐられたのだ。

「あっ、やっ……だっ、ひっ、あっ、ぁっ！　くすぐったい……やめ……やめてっ」

腰を上下に振ってなんとか逃れようとするが、足の固定は案外しっかりしていて雨宮が暴れたくらいでは全くびくともしない。

「やめて？　その言葉は本当かな？　足の先だからくすぐったいんだと思うよ。じゃあここは？　どんな気持ち？　どんな感じがする？」

雨宮をくすぐりながら感想を求めてくる。伝えたくても口から出るのは色っぽい声ばかりだ。

肌の上を滑ってくる羽は膨ら脛から膝、太腿へとやってくる。内腿を行ったり来たりする羽の感触に、くすぐったいのが突然心地よくなる。いつもより肌が敏感でそのせいだと思ったのだが、今はもうそんなことはどうでもよくなってきていた。

体の熱さもさることながら、激しい性欲の高まりに自分を見失いそうだ。

「はっ、ぁっ、ひぁっ……んん、な、に……やっ、ぁあっ……んっ。そこじゃなくて、もっと……」

「もっと？　もっとなんだい？　ちゃんと言葉にしてくれないと、分からないな」

「もっとここを……」

張り詰めてぱんぱんになった自分の陰茎に、ゆっくりと手を伸ばす。根元から肉茎をぎゅっと握ると、双珠がぎゅうんと痛いような昂《たか》ぶりが腰の奥を刺激する。まだなんの快楽も知らない窄まりの周囲がぴくぴくと痙攣《けいれん》した。

「ああ、私の言いつけを守れなかったね？　触ってはだめだと言っただろう？　私が与える刺激で啼いて、どんなふうに感じているのかを教えて欲しいんだ。それなのに君は……悪い子にはお仕置きが必要かもしれないな」

那花の言葉で、体中の血液が逆流したような感覚に息ができなくなる。父に何度も聞かされた『お仕置き』という言葉が懐かしくもあり、そして雨宮の中に抑えられていた歪《いびつ》な欲が解放された瞬間だった。

「お、仕置き……して……あぁッ、もっと、して……悪いことした、から。僕が……ああっ」

「こら、暴れちゃだめだろう？　悪いことする手も……こうして留めておかないといけないね」

両方の手首にもファーの枷《かせ》がつけられた。これで四肢がベッドへ張りつけの状態だ。ぴくぴくと切なげに動く雨宮のペニスは、その先から粘ついた涙を幾筋も垂らしている。

「よし、これで、悪いことはできない。いい姿になったね。君の白くてきめ細かい肌がほんのりピンク色だ。恥ずかしがっている感じがまた、そそる」

やわらかくて絡みつくような那花の声音に、鼓膜が甘く痺れる。それがぞわぞわと肌の表面を這い、粟立《あわだ》つような快感になって駆け抜けた。

素肌の上を羽がくすぐっていき、それが胸の尖りにやってくる。さっきまで那花の指先で弄られていたそこは、羽の刺激だけでも大いに感じさせられた。

「あっ、あんっ！　ひっ、ぁっ！　やっ、やぁ……っ！　んっ！」

「ああ、かわいく啼くね。左だけでは物足りないかな？　こっちは寂しそうにしている。じゃあこっちは……これをつけてあげよう。ぜひ感想を聞かせてくれるとうれしい」

右の乳首になにか冷たいものが触れた。ぴくんと体が跳ねたが、そのあとに鋭い痛みが走る。

「いっ……！　痛いッ……あ、あぁ……い、やぁ……やめて……父、さんっ」

雨宮は無意識に父を呼んでいた。こんなのは父にだってされていないのに、あの頃の記憶と混同している。

「父さん？　もしかして、君はこういうことを父上からされていたのか？」

那花の問いかけに小さく首を振った。細く開いた目から溜まっていた涙がぽろぽろ零れる。那花が無言でその涙を拭き取ってくれた。彼はなにかを察したかのように、雨宮の頬や額、唇に何度もキスをして、大丈夫だよ、と言ってくれているようだった。

「君の父上は、なにをした？　どこまで教えてもらった？　こんなふうに、乳首を苛《いじ》めてもらったのかな？」

右の乳首に挟まれたクリップをぐいっと引っ張られた。挟まれた痛みとは違うものがそこからびりっと走り抜けて、思わず悲鳴のような声が上がる。

「ひ……んっ、い、痛い……ぅぁ……」

「痛い？　痛いだけ？　違うだろう？　痛いだけじゃないはずだ。このクリップをつけて、君のかわいらしいペニスが反応した。痛いだけならここが……小さくなってしまうはずだよ。正直に言ってごらん？」

痛いだけじゃないと言われたが、右の胸先にはシルバーの小さなクリップがガッチリと挟まっている。初めは痛かったが、圧迫される快感がもどかしい快楽へと変わっていく。初めての感覚だった。

「んっ、んっ、あっ……はぁ、あっ、ん……気持ち、い、いい……左の胸も……お願い、そこも、挟んで、痛くして……」

右の乳首がじんじん痺れてきて、それは今まで味わったことのない種類の興奮だった。左の胸先は那花が羽で撫でられるだけの弱い刺激しか与えてくれず、同じように挟んで痛くして欲しくなる。でも本当はもっと下にある、物欲しげにどくどく疼く熱塊も握って欲しいのだ。

「気持ちいいね。羽は嫌い？　私はこのふわふわした感じが好きだな。僅かな刺激で君が悶える姿はかわいらしい」

「やっ、やぁっ……それ、いや、です……ああ、もう、お願い、します」

こんな生殺しの刺激では死んでしまうと思った。こうなるまでは恥ずかしいと思っていた雨宮だったが、まさか那花にここまでされるとは想像もしておらず、そしてそれを受け入れて順応していく自分にまた驚かされる。

涙に滲んだ瞳で那花に懇願すると、雨宮の泣き顔を見つめていた彼の両目がすうっと細められた。口元がにやっと笑い、仕方ないね、と呟く。

「これはまだしないでおこうと思ったけれど、君が我慢できないと言うなら……」

那花が取り出したのは金属のリング状のものだ。アルファベットのC形をしていて、大きなピアスのような感じだった。それを雨宮の下腹部へと持っていく。那花の行動を目で追いながら、一体なにをされるのかとドキドキする。

「本当は元気になる前につけるものなんだよ。今の君の状態でつけると痛いんじゃないかな。でも、和幸くんはもう我慢できないんだろう?」

那花の意地悪な表情に不安になったが、触ってもらえるならなんでもいいと思った。こくこくと小さく頷くと、彼がペニスを摑んでそのリングをばちんと装着した。

「いっ、ああっ！　ぁ……あぁ……っ！」

触れられて気持ちがいいより先に、リングをつけられて苦しくて痛い方が先にきた。

「うん、締まるよね。でも君は私に触って欲しいのだろう？」

苦しげに呻《うめ》きを上げている雨宮に、彼は悠然とそう言った。口を開けば悲鳴が出そうで、雨宮は奥歯をぐっと噛み締める。さっき涙を拭われたのにまた目尻を零れ落ちた。

「く……っ、ぅっ……！　うぅ……っ」

「泣かないで。今から悦《よ》くしてあげるから」

根元をシルバーリングで絞められたペニスは、まだ透明な涙を垂らしていた。ぬるぬるになって濡れた先端を指先で撫で回されると、痛みから快楽が生まれ始める。

「あ……ぁ、ぁっ、ふぅ……んっ、あっ、ん」

「ほら……悦い声になってきた。こうして握って、扱いてやると……腰がびくびくするだろう？　君は私の想像以上に淫乱《いんらん》だ。本性かな？　それともお父上の調教の結果？」

那花が悦に入った顔で雨宮のペニスを手の中で擦る。根元を堰《せ》き止められて痛いはずなのに、彼の手で刺激を与えられて快楽が勝ってきた。自然と腰が浮き上がって、もっとして欲しいとねだる雌犬のようだ。

「あっ、あっ、んっ、んんっ、はぁ……っ、あぁっ！」

部屋の中にぐちゅぐちゅと淫猥《いんわい》な音が響く。滑りがよくなったのは那花がローションを垂らしたからだ。いつの間に、どこから、なんて考えている余裕はない。

意識が混濁して今の状況を上手く飲み込めないでいる。しかしひとつだけ確実なのは、那花にされるのが嫌ではないということだった。

今度は予告なく左の乳首にもクリップをぱちんとつけられ、激しい快楽痛に背中とベッドの間に隙間が生まれるほど体を反らせる。

両乳首につけられたクリップは細い鎖で繋がっていて、ペニスを扱かれながら思い出したようにそれを引っ張られた。那花は行為を楽しんでいるようで、乳首を苛めるときはペニスへの刺激を緩め、その逆もそうだった。

人間とは貪欲《どんよく》なもので、緩い快感を与え続けられると、もっと強い刺激を欲してしまう。上も下もひどくして欲しい。しかし両方されてしまったら、今度はなにを求めてしまうのだろう、と雨宮は理性の端でそんな怖い想像をする。

だが今は、ただ射精する気持ちよさだけが欲しくて、恥じらいをかなぐり捨てて那花に訴えた。

「イっ、きた……ぁ、いっ！　もっ、イき、た……あっ、あっ！」

「ん？　出したいのかな？　さっきよりも大きくなってきたね。亀頭も腫《は》れている」

そう言いながらも彼は雨宮の熱塊を扱くだけで、根元のリングを取ってはくれない。いやいやをするように首を振って、涙目で那花に訴える。その様子を楽しそうに見ながら、那花は雨宮の上へ上半身を被せてきた。イけそうでイけないまま手を離されて、今度はキスをされる。

「ふ……ぐっ、ぅんっ、んんっ」

くちゅくちゅと舌を絡めて濃厚なキスを施され、頭がぼんやりするくらいされたとき、硬直の縛《いまし》めをゆっくり外される。

「どう？　楽になったね？」

「は、はい……壮一郎さ……もっと、キス、して、ください……」

「素質があるね。気に入ったよ。でもそういうねだり方を、誰に教わった？」

今まではやさしいばかりの笑顔を見せていたのに、嫉妬《しっと》に焦げるかのように冷笑を浮かべた那花が、キスをしながら雨宮の肉茎を掴んだ。痛いくらいに強く握られ、雨宮を追い上げるようにして激しく扱き始める。

自分でもしたことのない過剰な攻めに、吐き出せなかった快楽が一気に膨れ上がってきた。キスをされて口を塞がれていたが、息が苦しくなって自ら那花の口づけを解く。

「んっ、んっ、んっ、んはっ……あっ、あっ、ああぁっ！　イくっ、ひっ……あぁっ！出る、んっ、――ああぁっ！」

果てる瞬間に乳首に繋がる鎖を引かれた。それが引き金のように雨宮は射精する。くらくらするほどの快楽に、意識が一瞬だけ飛んだ。目の前も頭の中も真っ白になって、体の中で弾ける快楽に身を委ねる。

「綺麗だね……君は全身で私の創作意欲をくすぐってくれる。その声も肌の感触も熱も、そして果てたあとの精液の匂いも……」

那花はこちらを見つめながら、手についた雨宮の精液をこれ見よがしに舐めていた。

「味もいい」

指の股《また》に流れる精液まで舐め取り、果てたばかりの雨宮を誘っているように見えた。

雨宮は射精後の気怠さを全身で感じていたが、自分の肉茎が萎《な》えていないことに気づいて那花を見上げる。

「そう、まだ元気なままだね。今度は私と一緒に楽しもうか？」

ベッドの上で膝立ちになり、自分の熱塊に手を添えてこちらに見せつけるようにしてくる。他人のそれを見た経験のない雨宮は、あまりに大きなそれに目を見開いた。

反り返った熱塊の先には、はち切れんばかりに大きく腫れ上がった亀頭があり、雨宮と同じようにその鈴口は開いてしっとりと濡れている。

「ああ……もっと、して、ください……。壮一郎、さん」

掠れた声で彼の熱塊を欲する。まだ一度も男に抱かれたことなどないのに、窄まりの奥がひくひくと蠢《うごめ》いたのは、きっと那花なら雨宮の希望以上の快感を味わわせてくれると確信があったからだ。

それを思うだけで、この快楽がまだ終わらない高揚感と渇望に体を震わせるのだった。

那花は知りうる限りの快楽を、雨宮の体に教え込んだ。何度か射精させられて、ようやく手足の枷を外される。

自由になった雨宮は、生まれたばかりの子供のように体を丸めてベッドの上で転がっていた。傍らには那花が座っていて、震える尻を撫でられ、そして初めての体験をしている。今までの行為も全て初体験だったが、こんな場所は初めて弄られる。怖いと思ったが、相手が那花なら全部を任せられる気がしていた。

「最後までしないつもりだったのに、私に嘘を吐かせるなんて悪い子だ。お仕置きは延長だね」

那花がそう言いながら、ぐちゅん、と雨宮の後孔に二本目の指を挿入してくる。

「あぁあっ！　あっ、んっ、あっ、ぁっ……あっ、ひ……ぁっ！」

彼の言い分に反論したくても、雨宮の口から出るのは艶声ばかりだ。嘘を吐かせただなんて、雨宮はなにもしていない。それなのに悪い子だと言って叱られるなんて理不尽だ。

彼の片方の手が雨宮の後孔を弄っていて、滴り落ちるローションでべとべとになっている。ぐちゅぐちゅと後孔を彼の指が出入りし、そのたびに漏れるのは喘ぎ声だ。

「君のここは狭いね。初めてだと言ったかな？」

「はっ……はじ、めて、あっ……んっ！　ですっ、ああ！」

内臓を掻き回される未知の感覚に、気持ちいいのか気持ち悪いのか分からず、それなのに喘ぎ声が出て止められない。彼の指が肉襞《にくひだ》を撫でると、今までとは異質な感覚が奥から迫《せ》り上がってくる。びくびくと体を震わせて、もどかしさが溜まっていくのを必死にこらえていた。

「初めてだけど、かなりやわらかくなってきたね。お腹の力を抜いて……そう、上手いよ。そそられるね」

「ひっ……！　あっ！　あっ、んんっ！」

「主人公をこうして調教する男性の気持ちがよく分かるよ。まぁ私の作品でこうされるのは女性だけど、君は私の理想だから……って、聞いてるかい？」

ぐりゅ、と中を抉られた。強い刺激が腰から背骨を伝って頭の中で弾けた。

（お仕置き……気持ち、いい……）

声にならない悲鳴を上げて、一瞬意識が遠くなる。そのあとは全身が痺れるように疼いて、快楽がなかなか引かなかった。

「おや……少しイッたのかな？　中でイけるなら、私も楽しめそうだね」

「あっ、んっ！」

後孔から指がぐちゅんと抜かれた。今まで違和感しかなかったそこに、なぜか指を抜かれてそれが増した。元の感覚に戻らないのだ。

（なんで……指はもう、ないはずなのに、変な感じがする。閉じてない、気がする）

必死に尻に力を入れているが、感覚が麻痺《まひ》しているようで制御できない。のろのろと手を伸ばして自分の尻に触れてみる。ローションで滑《ぬめ》っているが、ちゃんと孔は閉じていた。

ほっとして体を起こすと、目の前には膝立ちになりペニスの根元をぐっと押さえ、切っ先をこちらに向ける那花がいた。

「そこに横になって、足を開いてみようか」

まるで石膏像のように美しい体の那花が、上気した頬と情欲《じょうよく》の滲んだ瞳で見下ろしていた。雨宮はごくりと喉を鳴らし、言われた通りに横になる。あれだけ色々なことをされたのに、まだ羞恥が先に立って足を開けなかった。近づいてきた那花が雨宮の膝頭を摑んで左右に開帳する。

「……っぁ」

尻の狭間《はざま》がねちゃりと音を立て、薄い下生えと若茎はローションでぬらぬらと光っていた。

「大丈夫、怖くないよ。時間をかけて私が解《ほぐ》したのだから。ゆっくり息を吐きなさい。全部任せればいい」

やさしい口調の那花をうっとりと見上げる。子供の頃から大好きだった作家と知り合えただけでもすごいのに、こんなふうにかわいがってもらえるなんて夢のようだった。

　しかしその反面、怖いと感じる自分もいる。身が焦げるような快楽を教えられたら、これなしでは生きていけなくなるのでは？　と思ったのだ。だがもう後戻りはできない。彼はもうすぐそこまで来ている。

「あ……ぁ……、あぁっ……！」

　そんな雨宮の迷いを打ち消すように、後孔にあてがわれた那花の熱塊がぐっと力を込めて這い入ってくる。自分の後ろが拡《ひろ》がる感じに背筋が震えた。肉環が那花を締めつけながら飲み込み、内臓が迫り上がってくる感覚に声が漏れる。

「ひっ……、あぁっ、あっ、あっ、はっ、……ぁあっ！」

「いい子だね。上手だ。そう……息を吐いて……」

　声とは裏腹に、那花の熱塊はどんどん中に入ってくる。肉筒の形が那花に変えられていく。これは父にも教えてもらわなかった未知の快楽だ。

「ぅああっ！」

　ずん、と奥を突き上げられる。いつの間にか彼の全てを飲み込み、そこで那花と繋がり、ひとつになっていた。だが意識は熱に浮かされたようにぼんやりしている。

「ああ、奥に当たったかな？　痛くない？　ここは……ちょっとだけ萎えたね。元気にしてあげよう」

　にゅるにゅる、と那花の手の中でペニスを扱かれる。じわじわと疼きが大きくなり、後孔がひくついた。そして同時に中に収まっている那花の硬直がゆっくりと引き抜かれていく。

「あっ、……ぁああ！」

内臓を根こそぎ持っていかれるような感覚に怖くなり、しかし再び中を擦られ愛撫されながらの挿入に腰がわななないた。心臓が暴走するように早鐘を打ち、体のどの部分も敏感になっている。那花にされる全てが気持ちよかった。

「痛くないようだね。むしろ……悦くなっているのかな？」

那花が徐々に抜き差しを速くしてくる。ローションを足されたあと、そのボトルの中身を両方の胸先に垂らされ塗りたくられた。体の大半がぬるぬるになり、愛撫されながら腰を押し込まれる。

「あ、あ――ぁっ、はっ、ぅっ……！」

那花の亀頭が雨宮の敏感な部分を擦った。引き攣《つ》るような声が漏れて喘ぎ悶える。彼の両手が二つの尖りに触れて、親指の腹で何度も何度も弾いてきた。

体を揺すられ滑らかな抽挿が始まると、入り口から奥までを丹念に愛撫され、那花の切っ先が刺激の弱いその部分をごりごり抉ってくる。

そうされると、感じすぎて泣きだしそうになった。融けてなくなってしまいそうな、初めての体験にそれしか考えられなくなっている。

「狭くて、気持ちがいい。君の入り口が締めつけてくるよ。和幸もいいのか？　教えてくれないか？」

名前を那花に呼び捨てられた。たかが敬称がないだけなのに、彼との距離がぐっと縮まった気がする。うれしくて、それだけで胸の奥が喜悦に打ち震えた。

「ふあ……っ、あっ、――……っ！　いっ……いぃ……っ！」

小刻みに揺すられて、そして強く突き上げられる。なにも考えられなくなり、淫《みだ》らな喘ぎ声を恥ずかしげもなく漏らし、必死にシーツを掴むしかできない。

迫り上がる快楽は何度も押し寄せる波のようにやってくる。それはさらに強くなり、果てのない愉悦に気が遠くなった。

「や、やぁっ、ああっ、あっ、――……ぁっ！　イ、イく……っ、もう、イく――っ！」

「私も、出す。君の奥を――存分に、濡らしてあげるよ」

息を弾ませた那花が言うと、律動はさらに激しくなった。肉のぶつかる打擲《ちょうちゃく》音と淫靡な水音。胸と前を弄られながら、これでもかと攻め立てられた。噎《むせ》び泣くしかできない雨宮は、最後の瞬間を迎える。

「ひぃっ――ぁあ！　あ、あ、あ……っ！」

これでもかと雨宮の尻に那花の腰が押しつけられ、その最奥で彼が弾けた。熱い飛沫《ひまつ》をかけられびしょびしょに濡らされる。

体を駆け巡る快楽は雨宮の意識を混濁させ、初めて味わう巨大な悦楽に腰がびくびく痙攣し、足先はぎゅっと丸まった。彼に扱かれていた自分の若茎からも白濁が漏れ、それがローションで光る腹に散っている。

那花と雨宮はお互いに息を荒らげ、汗みずくになっていた。ゆっくり瞼を開くと那花が慈しむような目でこちらを見下ろしている。

「和幸、大丈夫か？」

「――は、い」

掠れるような声で返事をすると、体を重ね合わせるようにして那花が覆い被さり、デザートを啄《ついば》む小鳥のようにキスをくれたのだった。

たった一日でたくさんの初めてをもらった雨宮は幸せだった。

父の呪縛《じゅばく》のような快楽を塗り替えられ、背徳感や女性を愛せない罪悪感を一気に吹き飛ばしてくれた。

幸せだ、と思いながら再び目を閉じると、雨宮はそのまま意識を失ったのだった。

◇　◇　◇

逗子にある那花の別邸で、まさか一服盛られてあんなに激しく抱かれるとは想像もしなかった。狂いそうなくらいの快楽に身を焦がされ、最後には意識を失った。

昔から好きだった作家と知り合えたのも偶然だったが、その人に気に入られ肌を重ねるとはまさに青天の霹靂《へきれき》だった。

そして父との記憶を横澤と那花に掘り起こされて、自分の正体を知るなんて考えもしなかったことだ。

(俺はやっぱり……女性は無理だったんだ)

女性を抱くよりも、男に抱かれたい人間なのだと認識させられた。

あの日、那花に体を色々と弄られて何度も絶頂を迎え、最後は彼に貫かれてよがり啼いた。

——今日は君の本質と素質を見極めるつもりだった。でもその前に、君を私のものにしたくなってしまった。

そう言って那花は雨宮を抱いた。

父が植えつけたあのときの背徳と快楽を、本当は封印も遺却もしていなかった。

雨宮は欲していたのだ。

横澤によって目覚めさせられ、那花は雨宮の欲しかったものを与えてくれた。そしてあっという間に墜《お》ちてしまい、頭の中も体の中もどこも全て那花でいっぱいになっている。誤魔化すように女性と付き合っていたあの頃の自分は、やはり偽物だったのだ。

那花と繋がったとき、雨宮はそう確信した。

（……ああ、俺、また考えてる）

会社の自分のデスクで仕事しているのだが、明らかに注意力散漫で遅々として作業は進んでいない。

朝は寝坊して、いつも降りる駅を乗り過ごし、頼まれた仕事はことごとく取り零す。パソコンの画面を見つめたままため息ばかりが零れて、このままではどうにかなってしまいそうだった。

「どうしたんだ？　今日はいつも以上にぼーっとしてるな」

隣にやってきたのは飯山だった。相変わらず人の挙動をよく見ているなと思った。

「ああ、疲れが抜けなくて……」

「疲れ？　なんか体を動かすような趣味でも見つけたのか？　お前が仕事以外で疲れただなんて初めて聞いた」

「いや、趣味ってわけじゃないけど」

「もしかして、この間バーで知り合ったあの人と、どこか遊びに行ったとか？」

思いのほか鋭い質問にドキッとする。飯山を見上げるようにして話していた雨宮だったが、不自然に背中を向け、仕事をするから、とそんな姿勢を見せた。

体を動かすような趣味、と言われて脳裏に浮かぶのはあのときのシーンだ。あれも体を動かすといえばそうかもしれないな、と冷静に考えながら、じわじわと頰が熱くなるのを感じていた。

「そういや、あのとき着替えを借りるって二階に行ったきり全然帰ってこなかったよな。なにやってたんだ？　横澤さんのだとサイズが合わなかったのか？」

あの日、着替えを借りに二階へ行って那花から意味深に迫られ、気づくとかなり時間が経っていたのだ。飯山は待ちくたびれたと怒っていたが、それをなだめてくれたのも那花だった。

「なにって、着替えてたんだよ。それ以外になにがあるんだ？」

「そうだけどさ……二階から下りてきたお前、様子がおかしかっただろ？　だからなにかあったのかと思って」

飯山はやたらとしつこく聞いてきた。もしかしていつもと様子が違うのに気づいているのかもしれない。

「だからなにもないって。飯山、早く自分の部署戻れよ。サボりすぎだ」

雨宮がそう言うと、飯山は唇を尖らせてなにやらぶつぶつ言っていたが、こちらを気にしながら自分の部署へ戻っていった。

今日は金曜日で、明日は休みだ。そして明日は那花から今度は東京にある自宅に招待されていて、それが楽しみで仕方がない。逗子ほど広くはないが執筆は主に東京の自宅で行っていると言っていた。

（明日、また壮一郎さんにあんな――あんなことをされる、のかな。もっと色々されるのかも……）

那花からラインメッセージが届いたのは先週の水曜日だった。来週の土曜日に、今度は東京の自宅の方へ遊びに来られる？　とそんな短い一文だ。そしてメッセージの最後には、まるで恋人に言うような台詞が並んでいた。

――早く君の愛らしい唇に触れたいよ。

那花だから似合いそうな台詞で、雨宮はその文章を何度も読み返している。

那花の洋服を汚してしまった件は、逗子の一夜で償われた。だが執筆に行き詰まる那花の助けになるなら、なんだってしたいと思っている。なのでその依頼を雨宮は二つ返事で了解した。

――いいのかい？　私の仕事を手伝うために呼ばれるということは、この間のようなことをされるかもしれないんだよ？　分かっているのか？

そう言って念を押されたが、雨宮はその意味を知った上で静かに頷いた。

――それじゃあ、次に私と会うまで、自分でしないと約束できる？

――えっ、でも……あの、一週間も？

那花にそう言い含められ、かれこれもう十日ほど自慰をしていない。

横澤のバーで那花と会ったときから自分の中に抑えきれない情欲が渦巻き、それまでは性欲が薄いと思っていた雨宮が、今までにないくらい自分を慰めたのだ。それなのに十日も我慢を強いられて、頭の中は那花のでいっぱいである。

頭の中はあのことでいっぱいで、また目が眩《くら》むような快楽の中に身を落としたいと、それればかりが脳裏に蘇る。

（やっと明日、壮一郎さんに会える）

そう考えて、この一週間をなんとか乗り切った。

「早く……会いたい」

キーボードを打つ指を止めて、雨宮はまるで恋する乙女《おとめ》のような切なげなため息を零し、周囲に気づかれないよう自分の唇に触れる。体の奥深くにある焦れったいような欲が、ドクンと雨宮の中で疼きを増した。

　土曜日の昼、雨宮は電車を乗り継ぎ田園調布《でんえんちょうふ》に来ていた。那花から指定された東京の自宅に向かっている。住所を見ながら歩いているのだが、似たような通りが多くて完全に迷っていた。

（どうしよう、電話で聞いた方がいいかな。方向音痴じゃないんだけどな）

　スマホに送ってもらった住所をマップに打ち込みナビを見ながら来たのに、ＧＰＳがズレているのかアプリの調子が悪いのか、現在地が突然消えたり現れたりして目的地に辿り着けない。

「そんなに入り組んだ場所じゃないのに、一本通りを間違ったのかも」

　立ち止まって周囲の家を見上げ、重いため息を漏らす。

「雨宮さん？」

　突然、後ろから声をかけられ、驚いて振り返った。

「え、横澤、さん？」

　ジーンズに白いシャツ、そしてカーキ色のジャケット姿の横澤が立っている。彼の肩には黒くて大きなクーラーボックスが提げられていた。お互いに驚いた顔で見つめ合いながら、ゆっくりと近づく。

「やっぱり雨宮さんだ。後ろ姿が似てるからそうかなと思ったけど。こんなところでどうしたの？」

「えっと、あの……」

まさか横澤に会うとは思わなくて、今から那花の自宅へ行きます、とはなんとなく言いづらかった。かといって、自然な嘘も思いつけずにしどろもどろしてしまう。

「あ、もしかして行き先、俺と同じかな？」

少し考えたような顔をした横澤が、にやっと企むような笑みを浮かべた。

「横澤さんと同じって……じゃあ、那花先生のところに？」

思わず言ってしまい、あっ、と中途半端に口を開けたまま固まった。それを見た横澤が肩を揺らしてくすくす笑い、雨宮はなんだか妙に恥ずかしくなる。

「なん、ですか？」

「いや、言いにくそうにしてたから秘密なのかなと思ったら、あっさり行き先を言うからおかしくなって」

「あは……そうでした」

指摘されて初めて気づいて、雨宮は真っ赤になって俯いた。

「なんだ、迷った？　それとも入り口が分からない？」

「えっと、迷いました。分かりやすいって聞いてたんですけど、ＧＰＳがおかしくて」

「なるほど。俺も行くし、一緒に行こう」

「はい、すみません」

いいよいいよ、と軽く返事をした横澤と一緒に歩き始める。

すぐ横に見えるのが那花の家で、その庭の壁沿いを歩いていると教えられた。驚いた雨宮は立ち止まって壁を見上げる。背の高い竹垣造りの向こう側には、空を覆い隠すほどの笹《ささ》や色々な木が茂っていた。

「これ、全部……ですか？」

「そうそう、これ全部。逗子の方にも家があるけど、ここはそこほど大きくないな」

「これでそんなに大きくないって……すごい」

「そうだな。正面玄関より裏口の方が入り口っぽい。庶民にはこっちがほっとするな」

一緒に歩いていた横澤の足が止まった。確かに普通の家の入り口のようだ。小さな瓦《かわら》屋根のついた木製の引き戸は間口が広く、こちら側が玄関だと思う人もいるだろう。木製の表札には那花と表記がある。

横澤が呼び鈴を押すと、しばらくしてスピーカーから応答があった。

「どうぞ」

声と同時に扉の施錠が外れると、横澤が扉を引いて中へ入っていく。雨宮もそれに倣って入った。肩からかけていた荷物を小上がりに置いた横澤は、勝手知ったるといった感じで靴を脱いで上がっていった。

「あ、あのっ……」

「雨宮さんはこっちじゃないから。壮さんが来るの待ってなよ」

そう言って横澤は長い廊下を奥の方へ一人で歩いていき、途中で右に曲がって姿を消してしまう。

勝手に上がるのはよくないと思い、雨宮は那花が来るまで三和土《たたき》で一人そわそわしながら待っていた。妙な緊張感で心なしか心拍が速くなる。

「やあ、来たね」

「こ、こんにちは！」

姿を見せた那花はなんと和服だった。グレーで品のある着物を身につけた彼は、あまりに色っぽくて瞬きを忘れた。そんな那花を見て余計に緊張して声が裏返ってしまう。

その様子を見ていた那花は肩を揺らして笑い、そう固くならないで、と言って上がるように促してくれた。

「壮一郎さん、横澤さんも一緒に来たんですけど、彼はどんな用事だったんですか？　大きなクーラーボックスを持ってました。なんだろうと思ったんですけど、聞きそびれて」

「ああ、彼にはときどき食材の調達とか、特別な日にこうして食事を作りに来てもらってるんだよ」

「そうだったんですね」

特別ってどんな日なんだろう、と少し疑問に思いつつも、那花の後ろをついて長い廊下を歩いた。

左の縁側には趣のある簾《すだれ》がかかっていて、右には障子扉が並んでいる。突き当たりには風情のある丸窓障子の明かり取りが目に入った。

那花はそこを右に折れ、蹴《け》込《こ》み部分がないスケルトン階段を上っていく。その階段下には小さな白石が敷き詰められていて、真ん中には和紙で作られたインテリアスタンドがとても雰囲気よく辺りを照らしていた。

「和幸くん、足元に気をつけて」

「あ、はい」

後ろを振り返って気を遣ってくれる那花に緊張しながら頷き、一緒に二階へとやってくる。案内された部屋は二十畳はあろうかというほど広くて、縁のない畳が市松模様を描いていた。

「そこで座って待っていてくれるかな」

「はい」

木製の黒く重厚なテーブルは表面が艶々していて、緊張気味の雨宮の顔を映す。庭に面した障子は開かれ、外の灯りが部屋の中に降り注いでいた。

(逗子の家もすごかったけど、ここも広いよな。横澤さんは向こうほどじゃないって言ったけど、十分大きい。ってことは、横澤さんは逗子の家にも行ってるのかな。二人は……

どのくらい仲がいいんだろう）

那花を待っている間にそんなことを考える。バーで話していた感じを思い出して、食材を持って通うくらいには仲がいいらしいと知った。そして少しだけ悔しい気がして、そんな二人の関係に嫉妬している自分になんだか恥ずかしくなる。

もしかしたら横澤も、那花と自分がしたような行為をするのだろうかと考えて、嫌な気分になるかと思った。しかし全く想像ができなくて、考えるのをやめた。

しばらくすると那花が部屋へ戻ってくる。大きくて厚みのある桐箱のようなものを手にしている彼は、それを雨宮の前にそっと置いた。

「これ……着物、ですか？」

「そう着物だよ。次の物語は主人公が和服を着ているんだよ。原稿……書けたところまで読むかい？」

那花がにっこり笑って雨宮の前に正座する。

信じられなかった。まさか発売前の、生の原稿を読む日が来るなんて夢のようだ。考えただけでも胸の高鳴りが止められない。

「読みます！　読ませてください！　あ、でも、本当にいいんですか⁉」

「構わないよ。でも和幸くんが今まで読んだような私の作品とは違うと念頭に置いて読んでくれるかな？　もちろんまだ校正やその他の人の手は入っていないから、読みにくいかもしれないが……。それと内容などは他の人には言わないと約束できる？」

「ぜ、全然、そんなの大丈夫です！　那花先生の作品ならどんなジャンルでも、どんな完成度でも俺……っ！　や、約束します。どんなことでも！」

あまりに興奮し、雨宮はいつの間にか那花の膝の上に手をついて、至近距離に詰め寄っていた。彼は驚いた顔でこちらを見下ろしていて、雨宮の上腕を両側から摑んでやんわりと引き離される。

「すみません……。あまりにうれしくて興奮しました」

「そんなに喜んでもらえるなんてうれしいよ。これで契約成立だね」

那花が冗談交じりにそう言って笑った。

「契、約？」

一体なんの契約だろう、と首を傾げた。

「そう。契約だよ。私はできたばかりの原稿を一番に君に見せる。その代わりに、和幸くんは次の作品の協力を惜しまないこと。その契約だよ」

そう言われてようやくピンときた。那花の原稿をいち早く読めて、彼にまたシテもらえるなんて契約でもなんでもない。ただ雨宮がおいしいだけだ。

「それで、いいんですか？」

「ん？　いいとはどういう意味？」

「いえ、あの……先生の原稿を読めて、それで、その上……」

また抱いてもらえるんですか？　と言おうとして、照れくさくて口を噤んだ。のろのろと那花の傍から離れて座り直し、上目使いに那花を見る。彼は雨宮の言わんとすることを見透かしたような笑みを浮かべていて、それがまた雨宮の羞恥を刺激した。

「どっちにしても、和幸くんには悪い話ではないと、そういうことかな？」

「……はい」

恥じらいながら返事をすると、かわいいね、と那花の色っぽい声が雨宮を余計に照れさせた。

「先に原稿を読みたい？　それとも作品の協力を先にしたい？」

那花に二者択一を迫られ、驚いた顔のまま固まった。ごくりと唾液を嚥下すると、自分でも分かるくらい喉が動く。

(げ、原稿か……それとも、協力か……？)

後者についてはなにをするかもう分かっている。しかし原稿も読みたいし、那花にかわいがっても欲しい。どちらかを選ぶなんて、なんて酷な選択なのだと思っていた。

那花の前で正座をしている雨宮は、両手を太腿に乗せて俯き、ぎゅっと目を閉じている。

「和幸くん？　どうした？　どっちがいいのかな？」

「あ、あの……それは、えっと、きょ……協力、から、したいと、思います」

この瞬間、雨宮は那花をファンとしての立場より、それ以外を選んだ。それがどういう存在でなんと呼ばれるのかは分からないが、とにかく自分の欲求に従ったのだ。

雨宮の言葉を受けた那花が、心なしか驚いたような表情になったが、しかし次に見せたのは艶美で滴るような色っぽい笑みだった。

「分かったよ。じゃあ、これに着替えるところから始めようか」

那花が桐箱の蓋《ふた》を開け、薄葉紙《うすようし》をふわりと左右に開く。金の雲と桃の花がとても色鮮やかで、艶《あで》やかな着物が目に飛び込んでくる。赤地に白い丹頂鶴《たんちょうづる》が大きな翼を広げて舞い、ひと目で女性物だと分かる柄だった。光が当たるとラメ柄の部分がキラキラと光を反射させて色味が変わる。

「あの、これ……女性物、ですよね？」

「そうだよ。主人公は女性だからね」

官能小説と聞いたとき、そうだとは思っていたが、まさか女性物を見せられるとは思わなかった。

（これを、俺が着るの？）

もしそうなら、中身が自分のような男でいいのだろうか、と考えてしまう。かといって、那花が誰か他の女性にこれを着せて、雨宮にしたようなことをすると想像しただけで、胃の奥がぐうっと苦しくなる。

（それは……嫌だなぁ）

　そんなふうに考えながら、雨宮は桐箱の中の着物を見つめる。

「女性物を着るのは、抵抗があるかな？　これは色打掛というのだよ。作中に一度だけこれを着るシーンがあるんだよ。それで……」

「俺が、着て……イメージを壊しませんか？」

　協力は惜しまないが、これを着たことにより思っているイメージと違っていたらダメなのでは？　とそっちが心配になった。

「大丈夫。和幸くんの白い肌にはよく映える。中には真っ赤な長襦袢《ながじゅばん》を着てもらうよ。とても中性的で、私の創作意欲を存分に刺激してくれると思う」

　那花が期待に満ちた瞳でこちらを見つめている。それを雨宮は不安げな顔で見やり、視線を再び打掛に落とす。

「壮一郎さんがそう、言うなら……着ます」

「そうか。ありがとう。少し不安だったんだ。女性物など着られない、と言われたらどうしようかと思ってね」

　那花がほっとしたように微笑んだ。彼は綺麗にたたまれた打掛を桐箱から出し、雨宮の前に広げ始めた。

　和服はなかなか着る機会はないうえに、女性物は初体験だ。着物といえば初めて着たのは七五三で、考えたら大人になってからは一度もなかった。

（七五三なんて着たうちには入らないよな。あれは完全に着せられてた）

昔を思い出した雨宮は一人で笑ってしまった。それに気づいた那花が、どうかしたのか？　と問うてくる。

「いいえ、昔、七五三で着せられたなと思い出して。あのときはまだ子供で、紋付き袴《はかま》が歩いているようなものだったんです。だからこれは人生で二度目になりますね」

「そうか七五三か。和幸くんの小さい頃はさぞかわいかったろうね。今でさえこんなにかわいらしい」

彼の手の甲が雨宮の頰をすっと撫でる。ほんの少し那花の肌が触っただけで、体の中の欲望が疼く。スイッチを入れられたように、雨宮の腰の奥に熱が生まれた気がして驚いた。

「あり、がとうございます……」

ぎこちなく礼を言って、まるで少女のようにはにかんだ。

女性と付き合っていた頃は、自分がこんなふうになるとは思ってもいなかった。だがこちらの方が自分にはなぜかしっくりきている。那花とのセックスはまだ一度だけだが、しかし彼からはそれ以上を教わった気がしていた。

（たぶん全部、壮一郎さんが教えてくれる）

胸の中で一人そう呟いて、那花が打掛と赤い襦袢を出すのを見ている。艶やかなそれは上品な正絹のようで、とても高級そうな感じがした。

「気が変わらないうちに今から着付けだよ。掛下を着るのが普通なんだけど、別に正式じゃないから、長襦袢と色打掛だけでいいよ。さ、服を脱いでみようか」

「……はい」

那花に言われると背筋がぞくぞくする。全裸になれと言われたわけではないのに、これくらいで自分の息子がぎゅうんと硬くなった。

那花に言われた通り、シャツを脱ぎスラックスと靴下も脱いだ。きちんとたたんで畳の上に洋服を置いて那花の方へ向き直ると、チリチリと肌を刺すような眼差しがこちらを向いていた。

下着はそのままなので、別に陰部を見られているわけではない。それなのに、那花の視線に晒されると全裸で立たされているような気持ちになる。

「相変わらず綺麗な肌だ。この間も思ったけれど、君は体毛が薄いね」

那花が立ち上がり近づいてきて、上品で長い指先が雨宮の肩に触れた。

「……っ」

雨宮は息を飲み、ぶるっと体を震わせる。寒いわけでも嫌悪でもなく、高揚感からの身震いだった。

「腕や足もほとんど毛がない。そういえば、尻も丸くてやわらかかったね。ここに少しだけ……青くて薄い草原があった」

肩に触れていた彼の手が背中をするすると下りてきて、トランクスの上から雨宮の茂みの付近を意味ありげに撫でる。薄い布の向こう側で、肉茎がびくんと強ばるのが分かった。それは抑えられなくてますます硬くなる。

「ああ……少し硬くなってるね。期待してるのかな？」

那花が近づいて雨宮の腰を抱いて引き寄せてくる。彼の太腿が雨宮の股間にぐっと押しつけられた。刺激をされるとそれはさらに硬度を増し、これ以上は淫らな染みを作ってしまう。

「あ、あの……壮一郎さん、き、着物を……着るのでは？」

「ああ、そうだったね。君を見ているとついつい触りたくなって、食べてしまいそうになる」

那花の手が雨宮の顎にかかった。ゆっくりと上を向かされて、濡羽色の瞳に捕らわれる。目が離せないでいると、近づいてくる那花の唇が触れた。

「は……んっ、……んんっ、ふ、ぁ、んっ」

あっという間に唇の間から那花の熱い舌が入ってきた。絡め取られて口の中を愛撫される。雨宮も自分から舌を差し出して、彼の動きに合わせ波打たせた。

「このまま、ここで君を抱いてしまいそうだ」

そう言いながら彼の手が雨宮の尻を摑む。

「……っぁ！」

吐息交じりの妖艶な囁きに、雨宮はつい腰を彼の太腿に押しつけてしまった。

「おっと……誘われてしまったのかな？」

くすくすと那花が笑う。期待を込めた瞳で那花を見上げるが、肩すかしをするように雨宮から離れていった。

「さあ、着付けてあげよう。そのままだと風邪をひいてしまうからね」

那花から誘惑しておいて、雨宮がその気になったら離れて焦らされてしまった。

那花は雨宮に対してかわいいとか、そういう類《たぐ》いの言葉をよく使う。好かれてはいると思うし、そうじゃなければこんなキスもそれ以上のことだってしないだろう。

（でも、俺って結局、壮一郎さんにとってなんだろう。かわいいペットみたいなファン……なのかな。それとも自分を好いてくれる都合のいい、協力者……とか？）

そう考えるとそう思えるし、そうじゃなければなんだろう、と悩んでしまう。嫌いな人間を抱くわけはないし、雨宮にあんなことができたのだから、おそらく那花はそっち側の人だろうと想像はつく。けれど那花と自分の明確な関係が分からずに、心の中に薄く靄がかかったように不鮮明だ。それは彼と寝てからずっと考えていた。

彼が足元に置いてある真っ赤な長襦袢を広げている間、雨宮はぼんやりと思いを巡らせる。

（あれ？　着物って直《じか》に着るんだっけ？）

よく考えれば上半身は肌着を身につけるべきなのでは？　と思わず辺りを見回した。

「あの、着付けをする前に、肌着を着た方がいいですか？」

「いや、そのままでいい。長襦袢を羽織る前に、その下着も脱いでしまいなさい」

「え？　これも……ですか？」

「そうだよ」

那花が真っ赤な長襦袢を手にして、雨宮が袖を通すのを待ち構えている。もたもたしていたら那花をかかしのように立って待たせてしまう。恥ずかしいと思いつつもトランクスを脱ぎ去った。

「はい、腕をここに通して」

言われるがまま長襦袢に腕を通すと、前へ回ってきた那花が上前を開き下前の衿先《えりさき》を右腰へ引きつけるように引っ張る。そうすると胸の先が布に擦れてしまい、雨宮は敏感に反応してしまった。

「あっ……」

「ほら、動いてはだめだよ」

「は、はい……」

今度は上前を合わせて腰で押さえる。体の前で布がぴんと張ると、雨宮の中心が一カ所だけ盛り上がった。襦袢の皺《しわ》を伸ばすようにして、敏感なその上を那花の手が何度も行き来する。そのたびに雨宮は腰が引けてしまう。

「和幸くん、じっとしなさい。そうじゃないと、いつまでも着せられないよ？」

「ぁ……は、はい……あっ、んっ」

彼の手がなぜか雨宮の尻を摑む。声が出ないように、雨宮は右手の甲で自分の口を押さえた。着付けにそんなオプションは入っていないだろうに、那花は雨宮が触られて興奮しているのを知っていてわざとやっているのだ。

腹の辺りで襦袢の上からぎゅっと腰紐《こしひも》と伊達締《だてじ》めで絞られると、気持ちもなんとなくしゃきっとする。しかし腰が引けるのはどうしようもなくて、おのずと姿勢が悪くなった。

「さあ、腰紐と伊達締めで留めたから、次はこれに袖を通して」

那花が立ち上がって優美な色打掛を広げる。少し前屈みになりながら袖を通し、なんとか那花に着せてもらった。

（まっすぐ立ったら……あそこが、完全に勃ってるのバレる。恥ずかしい……）

那花が雨宮の前で跪いて、裾《すそ》の長さや合わせ目の部分を調節しているのを、ヒヤヒヤしながら見守っている。

掛下の着付けがないとはいえ、長襦袢やらをあっという間に着せ終えた那花は、満足げな表情で立ち上がった。

　色打掛の前は留められず開いている。掛下がないので、真っ赤な長襦袢が見えたままなのが妙に生々しく感じた。心なしかエロティックな印象を与え、自分で着ているのにその色気に当てられそうになっている。

「いいね、君は色白だからこの柄も赤い色もよく映えるよ。私の見立ては間違っていなかったね。逆に、掛下を着ないで色打掛を羽織った方が淫らな感じが出ていて色っぽいよ。和幸くん、今、どんな気持ち？」

「……あ、えっと、俺、女性の着物は経験ないので分からないけど、なんとなく、ドキドキしてます」

「そう。期待もしてるからなのかな」

　正面から雨宮を眺めていた那花が、ゆっくり歩きながら後ろへ回ってくる。背後から抱き締められ、雨宮の股間の膨らみを那花の手が掠める。思わず腰が引けて、尻で那花の股間を押してしまった。

（あ、壮一郎さんのも……）

　彼のそこも硬くなっているのを知って、一気に体が熱くなる。しかしせっかくこんなに艶やかなものを着せてもらったのだから、と懸命に欲望を抑えた。

（俺、いつの間にこんなふうになったんだろう。ついこの間までは女性と交際してたの

に）

　あまりに自分の変わりように自分で驚く。

「壮一郎さん、これを着て俺はなにをすればいいですか？」

「うん、ちゃんと用意してあるから、こっちへおいで」

　やさしい声音で呼ばれて那花の後ろをついていく。彼が隣の部屋に続く襖《ふすま》を左右に大きく開く。そこにはもうひとつ広々とした空間があり、その部屋の真ん中に大きなベッドがどんと鎮座していた。

　床の間に縦長の大きな壺《つぼ》がライトアップで照らされている。天井を見上げると縦横に伸びるたくさんの梁《はり》が目に飛び込んできて、それは芸術的に交差していた。

　ベッドに向かってスポット照明がいくつか向けられていて、高級旅館かどこかのモデルハウスのような演出だと思った。

「うわぁ……すごい。天井が高い」

　雨宮が上を見上げて呟くと、その声が僅かに反響する。部屋の中はバラに似たフローラルな香りが微かに漂う。

「ここの寝室は天井の梁をインテリアの一部として使っているんだよ」

　那花が雨宮の隣に立って肩を引き寄せて抱いてくる。ドキンと鼓動が跳ね上がった。

「さあ、中に」

「はい……」

色打掛を引きずりながら、雨宮は那花と一緒に寝室に入った。ここですることはもう決まっている。分かっているだけにさっきの期待感がまた膨れ上がってきた。

ベッドの手前には臙脂《えんじ》色《いろ》の重厚感がある三人掛けのソファが置いてあり、そこに座るように促された。

「ちょっと話をしようか」

「話、ですか？」

隣に腰かけた那花を見上げてそう聞く。彼は雨宮の体を引き寄せて、自らの腕の中に収めながら満足げな表情で見つめてきた。

「そう。私が書こうと思っている物語の内容について、少し君に話しておこうと思うんだ」

「あ、はい。でも官能小説というと、男性と女性のお話ですよね？　俺はどちらのイメージで考えてらっしゃるんですか？」

「それを聞くの？　これを着せられて、あれだけされたのに？」

逗子でのことを思い出した雨宮は、あっ、と思わず声を出していた。

(変なことを聞いちゃったな)

あの本宅でどれだけされたのかを思い出し、途端に尻が落ち着かなくなる。

「主人公の女性はね、複数の男性に調教されていくんだ。でもそこにはちゃんと愛があって、彼女は愛されている実感もある。色白で従順で楚々《そそ》としているのに、夜は艶やかに羽化していくんだよ」

「じゃあ、俺は……蝶なんですね。こんなにカラフルなのは、いないかもしれないですけど」

興奮しているのを気づかれないように、雨宮はくすくす笑ってそう言ってみせた。

那花は、そうだね、と言ったきり黙ってしまう。

「快楽に身を落としながらも愛され……欲望を注ぎ込まれて美しくなっていく様を書いてみたいと思う」

彼は何度も手を往復させて雨宮の肩先を撫でている。そしてその手がふと止まった。不安になってちらりと見上げると、彼はなにかを考えるように遠い目で正面を見つめている。

(もしかして、仕事のことを考えているのかな?)

那花の横顔を見ながら、なんて綺麗なんだろうとうっとりする。日本人なのに鼻筋が通っていて、顎のラインも理想的だ。今日も髭は綺麗に剃られていてつるりとしている。なんて美しいんだろうと、もう何度も思った彼への賞賛の気持ちを胸の内で呟く。

「すまないね。打掛を羽織っている君を見ていたら、色々こう……湧いてきたよ」

「いえ、執筆されるのなら、お仕事してください。俺は大丈夫です。ここで待っていますから」

雨宮が打掛を着ただけでなにかを思いつくなら、いくらでも着せ替え人形になれる。けれど目の端に大きなベッドが存在感を放っていて、それを使うだろうと思っていたから心なしか残念でもあった。

「悪いね。少しだけ失礼するよ。そう長くはかからないだろうから、待っていて」

那花は本当に立ち上がって寝室を出ていってしまった。緊張と興奮に張り詰めていた気持ちがぷつんと切れて、那花の姿がなくなった途端、雨宮はソファの背もたれに体を預けた。

「はぁ……壮一郎さん、仕事モードになってたな。……格好よかったなぁ」

雨宮は一人でぶつぶつ呟いた。気が抜けてしばらく一人でにやにやしていると、開かれた戸口でかたんと音が聞こえた。もう那花が帰ってきたのかと驚いて、立ち上がろうとすると、目に入ったのは横澤だった。

「横澤さん？」

「よっ。すげぇなそれ。女物？　へぇ……似合ってるじゃん」

そう言いながら寝室へ入ってきて、彼は雨宮の隣に腰を下ろした。なんだか落ち着かない様子で、部屋のあちこちを見回している。この寝室へは入ったことがないのかもしれない。

「もう帰られたのかと思っていました」

「いや、目的はあれじゃねえから。ってしかしこの寝室すごいな。天井の梁が剝《む》き出しなデザインとか。ここの部屋は初めて来たわ」

隣で感嘆の声を上げて天井を眺める横澤を、雨宮は様子を窺うように見ていた。目的はあれじゃないから、というのが引っかかっている。

(あれって、料理をしに来たわけではないってことかな?)

食材を抱えてこの家にやってきた彼だったのに、そうでなければ一体なにをしに来たのだろうか。そんな疑問が湧いてくる。

「壮さんは仕事?」

「はい。俺と話しているときになにか閃《ひらめ》いたみたいで、さっき部屋を出ていきました」

「そっか。じゃあしばらく戻ってこねえな」

明後日《あさって》の方を向いた横澤が呟く。静かで広いこの部屋では、小さな声でも反響する。横澤の言葉を聞き逃さなかった雨宮は、きょとんとした顔で首を傾げた。

「雨宮さん、壮さんとはもう寝たの?」

「へ、は……ええ!?」

予想外の質問に声が裏返って、変な日本語を口走る。言っていいのか分からず、動揺しながら俯いた。膝の上で重ねていた手にじわっと汗が滲んでくる。

（寝たって……就寝って意味じゃ、ないよな。セ、セックスしたかって、聞いてるんだよな？　最後までしたけど、でも、言ってしまっていいのか……）

どう答えていいのか分からずに、黙ったまま何度も横澤を見ては俯いた。

「あっは……かわいいなぁ。そういうところかもしれないな」

「え？」

「なんかあんたって、子猫みたいでやっぱおもしろい」

彼がそう言って肩を揺らして笑った。そんなことは初めて言われたし、どう反応していいのか分からなくて困る。さらに困惑した顔を見せると、ぶはっ、と横澤が吹き出した。

「それ、その顔。なんかこう……庇護《ひご》欲をそそるっていうか、加虐心を掻き立てられるっていうか。分かる気がする」

「分かるって……言われても、俺は分からないです」

「そりゃそうか。きっと雨宮さんは無意識なんだろうし。で、さっきの質問答えづらいなら、噛み砕こうか。壮さんとキスはした？」

「……はい」

妙に気恥ずかしくなって顔が熱くなる。自分と那花だけならばいいが、それ以外の人に知られるのがこんなに照れくさいのだと初めて知った。

「あれ、意外と初心なんだ？　耳まで真っ赤」

「あっ、これ、これはっ」

　横澤に耳の先をするっと撫でられ、雨宮は慌てて左の耳を手で覆った。さっきから横澤との距離が近くてそわそわ落ち着かない。座り直してあからさまに間を開けるのも忍びなくて、どうしようかと悩んでしまう。

「じゃあ次、俺の家で経験したあれ以上を、壮さんとした？」

　核心に迫る彼の質問に、さっきよりも顔が赤くなるのが分かる。はいともいいえとも言えずに唇を噛んで、まるで女の子のように俯いた。

　こんな細切れに聞かれるならセックスしたのかと聞かれたときに、したと言えばよかったと後悔してしまう。

（これじゃ、ただ俺が恥ずかしいだけじゃないか）

「なるほどね」

「なんですか？　なるほどって……。俺、どこかおかしいですか？」

「いやぁ、壮さんが毎日のように雨宮さんのことを惚気《のろけ》るから、本当なのかどうか確かめたくてさ。俺が自宅で迫ったときはいい声で喘いでくれたけど、あのときはまだ頑《かたく》なに拒む部分があったもんな」

　雨宮は隣で真面目な顔をしてそう言う横澤を、呆気にとられて見つめていた。そしてじわじわと首から項《うなじ》から湧き上がってくる羞恥の熱に耐えきれず、両手をソファについて横澤に背中を向ける。

（なにっ……なに言ってるんだこの人は。っていうか、壮一郎さんが、惚気⁉）

ドクドクと心臓が痛いくらいに激しく打ち始める。全身の血液が沸騰したように熱くなり、体が燃えるような感覚に息が詰まった。

なぜ那花が雨宮のことを惚気るのか、全く意味が分からない。むしろ他人に自慢したいのは雨宮の方だと思った。こんな有名なミステリー作家と知り合いになって、さらに愛人のような真似までしたのだ。

「ああ、うん。その反応で分かった。ちょっとこっちに来いよ」

腕を掴まえられ振り返らされる。今は顔を見られたくないのにと思ったけれど、横澤の力は予想外に強くて、そのまま彼の腕の中に体を預ける格好になった。

「あっ……！」

「せっかく着付けしてもらったそれ、崩れるけどいいよな？　どうせそのために壮さんが着せたんだろ？」

耳元で横澤の声が鼓膜をくすぐった。じんじんと痺れて粟立つような快感が肌を這う。せっかく治まっていた情慾に再び火を点けられそうで怖くなる。

「な、なに……？」

横澤の肩口に頭を乗せる格好で抱き締められていたが、あっという間に視界が回り、雨宮は梁の美しい天井を見ていた。

「どんなやらしいことされたんだ？　俺が触ったときだって、本当は嫌じゃなかったろ？　キスして喘ぐように興奮してたもんな」

「そん、なっ……あっ！」

ソファの上に押し倒されて、横澤の大きな体が組み敷いてくる。右足がソファから落ちて長襦袢の裾が乱れた。その隙間から積極的な手が忍び入ってきて、思わず声が出てしまって口を押さえる。

「嫌か？　だったら突き飛ばせよ。大声で壮さん呼んでもいいぜ？　でも、ここ反応してるのは嘘じゃないよな？」

襦袢の上から硬くなりつつあるペニスを撫でられて腰が波打った。

「あぁっ……んんっ！」

「我慢しなくていいさ。壮さんは当分帰ってこない。でもいつかは戻ってくる。見られるかもしれないって思うと興奮しねえ？」

「な、なに、言って……はっ……ぅん……っ」

涙目になって横澤を見上げると、開いた口を塞がれた。煽るような言葉で追い詰められているのに、彼のキスはやさしかった。バーの二階で、試してみるか？　と言われたときだって、彼は強引にしたが乱暴にはしなかった。

横澤がやさしい人間なのは分かっている。そして彼の瞳の中にも、父に似たような欲に濡れた青白い光が灯っていると気づいていた。

「んんっ……ぅんんっ、はぁ、ぁ……んんっ」

滑る舌が雨宮の口腔で動き出し、歯列をなぞって淫靡なスイッチを入れようとしてくる。戸惑っていた雨宮も、いつの間にか自分から積極的に舌を絡ませていた。

「その顔この間も見たけどさ、ほんといい顔するよな」

「は……ぁ、ん？」

「あんた、俺のこと嫌いじゃないだろ」

横澤の整った顔が、至近距離で色気を纏《まと》った笑みを浮かべる。長い睫毛が今にも触れそうで、ブラウンがかった瞳にやさしさが滲んでいた。

少し強引で乱暴な口調の彼だが、悪い人ではない。仕事熱心なバーの店長で、他の店員には好かれていて頼りにされている。聞き上手で聞き出し上手。だからあのとき失恋話をしてしまった。好きか嫌いかで聞かれたら、好き、なのだ。

「イエスもノーもなしか？　でも悪いな。無言はイエスって解釈なんだ、俺」

にやっと笑った横澤が再び口を塞いできた。そして長襦袢の下に入ってきた手が、雨宮の太腿を撫で回す。そのままじわじわと内腿から足の付け根まで這い上がってきて、硬くなって熱を帯びたそこに触れる。

「おわ……あの人、あんたに下着すら許さなかったのか？　ったく……なんつー趣味だ」

驚いたような横澤の声が聞こえたがどこか楽しそうで、それでいてさっきよりも熱が上がったようだった。

「あっ……横、澤、さんっ……そこは、そこはだめですっ」

「だめ？　でも壮さんには見せて、触らせたんだろ？」

雨宮を押し倒した格好で、上から見下ろしてくる彼がそう言った。どうしてそこまで言ってないのに知ってるんだ、とそんな声にならない声が表情に出てしまう。すると横澤はしめたとばかりに笑みを浮かべ、硬くなり始めた雨宮の陰茎を摑んできた。

「あっ、あぁっ！　あんまり、触らないで……くださ……」

「ああ、着物が汚れるの、気にしてるのか？　じゃあ、ちゃんと前を開こうな」

体を起こした横澤が、雨宮の左足首を摑んでソファの背もたれに乗せてしまった。おかげで襦袢の前部分は乱れ、太腿の付け根部分まで見えてしまう。それよりも尻に敷いた格好になっている色打掛を、汚してしまうのではないかと気になる。

「でもあの！」

「壮さんだけにさせるのか？　俺じゃ嫌か？　嫌なのに……勃起すんの？」

にやにやと意地悪っぽい笑いを口元に浮かべていた横澤が、急に冷めた表情になってこちらを見下ろしてくる。彼のサディスティックな部分が顔を出したような気がした。

乱れた裾を両手で必死に直そうとするが、脚を開いていてはそれもあまり意味はない。

雨宮のそれは完全に勃起していて、襦袢の上からでも形が分かるようになったそれを、横澤がぎゅっと握り潰さんばかりに強く摑んできた。

「ひっ、い！　ぁっ、ぁ……！」

怖いより興奮が先に頭を擡《もた》げ、自分の雄が横澤の手の中でぐっと硬度を増したことに驚く。那花のときとは全く違う高ぶりに、自分でも困惑が隠せない。

（なに……これ……、変だ）

条件反射のように体を丸めようとして、しかしそれは横澤に阻まれてしまった。左足は再びソファの背もたれにかけられ、右足もそれとは逆方向へ開かれる。

「そんなことないよな？　だってあんたのこれ……濡れて染み作ってるぜ？」

彼にそう言われて雨宮はがばっと上半身を起こした。真っ赤な長襦袢ごと握り締められて、ペニスの先端部分に当たるそこが、濃い緋色《ひいろ》に変わっている。

「汚しちまったな。どうする？　これ以上汚さないように、するか？」

「お願い……します」

長襦袢のまま摑んで手を動かされたらもっと汚してしまう。

「お願いしますって、俺はどうすればいいんだ？　それよりあんたが自分でして見せろよ」

「え？　して、見せるって、なにを……」

横澤の手が雨宮の肉塊から離れていった。長襦袢に包《くる》まってぴくぴくする肉棒だけが盛り上がっている。その様子を観察されて死ぬほど恥ずかしい。しかし一刻も早く長襦袢から出さないともっとひどい染みになるだろう。

(仕方ない、よな)

雨宮は震える指先で自分のペニスを包んでいる長襦袢をどかし、陰部を晒した。萎えるかと思ったがその兆しは一向に訪れず、横澤の視線に晒されれば晒されるほど硬くなった。

(ああ……もうっ、どうしてこんな……っ)

敏感な体質なのか、それとももっと見て触って欲しいと、本心では思っているのかもしれない。言われた通りに若茎を露出させるが、なんともみっともない格好に羞恥は隠せない。

(自分でするなんて、無理！)

羞恥に頬を染めてぎゅっと唇を嚙み締めた。

「かわいいなぁ、あんたのそれ。ん～、でも治まらねえみたいだし、特別にしてやるよ？」

「えっ、なに、……ぁっ！」

体を引いた横澤が雨宮の股間に顔を埋めてくる。打掛や長襦袢が汚れないのはいいが、そんなことをしたら横澤の口が汚れてしまう。

「やっ、だ……め、あぁっ、んんっ、やぁ、んっ！」

両手で横澤の頭を押しのけようとするも、腕に力が入らなくて形ばかりの抵抗だ。口淫をされて、禁断の扉が開きそうなほどの快楽が生まれる。

「やだ、いっ……いい……っ！　あっ、ぁっ……んっ、――ひ、んんっ！」

快楽の扉は、ゆっくりと軋んだ鈍い音をさせながら開いていく。

温かくて狭いその口腔《ばしょ》から、雨宮を愉悦の坩堝《るつぼ》へと落とす魔物が生まれる。

脳裏に過ぎったセピアな記憶。

濃厚で淫靡で、どろっとした深い情慾の匂いが充満するあの部屋を思い出し、雨宮の枷がガシャンと音を立てて完全に外れた。

「いいっ、あっ、あっ、あぁ……っ、気持ちいい……もっと、して……あぁ、んっ、ぁんっ！」

横澤の口の中で舌が肉塊に絡みついてきた。吸い上げられて締めつけられて、裏筋を根元から舐め上げられると、込み上げる射精感が弾けるのはあっという間にやってくる。

「どうした？　急に乗り気だな。腰まで振っちゃってさ」

気持ちよく陶酔していたのに、横澤が口腔からペニスを出して話し始めた。そうじゃないのに、違うのに、とそんな気持ちを込めて首を振ると、彼はにやっといやらしい笑みを口元に浮かべた。

「分かってるって。でも先に壮さんにさせたんだろ？　それが悔しいから……ちょっと俺にも味見させてくれよ」

彼の言っている意味が分からずに、放り出された若茎は雨宮の足の間でぴくぴく震えている。

再び彼の口に含まれて、ああっ、と喘ぎ声を漏らした。じゅぼじゅぼと耳に恥ずかしい音も、今の雨宮には届かない。ただひたすら射精する快感だけを考えて、彼の頭の動きに合わせて腰を小さく振った。

「あっ、あっ、あ、……んっ、――ぁっ」

自分がどれほど淫らな格好で口淫されているかなんて、あまりの気持ちよさに気づいてすらいない。そして横澤の指先が慎ましやかに閉じた後孔に伸びて、その周辺を撫で回すように動いても雨宮は抵抗を見せなかった。

「んっ、あっ……あんっ、いい、そこ気持ちいい、……あぁっ！　んっ！」

「じゃあ、こっちは？」

濡れた感触のものが後孔にぐっと押し当てられる。ソファの肘かけに頭を乗せて喘ぐように上を向いていた雨宮は、その違和感に上半身をがばっと起こした。

「な、にっ」

「急にはしないって。こっちもう経験済みなんだろ？」

そう言いながら横澤が足を抱え上げて尻を持ち上げてきた。左足が空中でふらふらと揺れる。そして伊達締めのところまで長襦袢が捲れてしまって尻は丸出しだ。

「あっ、ちょっと……そこ、あああっ！」

まさかと思ったその場所に、横澤が口をつけてしゃぶりついた。彼の舌が後孔の周囲を何度も往復して舐め回し、窄まった皺の一本一本を伸ばすように舌先が動く。くすぐったいようなむず痒いような、それでいて少し遠いところに快楽が待っているような変な感じだ。

「やだ……っ、そんなとこ、舐めないで、くださいっ」

「やなこった」

子供が返事をするように、一瞬だけ顔を上げた彼がそれだけを言うと、再び尻の間に顔を埋めてくる。固く閉じた窄まりに、舌先がぬめぬめと這って中へ入ろうとしてきた。気持ちいいとも違う、不思議な感覚がそこから湧き上がる。

「あっ……、やっ、ちょっと、横澤さ……あっ……、ぁっ！」

にゅるっと舌が入ってくる。その瞬間、ぞくっと背中に戦慄《せんりつ》が走った。出口だと思っていた場所を逆から舌で攻められ、よもやそれが快楽に繋がるとは思いもしなかった。

（うそっ……なんで……？　なんでこれ……舐められてるのに、変だっ！）

腰を動かし、足をばたばたさせてもがいても、ソファのアームレストに雨宮の肩を押しつけるような格好で横澤が体重をかけているので逃げられない。そうこうしているうちに、後孔から卑猥な水音が聞こえてきて、そこがじんじん痺れてくる。

窄まりを拡げられ、彼の舌が何度も出入りを繰り返す。中の肉壁をくすぐるように舐められて、腰がびくびく震えた。

「はっ……あっ、ぁっ……んんっ、なにこれ、やっ、やだ……ぁっ、ああんっ！」

最後の方は抵抗する声ではなく、完全に喘いでいた。那花に貫かれたあの感覚が否応なしに蘇る。太くて硬いあの大きなもので突き上げられ、感じる部分をぐりぐり抉られた、目も眩むようなあの喜悦だ。

「おお、蕩けてきた。指もいけそうか」

そう呟いた横澤がようやく尻から顔を離し、雨宮の体はソファへ横にされた。息も絶え絶えになりながらぐったりしていると、今度は少し萎えてしまった雄を握られる。

「でも、まずはこっちからな」

「は……？　ぁ、え？」

一体なにが……と頭がついていかずに中途半端な返事をした。今度はさっきとは違って、硬いものが尻に入れられる。

「いっ……！　ぁっ！」

体が思わず強ばった。体を起こそうとすると中心を扱かれ、その快感に弛緩する。するとまた尻に入っているものが奥へと進んだ。

「大丈夫。俺、そんなに指は太くないよ」

「指……」

前を刺激されながら後孔に指を入れられて、それがある程度のところまで行くと今度はゆっくり引き抜かれる。それを繰り返されて、いつの間にか抵抗がなくなっていく。

「んっ、ぁっ、ああっ、はっ……んっ、んんっ、あっ、あっ、ぁ……あっ、ん！」

「声、悦くなってきてるじゃん。だったらここいとか気持ちいいんじゃねえ？」

雨宮の腹の中でなにかを探る指が、中をぐっと押し上げた。那花に突かれたあの場所だ。

「ひっ！　ああああっ！」

悲鳴のような声が上がり、目の前で星が散る。あまりに強い刺激に痛いほどだった。体の中にそんな部分があるなんて未だに信じられない。そこを他人に触れられるのは二度目で、まだ慣れていないし、これから慣れるとも思えなかった。

ちょっと強かったか、と横澤が呟き、今度はさっきよりも弱い刺激でその部分を撫で始める。

「やっ、あっ、んんっ！　そこ、やだぁ……あっ、あぁ、あっ、はんっ！」

「なんで嫌なんだ？　縮んでたのに勃ってきたろ？　体は正直だな」

尻の中をぐにぐにと弄られて、そこから水音が聞こえる。熱くて疼くような快楽が腰の奥に溜まり始めた。さらに前を扱かれているので腰から下が融けてなくなりそうなほど気持ちがよかった。

「あっ、あぁっ、もう、おかしく、なるっ……もう、やめ、あっ、んんっ！　出る……あっ、出るっ、あっ、ふぁっ……あっ、ああ、あああっ！」

いくら雨宮が出ると言っても、横澤は攻める手を緩めなかった。肉茎を上がってくる快感の塊が、一気に解放される。その法悦の頂は言葉にできないほどの恍惚《こうこつ》を運んできた。

初めて訪れた那花の家で淫靡に乱れ、我を見失うほどの快楽を与えられた。呆気なく横澤の手で果て、その飛沫は借り物の色打掛にもソファにも飛び散っている。着崩れた襦袢は目も当てられないほどの惨状だ。

「はぁ、はぁ……横澤、さん……。俺……」

「いっぱい出たな。ほらすごいよ」

雨宮の精液でべとべとになった手を眺めている。射精したばかりで頭が回らなくて、ぼんやりとそれを見やった。その滴が打掛の上に垂れているのを確認して、ぞっと背筋が凍る。

「う、そ……、これ、どうしよ……こんな、汚して……俺っ」

自分が発射したものでソファにも染みがついている。汚してはいけないと長襦袢から下半身を出したのが間違いだった。

「この色打掛、高いと思うんですけど、どうしよう……こんなに汚して……」

「想定内なんじゃねえの？」

　雨宮の隣に腰かけた横澤が、にやにやしながらこちらを見てくる。想定内というのも意味が分からない。

「でも……これ、きっと壮一郎さんを怒らせますよ……」

「壮一郎さん、ねぇ。ちなみに後ろは初めてとかじゃないよな？　あんなに舐めたのに、それほどやわくなかったからびっくりしたけど」

　横澤が上を向いてさっきの行為を思い出すような仕草をする。ふいっとこちらを向いて雨宮の返答を待っていた。

「う、後ろは……経験は、一回だけ、です。だからちょっと、驚いて……」

「まじか……！　じゃあ壮さんとだけ？」

　困惑して興味津々の目で詰め寄ってくる。雨宮は長襦袢で前を隠しながら、彼が近づいてくる分だけ後ろに下がった。

「えと……壮一郎さん、だけです」

「うっそ。壮さん、一番乗りか。さすがだな。あの人が本宅に誰かを呼んで、なにもしないで帰すわけないよな。で、他になにしたんだ？　どんなエッロいことされた？」

話すまで一歩も引かない、という無言の圧力を感じながら、視線を泳がせた雨宮は口を開いた。

「アソコに、なにかつけられて……。あとはクリ、ップ、みたいな……のとか。手足を枷みたいなので留められ、て……それで……」

口元でもごもごと言っていると、なに？　聞こえない、と横澤が近づいてくる。俯く雨宮の顔を覗き込んだところで部屋の戸口に人の気配を感じ、二人で同時にそちらへ顔を向ける。

「おやおや、私が目を離した隙に、これはどういうことかな？　宗くん」

にこやかに微笑んだ那花が、袂《たもと》に手を入れて腕を組んだ状態で立っている。とても楽しそうに笑ってこちらを見ているが、雨宮はそれどころではなかった。

「だって、夕食の下ごしらえを終えて来てみたら、こんなところに雨宮さん一人置いてけぼりなんすよ？　そりゃあ、お相手してあげないとでしょ」

「にしても、ずいぶん色っぽい姿にしてしまったね」

那花が近づいてきて、彼の視線が乱れた長襦袢の裾からじわじわ上がってきて衿元で止まる。もがいて暴れたおかげで伊達締めも腰紐もずり上がって衿元が緩み、両方の肩が女性のように色っぽく露出している。

彼の両目がすっと細くなって、笑っていた口元が強ばり表情がなくなった。

「二人で楽しそうなことをしているなんて、妬《や》けるよ。私も仲間に入れてもらおうかな」

那花の静かな低い声で部屋の空気が振動する。

雨宮の背筋は氷水を浴びせられたように冷たくなり、横澤はなぜか得意げに微笑んでいた。

第四章　嫉妬《しっと》と主張

那花が横澤と雨宮のもとに戻ってきてすぐ、ローテーブルに置いてあった那花のスマホが振動した。緊張が漂っていた部屋の空気がほんの僅《わず》か緩む。

那花が電話を取って話し始めると、ほっとしたのも束《つか》の間、那花の声が固くなる。

——すまないね。なにやらトラブルがあったみたいで、少し忙しくなりそうなんだよ。招いたのは私なのに、追い返すような事態になって申し訳ない。今日は帰ってくれないか。

送話口を押さえた彼がそう言った。

——あのっ、俺、打掛を……こんなにして、すみません。ちゃんと弁償して……。

帰れと言われて雨宮は焦った。こんなにぐちゃぐちゃにしたまま帰るなんて、失礼にもほどがある。それなのに——。

——いいんだよ。君も着替えて帰りなさい。

顔は怒っていなかった。しかし那花の声音はやさしいのか冷たいのか分からず、ただただ雨宮を不安にするばかりだった。

汚して皺《しわ》にしてしまった打掛も、粗相をした後始末もさせてもらえず、雨宮は頭が混乱した状態のまま、那花の家を追い出されるような形になった。帰路に就く間中、横澤はずっと雨宮に謝っていた。

――謝罪するとき、ちゃんと俺も同席するから。な？　あれは完全に俺が悪いんだし。壮さんあれくらいで怒んないって。

何度もそう言われたが信じられなかった。あんなに高級そうな色打掛を台無しにしたのだ。ちゃんと弁償すると言ったにもかかわらず、着替えて帰りなさい、とそんな言葉で追い返されたのだ。

怒って当然だと落ち込みながら雨宮は着替え、那花の顔を見られないまま彼の家を出た。電話を受けてからの那花はどこかぴりぴりしていて、バーでカクテルを零《こぼ》したときのように詰め寄って謝ることも叶《かな》わなかった。

（もしも、嫌われていたらどうしよう。あんな非常識な奴は問題外って、思われてたら……）

そう考えるとゾッとする。横澤のキスで閉じていた蕾《つぼみ》は目覚めさせられ、那花の愛撫《あいぶ》と熱で咲かされたのに、そんな体を今さら自分で抑えるなんて無理だ。

父に教えられた快楽は扉の向こうに封印したはずだった。なのに那花によって無限の情《じょう》欲《よく》が完全に解放されてしまい、自分ではどうにも抑えられない。

（壮一郎さんがいなくなったら……横澤さんに、してもらう？　いや、そんなのダメだ。

壮一郎さんの代わりにするなんて、なに、考えてるんだ。ダメ……だ）

体だけ満たされても意味はないのに、とそう思って、何度となく胸を痛めた。

打掛のことやあの寝室で横澤とした行為について、あれから彼に何度かメールをした。

――気にしなくていいよ。でも仕事でトラブルがあってしばらく手が離せないんだ。申し訳ない。

そんな内容の返信が来たっきりで、数日が過ぎていた。

今はもう怖くなって電話もメールもできない状態だ。それなのに体は突如として思い出す。彼に解放されたあの目も眩《くら》むような快楽を。

今もベッドに横になって寝ようと目を閉じたのだが、頭の中は那花のことでいっぱいだった。

彼の肌の感触と、熱と匂《にお》い、そして甘く囁《ささや》く低い声。

想像するだけで肉茎が強《こわ》ばる。

「あぁ……もう、ほんとに、どうしたらいいんだ」

布団の中で体を丸めているが、下腹部だけが熱を持って硬くなっていく。腰の奥が疼《うず》き、彼を思うと後孔がひくついた。こんなときでも那花のことを考えるだけで体は素直に反応する。

あまりに従順な自分のそこに怒りさえ覚えたが、しかし雨宮の息子はますます硬度を増した。

雨宮は仕方なくパジャマの中に手を突っ込む。下着の上から触るとそれはどんどん成長していく。このままでは眠れない。

がばっと起き上がってベッドの上に座り、背中を壁に預けた。パジャマと下着を一緒に下ろしてペニスを露出させる。完全に勃起《ぼっき》したそれは、薄暗い部屋の中でぼんやり浮かび上がった。

ナイトテーブルのライトを点《つ》けて、少し灯《あか》りを絞る。そして本格的に息子を慰め始めた。手の中の汗でしっとりと湿ったそれを摑《つか》み、緩急をつけて扱《しご》く。

いつもはローションを使って滑りをよくするのだが、今は鈴口からあふれ出た先走りで徐々に濡《ぬ》れてきて抵抗がなくなってきた。

(俺、どれだけ興奮してるんだよ……)

那花に申し訳ない気持ちで彼を思っただけなのに、こんな不謹慎な反応をする息子を叱《しか》ってやりたい。だがしかし雨宮の思惑に反して、それはますますヒートアップしていく。

「はっ、んっ……、んっ、ぁっ、あぁ……壮、一郎、さん……」

彼の名前を口にすると、一気に快感が膨れ上がる。だが射精まではほど遠い。くちゅくちゅと音を立てながらペニスを苛《いじ》め、ときどき双珠を指先で揉《も》む。普通なら五分もしないうちに吐精するのだが、今日に限ってそこまでいかない。

「なん、で……ぁっ、ああっ、もう、んっ、くそっ……ど、してっ」

なかなか達することができず、興奮と熱だけが体の中に閉じ込められてくらくらする。そして雨宮はふと思いついた。自分の指を口に入れ、それに唾液《だえき》を絡ませる。そして後孔へと近づけていった。

（ここ……ここをしてもらった）

あのときの強烈な快楽を思い出す。中を那花の熱塊で抉《えぐ》られ、体を揺さぶられながら気絶する寸前まで高められイかされた瞬間を。今はあのときとは比較にならないような鈍い刺激だ。だが後ろを弄《いじ》ったら、イけるかもしれないと思ったのだ。

「ここを……こうして……」

濡れた指先を窄《すぼ》まった後孔へ当てる。指先で撫《な》で回すと、ぎゅうんと力が入る。こんな固く閉じたところへ那花のあの大きなものが入ったなんて信じられない。

「は、入るの、かな……」

周囲を念入りに撫で回したあと、閉じた中央に指の腹を押し当てる。ぬりゅん、と予想外に指が入った。だがあの違和感が広がって、思わず息を飲んで動きを止めた。

「どう、しよう……このままじゃ、イけないし……」

第一関節の半分までしか入っていないが、このまま突き入れて怪我《けが》をしたくないし、けれど今の状態ではどうしようもない。思い切って指を進めてみる。

にゅるっと第二関節まで入り、少し奥まで行ったところで止めた。那花にされたように中の壁を探ると、次第に後孔の周囲の筋肉が緩み始める。それと同時に左手でペニスを扱いた。

「あ、はぁっ！　すご……ここ、なに……」

指の腹にあたる少し硬い感触。それを撫でるとびりびりと痺《しび》れるような刺激が背中を這《は》い上がってくる。痛みではないそれは、那花にされたときの快感に似ていた。

「これ……あぁ、これが……」

ナイトテーブルからローションを取り出し、指に絡ませた。これで抵抗なく後孔に入る。ついでに左手も滑りをよくして再開した。

「あぁ……すご、い、これ、あぁぁっ……気持ちい、いいっ……いいっ……」

夢中になって中を掻《か》き回す。ぐちゅぐちゅと淫靡《いんび》な音が部屋に響き、さっきよりも若茎が硬くなっている。指で中を擦《こす》ると次元の違う快楽が押し寄せてきた。

頭の中で那花にされた行為を思い出し、一心不乱に愛撫する。じんじんする快感が腰から湧《わ》き上がってきて射精感が高まり、後孔は無意識に自分の指を締めつけていた。大きく開いた太腿《ふともも》がぶるぶる震え始めて、カクカクと腰が小刻みに揺れる。

「んっ、あっ、壮、一郎さん……ああっ、あっ、イく、イ、く……っ」

「んっ……ぁ、あっ……」

ぎゅっと目を閉じて那花を思い名前を口にする。そして肉筒が痙攣《けいれん》し左手の中にある雄の先端からびゅっと精液を吹き上げた。快楽を持続させるために何度か扱き、後孔の中の指先も僅かに動かす。

「すご……これ、すごい、気持ちいい……」

普通の自慰では到底感じられない快感を体験し、雨宮は呆然《ぼうぜん》とした。

那花に抱かれたときほどではないが、後孔を自分で弄る気持ちよさを知ってしまい、なんだか後戻りできないところへ来たような気がした。

「俺、普通にするのじゃ、もうイけないかも」

ぼそっと呟《つぶや》いて、精液で濡れた手を眺める。しかしすっきりしたのは体だけで、心の中のもやもやは全く晴れないままだった。

◇　◇　◇

那花から借りた色打掛を汚してから一ヶ月が過ぎた。最後に謝罪したメールを送って以降、一度も連絡はできず、那花からも来ていない。

仕事が忙しくなったのだろうと思い、こちらからアクションを起こすのをやめていた。というのは建前で、本当は怖くて仕方がないだけだ。

本屋へ行くたびに、ついつい那花の本が置かれてあるコーナーへ向かってしまう。既刊新刊、雑誌のインタビューや他の小説の帯に、那花がコメントを寄せている本も全部持っている。持っているのにコーナーへ足を運ぶのだ。

今日は休日で天気もよかったので、一人でふらっと最寄り駅の本屋へやってきた。

「あ……これ、今日発売？」

雑誌コーナーで那花の名前を見て立ち止まった。平積みしてある雑誌を手に取ると、彼の仕事場の紹介コーナーが掲載されていた。きっと今月出た新刊の宣伝も兼ねているのだろう。まさかチェックを漏らしていたなんて、と雑誌を手に早々レジへと向かった。

今すぐに読みたいが、歩きながらではみっともないので、その雑誌を持って同じビルの中にある喫茶店へと入る。そこで本を開いて彼のページに目を落とす。

「すごい……」

思わず呟いた。そこには那花の仕事場の写真が掲載されている。どのくらいの広さなのかは分からないが、天井まで備え付けられた本棚がびっしりと本で埋まっている写真が目に飛び込んできた。まるで図書館のような印象だ。

天井も高くて、二階分くらいはあるだろう。その天井にはいくつもダウンライトが付いていて、上品なモデルハウスのような空間は、とても作家の仕事部屋とは思えなかった。

部屋の中央にはガラスの天板に白い足が四本の広くて大きなデスク。そこにはパソコンが置いてあり、他にはリラックスチェアや、白い大理石の床と同じ色の大型ソファが鎮座していた。そのソファに座ってインタビューを受ける那花は、すごくやさしげでにこやかな笑顔を浮かべている。

（ああ、壮一郎さん、笑ってる）

この写真をいつ撮ったのかは分からないが、雑誌で彼の顔を見るだけで心が和んだ。やさしくて全てを包み込むような甘いマスクにうっとりする。だがこんな写真なんかよりも実物がどれほど破壊力があるかを知っていた。

そして別れ際の那花の作ったような微笑《ほほえ》みを思い出すと、今度は胸の奥がズキズキ痛んだ。

こんなに有名で大物作家なのに、バーでカクテルをぶちまけた縁からあんな関係になれるとは思いもしなかった。

もしかしたらもうこれっきり、那花には会えないのかもと思い始める。

（そうだよな。だって壮一郎さんはこんなに有名で、日本では知らない人がいないんじゃないかってくらいの人なんだもんな）

雨宮に興味を持って少し遊んだだけなのだろう、と自分でそう考えて、さらに落ち込んだ。するとテーブルに置いてあるスマホがメールの着信を知らせ、雨宮は慌ててそれを確認する。

（もしかして、壮一郎さんかも！）

もう連絡は来ないだろう、なんて思いながら、メールが来ると、もしかして、と思って飛びつく自分の痛さに肩を落とした。

「横澤さんからだ……」

あれから横澤にも会っていなくて、TOMARIGIにも足を運んでいない。

『よう、雨宮さん元気にしてる？　最近、うちに来てくれないから寂しいよ。そういえば壮さんから連絡あった？　俺の方は全くないよ。その件も含めてちょっと話がしたいんだけど、時間があるなら店が終わる頃に来なよ。待ってる』

彼からの誘いの連絡だ。きっと心配をしてくれているのだろう。那花の家から帰るときはずっと謝っていたし、横澤ともあれ以来なので、少しだけ顔を出してみようという気になる。

しばらく喫茶店で時間を潰《つぶ》し、夕食をどこかで取ってから移動しても時間は十分ありそうだ。長居できそうな店を適当に探していると、ビルの六階に撫子《なでしこ》呉服店というのを見つけた。

（着物……か）

その文字を見てズキンと胸が痛む。そして少しばかり気になったのでそのフロアへ行くことにした。

撫子の他には女性用の洋服屋さんが数店入っていて、あとは雑貨屋だ。そんな店の前を通り過ぎ、目的の店までやってくる。

店は明るく入りやすいオープンな間口だ。呉服店独特のとっつきにくさはない。店の前のディスプレイには女性の華やかな着物が飾られていた。買うつもりはないので入るのを迷ったが、しかし雨宮は思い切って足を踏み入れる。

するとすぐに店員が近づいてきて、なにかお探しですか？　と聞いてくれた。四十代くらいの女性で、呉服屋だから店員も和服かと思いきやどこかのＯＬのように紺のタイトスカートに白いブラウスとベストという姿だった。

「あの、色打掛ってどこにありますか？」

男性が一人でそんなものを見に来るのは珍しいのか、店員は一瞬笑顔を硬直させた。しかしそこはベテランなのか、店のショーウインドウにもありますよ、と教えてくれる。

「奥の方には一点物の展示もありますので」

店員は愛想のいい笑みを浮かべて案内してくれる。華やかで目を惹《ひ》くお手頃な着物は表に、値段が張るものは奥というわけだ。撞木《しゅもく》にかけられた反物もたくさん展示してあって、女性物はどれも華やかで優美だ。

雨宮は緊張しながら周囲を窺《うかが》い、店員に案内してもらう。

「どのようなものをお探しですか？」

「えっと、正絹？　で……すごく高そうな感じで……こう、肌触りがよくて。光が当たると色味が変わるような。模様は鶴と桃の花と……えっと金の雲みたいな……」

那花の家で着せてもらった打掛を思い出しながら言うと、店員は雨宮の言葉を聞きながらにこにこ微笑んでいたが、しかし目の中には明らかにクエスチョンマークが飛んでいる。

「あっ、知り合いの家で色打掛を見せていただいたんですけど、その、すごく汚してしまいまして。それで弁償するにも打掛って値段がよく分からないので、それでちょっと聞いてみようかと……」

「さようでございましたか。男性用のお着物に比べて色打掛になりますと高級なものも多くございまして、お客様のおっしゃるお品物でしたら、似たようなのはこちらになりますね」

展示の一番奥にあったのは黒色がベースになっているもので、そこに色とりどりの花が咲いていた。金で縁取られた青い雲や、淡い色の紅葉《もみじ》が散っている。セットで四十五万円と表示があった。

（よ、四十五万円……!?　でもセットだからだよな……？　単品だったらいくらなんだろう）

そんなに高くないと言うから十万以下くらいで買えるのかと思っていたが、とてもそんな値段ではなかった。でも着物だけならもっと安いかもしれない。そう思ってみたが、あの那花がそんな安いものを買うだろうかと遠い目になった。

「高いものだと、どのくらいの金額になりますか？」

「そうですねぇ。上を見ますと限りがないですし、私が知っておりますものでしたら百五十万ほどのものでございましたね。それはもう反物から一点ものになりますので……」

にこにこしながら店員がそう言ってくれたが、愛想笑いが引き攣《つ》った雨宮は上手く笑えなかった。クリーニングできる程度の汚れでしたら……と説明をしてくれているのに、その内容がまるっきり頭に入ってこない。

まさか色打掛が天井知らずの値段だなんて思わなかった。高いだろう、くらいにしか認識していなかったので目眩《めまい》がしそうだ。

「そ、そうですか……。すみません、なんだか自分の手に負えないので、出直してきます」

それだけを言うと、くるっと反転して足早に店を出ていく。お客様⁉　と驚いた店員の声が聞こえたが、教えてもらったお礼なんて言う余裕すらなかった。

那花に借りたあれが高いことは触って身につけてみて分かったが、打掛がまさかそんなに高いなんて知らなかった。十万でも高いと思うのに、もしあれが四十五万なら手も足も出ない。

（ああ……どうしよう）

夕食を取るために駅ビルへ入ったが、すっかり食欲は失せてしまった。モールのベンチに腰かけて、項垂《うなだ》れるように肩を落とす。弁償しますなんて気軽に言ってしまったあのときの自分を殴りたい気分だ。

「参ったな……人の家であんなことしたうえに、高級な打掛を……」

一ヶ月前のことなのに、あのときの那花の顔を鮮明に思い出せる。どこか冷たさを含んだあれは、落胆した呆《あき》れた目だった。このままなにもさせてもらえないで、那花との縁は切れてしまうかもしれない。いや、連絡がないのを考えると、もう切れている。

もう何度もそう思い、それでも那花を諦《あきら》められない。そもそも諦めるとかそういう次元にいる人じゃないのかもしれないのだ。

落ち込んでいる雨宮のもとに再び新着メールを知らせる音が聞こえる。ポケットからスマホを取り出して確認すると、また横澤だ。

『雨宮さん、いつ来る？　今日はもう店を閉めるんだけど、どうする？　今日来るならなにか用意しておくけど』

横澤のメッセージを見て、返事をしていなかったんだと気づいた。メールより話した方が早いか、と思い電話のアイコンをタップした。

『もしもし？　雨宮さん？』

スマホの向こうから横澤の声が聞こえて、急にほっとした気持ちになった。雨宮の悩みの元凶でその張本人なのに、それでも彼の声を耳にして安心してしまう。

「あの……すみません。俺、今から、そっちに行っていいですか？　今、呉服屋さんで打掛を見てたんですけど、やっぱり普通のでも高いんですね。びっくりして……」

普通に話しているつもりだったが、最後の方は涙声になっていた。自分から離れていく愛にこれほどまでに敏感だったなんて、今まで知り得なかったことだ。

（俺、壮一郎さんのこと……）

そんな馬鹿なと思いながらも、愛してるんだと思えば思うほどなにかが胸に突き刺さり、その初めての感覚に戸惑った。そしてそう思うことが、どこかしっくりくる感情に震えてしまう。

『もしもし？　雨宮さん？　どうかしたのか？　おい、聞いてる？』

遠くの方で横澤の声が聞こえた。電話が繋《つな》がっているのが頭から飛んでいた。込み上げてあふれ出る涙が頬《ほお》を流れて、悲しいのかうれしいのか分からない気持ちが、雨宮の中をぐるぐる回っている。

「あ、あの……すみま、せん……」

涙声で返答すると、電話の向こうの横澤が息を飲んで驚いたようだった。こんな人目のある場所で泣くつもりなんてないのに、拭《ぬぐ》っても拭っても涙があふれてくる。

悲しいわけではなく、ただ胸が痛くてたまらないのだ。

「今から、行っても、いい、ですか？」

周囲がちらちらとこちらを見ていたが、そんなものは全く気にならなかった。


横澤の店がある蒲田《かまた》駅に到着し、外に出てみると雨だった。なんだかあのときに似てるなと思いつつ、雨宮は雨の中を歩きだす。濡れてしまえば涙もなにも判別できない。

「好都合だ」

そう呟いて、周囲が突然の雨で走って軒下に駆け込む中、雨宮は一人でのんびりとした足取りで駅前を離れていく。ジーンズも靴もジャケットも、水を含んで重くなっている。

初めて横澤の店に行ったときも、同じようにこうして雨に降られて困っていた。あのときは手ひどくフラれて落ち込んでいたのだが、よく考えたら今回も同じかもしれないと気がついた。

「ああ、同じ轍《てつ》を踏んでるのか」

ぼそっとそう言って、そうするとなんだかおかしくなってきた。いつまで経っても同じことの繰り返しで、成長しないな、と自嘲《じちょう》気味に笑うしかない。

しかしひとつだけ違うのは、一度目よりも今の方が比じゃないほどのダメージを受けているという現実だ。これが本当の失恋の痛みなのだろう。

ＴＯＭＡＲＩＧＩの店の看板が見えてきて、雨宮は思わず足を止めた。灯りの落ちた店先に人影があったのだ。暗くてよく見えなかったが、長身の男性のように見える。

「壮一郎、さん……？」

不意にそう感じた。もしかしたら彼が来ているから横澤が何度も誘ってくれたのではないかと、そう思ったのだ。謝る機会を彼が作ってくれたのなら、もしかしたら最後のチャンスになるかもしれない。

雨宮はバネが弾《はじ》けるようにして走りだした。ＴＯＭＡＲＩＧＩが近づいてくるにつれて、その人物の顔がはっきりと見えてくる。

そこに立っていたのは横澤だった。彼だと分かってからは急《せ》くような気持ちが一気に萎《しぼ》み、走るスピードを落として普通に歩いて彼の前で止まる。

「おお、来たか。意外と早かったな」

「はぁ、はぁ、……横澤さん、こんばんは」

呼吸を荒らげながら挨拶《あいさつ》をした。雨宮の頭の先からつま先までを、彼は驚いた顔で舐《な》めるように見てくる。

「おいおい、うちに来るとき、なんでそんな雨に濡れてる率が高いんだ？　ほら、入れよ」

「すみません。また店の床を濡らしてしまいますね」

雨宮は伏し目がちに静かにそう言いながら、店の中へと入った。心のどこかで、もしかしたら内緒で那花を呼んでくれているのかもと考えたが、彼の姿は見当たらなかった。そんな他力本願で期待ばかりしてはいけない。

「店はもう閉めたから、そのまま下で服脱いで二階に上がってな。服は……う〜ん、適当に引っ張り出して着ていいから。場所、分かるか？」

雨宮の歩いたあとを拭《ふ》くためなのか、彼はいつの間にか手にモップを持っていた。もしかしたら前回もこんなふうに雨宮の世話を知らない間にしてくれたのかもしれない。

「ああ……えっと、分からなかったら、適当に探します。ありがとうございます」

なんていい人なのだと思いながら、階段を上がる手前のコンクリート部分で、雨宮は洋服を脱ぎ始める。ゲリラ豪雨は瞬く間に衣類を濡らし、まるでプールにでも飛び込んだのかと思うほどの水を含んでいた。

「なんか、今日は恥ずかしがらねえの？」

目の前で横澤がにやついた笑みを浮かべて、雨宮のストリップを見ているのだが、そんなのは気にも留めず脱いでいる。

「別にもう、裸を見られるのは……大丈夫みたいです。だって……」

那花の家でそれ以上に恥ずかしいことをしたから、と言いかけたがやめた。止まっていた手を動かして再び脱ぎ始める。下着一枚になって、俯《うつむ》きながらどうしようかと考えた。

きっと洋服は乾燥機にかけてくれるのだろう。ならば下着も、と思いトランクスのウエストに手をかける。しかし一瞬迷い、ちらっと横澤を見た。

「ああ、そういう恥じらいはまだあるんだな。よかった。あまりに大胆になられすぎると、こっちも興ざめするかもしれねえし」

横澤の言葉にピクリと反応する。もしかしたら那花も興ざめしたのかも、と思うとまた悲しくなってくる。忘れていた胸の痛みが再び戻ってきた。

雨に濡れて涙も流れたと思ったのに、またぼろぼろと涙が目から零れ落ちる。

「ひっ……ぅ、うっ……ぅ……」

「えっ⁉　ちょっ……なに、あれ？　やっぱさっき様子がおかしかったの、気のせいじゃねえの？　まじで？」

焦った横澤がモップを置いて近づいてくる。大丈夫か？　と濡れたままの雨宮を抱き寄せて、背中をぽんぽん叩《たた》いてくれた。自分がこんなに泣き虫だったなんて初めて知った。

「泣くなよ。そんな声殺して泣かれたら、俺どうすりゃいいの。ってか、なんかすげぇかわいい生き物になってるけど、どういうこと……。いや、もともとかわいいけどさ。あ～そうじゃなく……！」

弱ったな、と漏らす横澤の腕の中で、体を震わせ小さくなって雨宮は泣いていた。

「なにがきっかけで泣かせたのかは分かんねえけど、ほら、タオル巻いてそれも脱げ脱げ。

全部パリッと乾燥させてやる。そしたら気分も変わるだろ？」

横澤が棚から大判のバスタオルを出して体ごと包んでくれる。小さく頷《うなず》いた雨宮は、言われた通り下着を脱ぎ去り、全裸にタオル一枚の格好になった。

尻《しり》を叩かれるように二階へ追いやられ、のろのろと階段を上って横澤の自室へとやってきた。期待はしていなかったが、やはり那花の姿はない。以前と変わらない横澤の部屋は、嫌でもあのときの記憶を蘇《よみがえ》らせる。

ズキズキと疼く胸を抑えつつ、雨宮は洋服を探す。きっとクローゼットは寝室だ。さっきは適当に探すなんて言ったが、家捜しするようで気が引けた。だがリビングにあるソファの背もたれに長袖のニットがくたっとかけてあるのが目について、これを借りよう、と手に取った。

白黒のストライプのニットを素肌の上に着る。意外と肌触りがよかったが、袖がやたら長い。裾《すそ》も長いので上手く下半身を隠してくれた。V字の胸元は襟ぐりが大きすぎて、細い雨宮には不格好だ。右を上げれば左が落ちて、左を上げれば右が落ちる。どうしようもなくて左肩を大きく出したままソファに座ろうとした。

（あ、でも……このまま座ったら汚れる、かも）

ニットは洗うか新しいのを買って返せるが、ソファはさすがに無理だ。そう思った雨宮は和室に入り、前に那花が座っていた書院甲板にちんまりと腰かける。本当は座るところではないのだが、うろうろと部屋の中を歩き回って結局そこに決めた。

両脚をニットシャツにすっぽり収め、まるでダルマのような格好でそこに座っていると、二階へ上がってきた横澤と目が合った。

「えっと……それは、どういう状況？」

「あ、あの……洋服を探そうと思ったら、寝室にしかクローゼットがないようで、さすがに入って中を開けるのはダメかと思って。それでソファに置いてあったニットを借りました。でも、このままソファには座れないから、迷った挙げ句、ここに……」

ぼそぼそと一気にそう説明して、雨宮は書院甲板から畳に下りる。頬を赤くしながら両手でニットの裾を引っ張り、もじもじと自分の足元を見つめた。

「あのさ、雨宮さん自分が今どれほど色気をだだ漏れにしているか、分かってる？」

「は？　え……、色気？」

この格好を見て横澤は言葉もないほど呆れていると思っていた。

しばらく沈黙があって、彼が大股《おおまた》歩きで近づいてくる。

「ったくもう……なんだそりゃ。はぁ……どうするかな、これ……」

ため息交じりに何度も言われて、彼の腕の中に抱きすくめられた。言動の伴わない横澤に、なにを言えばいいのか分からず、雨宮は彼の腕の中で小さくなっていた。

「……すみま、せん」

「謝るなっての。別に怒ってもねーし、呆れてもねえよ。ただ691さ、ただこんなかわいい生き物、どう愛すればいいのかって、それを悩んでんの」

「あ、い……?」

横澤の口から聞き慣れない言葉が降ってきて、恐る恐る彼を見上げた。いつもは意地悪く口端を吊《つ》り上げているのに、今日はやわらかい笑みだ。初めて見る横澤のそんな表情に目を奪われていると、あっという間に顎《あご》を掬《すく》われて口を塞《ふさ》がれた。

「んっ……!」

驚いている間に雨宮の舌が彼に持っていかれる。やさしく慈しむようなキスにすぐとろんとした目になって、舌を吸われる快感に夢中になった。両手は横澤のシャツを掴み、体を寄りかからせながら雨宮は一心に舌を絡ませた。

「こらこら、さっきまで恥ずかしそうにしてただろうが。急になんだ? キスだけでとろとろになってんぞ。……にしても、会った頃に比べて色っぽくなったよなぁ、あんた」

「そ、そんなこと、ないです、よ……別に」

色っぽくなった、なんて女性に言うような言葉を聞かされて、雨宮は我に返った。横澤のキスは確かに気持ちがいい。腰が抜けてしまいそうになるし、もっと口の中を愛撫して欲しいとさえ思ってしまう。

そのときの自分の顔を見たこともないし想像もしたことはないが、もしそれを見て横澤が色っぽくなった、なんて言っているのだとしたら、一体自分はどんな顔でキスしているのかと急に気になり始めた。

「あれ……急に真面目《まじめ》な顔になった。俺、なんか気に障ること言った？」

「いや、別にそんなことは……」

ふいっと顔を横に逸《そ》らすと、目の端で横澤がムッとしたのが分かった。とても本当のことは言えそうにないので黙ったままでいると、がちっと腕を掴んだ彼がいきなり歩き始める。

「えっ……ちょっと、横澤さ……、どこにっ」

「さっき電話口で泣いてた理由も、今、急に態度が変わったわけも、全部聞くつもりでいるからな。あんたが不安に思ってることも、全部……ここで、聞き出す」

横澤が話しながら寝室の扉を開けて、そのまま雨宮をベッドの上へ放り投げた。ニットだけしか着ていなかったので、勢いで捲《めく》れ上がって下半身が露出する。

「な、なにをするんですかっ。ちょ……っ」

「なにをするって？　ベッドですることっていえば決まってんだろ。あんたが全部、ここに溜《た》めてるもん出すまで、俺はやめねえよ？」

ベッドの上で上半身を起こした雨宮の腰の上へ跨《また》がり、人差し指で鳩尾《みぞおち》の辺りをトンと押した。

（胸に溜まってる、もの？）

思いのほか彼は真剣な表情で、雨宮の上で脱衣を始める。彼は仕事終わりそのままで、上は白いシャツに黒のベストと下は黒のパンツ姿だった。ベストを簡単に取っ払い、自らのベルトを外しにかかっている。

「あの、横澤さん……」

「あんたの本音以外、なにも聞かねえよ。さっき、はっきり分かった。いや……たぶん初めて会って、ここであんたにキスしたくらいから、こうなることは予測してたのかもな」

「こうなるって？　なん、ですか……」

鋭い眼光で睨《にら》むようにして見下ろされて、雨宮は思わず固唾《かたず》を飲んだ。彼は苛立《いらだ》って怒っているような、それでいて焦《じ》れったさに急いているようでもあった。

「何回かあんたとこうやってエロいことしたけどさ。最後まではやんなかったろ？　一線越えたら、本気になるからって思ってた」

「一線……」

こう見えてちゃんと考えてるんだぜ、と言われたが、一線とはどこまでを指すのか雨宮には判断しがたい。すでに越えている気もするし、そうでないような気もする。

「でも、壮さんと寝た上で俺にも流されんなら、手加減しねえってこと」

にわかに鼓動が速くなるのが分かった。薄いニット地の下にある雨宮の若茎は、その向こう側にある横澤の太腿を感じ取っている。意識しなくても彼の熱が伝わって反応していた。

「天然なんだろ、それ？　そういうところにやられたんじゃねえかな、壮さんも」

横澤の口から那花の名前が出てきてドキンと鼓動が高鳴る。今の今まで、雨宮が落ち込んでいる元凶が那花だったのに、すっかり失念していた。

「俺はあの人みたいにやさしくねえよ？　嫌だって、やめろって言われても簡単にこの手を離したりしない。あんたが自分から俺の腕の中に墜《お》ちてきたんだからな」

さっきから横澤の言っている言葉の意味が半分も分からない。手は離さないだの腕の中に落ちてきただの、彼がまるで異国の人になったような気さえした。

「分からないって顔だな。おもしろいよ、あんた」

舌舐めずりをするように自身の唇を濡らしたとき、横澤は上半身裸でベルトもパンツの前ボタンも寛《くつろ》げて、完全にヤル気満々の体勢だった。ここまでくるとさすがに雨宮だって分かる。

「あんたが泣いてもやめない」

ドクンドクンと体の中で心音が響き渡る。横澤が雨宮の体の横に腕をつくと、ベッドが軋《きし》んで揺れた。獰猛《どうもう》で整った雄の顔がぐいっと近づいてくる。彼の目は雨宮を熱っぽく見つめていた。

「目、閉じろよ」

唇が触れそうなところまで来て、囁くような掠《かす》れ声で言われ、雨宮は瞼《まぶた》を震わせながらも素直に目を閉じた。

「ん……っ」

唇でベッドへ押し倒されるようにされ、再び口腔《こうこう》を蹂躙《じゅうりん》された。今度はキスだけではなく彼の手がニットの下にある素肌に触れ、なにかを確かめるような仕草で愛撫し始める。脇腹《わきばら》からゆっくりと上へ滑ってきて、見つかった突起はすでに触られるのを待ち望んでいたかのように勃起していた。

「ん――っ、ぅんっ、あっ……ぅっ、ふぁっ……！」

キスだけで腰に熱が溜まり始め、彼に胸先を擦られると体の力が抜けていく。すっかりニットを喉元《のどもと》まで捲り上げられた。右の乳首を指先で撫で回され、きゅううっと左側が切なく疼く。

（左……触って欲しい。ああ……どうしよう）

彼が顎の先から耳に向かって口づけを繰り返しながら上がっていき、最後に耳朶《じだ》を舐められた。ぞわぞわと背筋に感じる気持ちのいい痺れに背中を反らせる。その拍子に右の乳首が横澤の先端と擦れあって甘い刺激を生んだ。

「はっ……ぁっ、んっ、あっ、あぁ……」

切ない声を抑えられなくて、雨宮はベッドシーツをぎゅっと握り締めた。キスと愛撫でこんなに感じてしまう体になっていたなんて、自分でも気づかなかった。

「いい声だな。じゃあ、その声で聞かせてくれよ。電話で話したとき、なんで泣いてた？」

こんなときに聞くのか、と雨宮は閉じていた瞼を開く。そこには真剣な面持ちの彼の瞳《ひとみ》があった。

「もう……壮一、郎さんに、嫌われ……たって、思って……」

「は？　なんでだよ」

「打掛も、あん……あんなにして……何度も、謝罪のメール、したけど、連絡、なくて……」

震える声で雨宮が言うと、それで泣いてたのかよ、と横澤が笑った。

「そんなことくらいで怒ってあんたを捨てたって？　あの壮さんが？　ないない。それだけはない」

なぜそんなことが言い切れるのかは分からなかった。けれどそのときは打掛のあまりに高い値段を聞かされて、それで怒ってしまったのだと、そんな答えにしか辿《たど》り着けなかったのだ。そして那花に嫌われたと想像して、涙があふれた。

「俺……壮一郎さんに嫌われたくないんです。もう遅いかもしれないけど、でも……それだけは嫌で……」

「それを想像して泣いちまったのか？」

「うっ……、ぅっ……」

　思い出して瞳に涙が溜まり始める。どんなに横澤が大丈夫だと言っても、彼は那花本人ではないのだから分からないことだ。

「泣くなよ。大丈夫だから」

　眦《まなじり》を零れる涙を彼の唇が全《すべ》て吸い取っていく。そうしてニットを脱がされ、素っ裸にされた。足の間にあるものだけが熱を持って硬くなり、横澤が腰を押しつけるたびに彼のパンツに擦れる。

「だい……大丈夫って、そんなの……」

「分からねえって？　そうだなぁ。もしも壮さんに嫌われても、俺があんたを愛してやるっていうんじゃ、安心材料にはならねえの？」

「え……」

　雨宮の反応にふふっと鼻で笑った横澤が、体を下へずらして胸先を突然口に含んだ。

「ひっ、ぁっ！」

「聞いてんだろ？　答えろよ」

　乳首を口に含んだまま聞かれ、そして子犬がミルクを舐めるように舌先で弄られる。右と左に交互に刺激を与えられ、質問に答える以前に喘《あえ》ぎ声しか出ない。

「あっ、ぁんっ！　はっ、ぁあっん、んんっ、そこ……いっ！　あぁっ！」

なかなか返事をしない雨宮に業を煮やした彼が、乳首をガリッと噛《か》んだ。痛みと快楽と、それが交互にやってくる。それなのに雨宮の肉茎はその快楽だけを拾い上げて、ぐぐっと硬度を増してぴくぴく震えた。

「どうなんだ？」

「片方、だけじゃ……い、いやだ……」

雨宮の口からぽろりと本音が零れた。それは自分で驚くような言葉で、そして口にして分かった。

(俺、壮一郎さんも横澤さんのことも、どっちも失いたくないんだ)

父に植えつけられた快楽の種を、普通じゃないからと封印した。それを横澤が開き、那花が中へ入り、そして……二人に咲かせてもらいたいと望んでいる自分に、その答えに驚いた。

「へぇ……言うねぇ。じゃあ、どっちがいいんだ？　俺と壮さん。どっちかを選べって言われたら、あんたはどっちを選ぶ？」

そんなのは決まっている。

「片方だけなんて、選ばない……。両方、欲しい……」

雨宮の本音を耳にして、横澤はにやっと笑った。そういうの嫌いじゃないぜ、と言って、雨宮の股間《こかん》に顔を沈めてくる。

「あぁっ！　うっ……く、ぁっ、あ、あっ！」

先走りに濡れた雨宮のペニスを、彼は喉の奥まで一気に咥《くわ》え込んだ。きゅっと吸い上げられて、下半身をまるごと全部持っていかれる気がした。横澤の両手が膝《ひざ》の裏に入り、左右に開いて持ち上げられる。

じゅぼじゅぼ、と恥ずかしいくらいの水音が聞こえて、雨宮はたまらなくなって自ら腰を揺らした。両手の指先を横澤の髪の隙間《すきま》に差し込む。硬い手触りの彼の髪をぎゅっと握ると、横澤は熱っぽく情熱に揺れる瞳で雨宮を見上げてくる。

横澤の舌がペニスの裏側をべろんと舐め上げた。体が震え、射精感が急激に高まっていく。

「……あっ、ああっ、横、ざ……ぁ、ま、待って、まっ……て、出る、出ちゃ、う、か、らっ！」

「いいぜ、出せよ。飲んでやるから」

口を離した彼は激しく肉茎を扱きたて、さらに雨宮を追い詰めてくる。瞼の裏が焼けつくように熱くなって全身に力が入った。膨らみきった快楽の風船が弾ける。

「あ……っ、あ、ぁっ……、あ――……っ！」

融けるような快感が全身を一気に駆け巡り、雨宮は横澤の口の中にドクドクと精を吐き出していた。いつまでも終わらないそれに、体が不規則に痙攣する。

まだ若茎は横澤の口の中に含まれていて、本当に全てを飲み干すように吸ってきた。

「はぁ……すげえ出たな。どう？　よかったろ？　どうだ？　俺を選んでくれるか？」

心なしか冗談ぽく、その反面やけに真面目な目をした横澤が問いかけてくる。

濡れた唇を舐め、手の甲で口元を拭いながら体を起こして見下ろしてきた。まだ気持ちよさが消えない中、雨宮はゆっくりと瞼を開く。

なにも言えずに横澤を見上げ、乱れる呼吸をなんとか整えていると、このまま最後までされるのかと覚悟していた雨宮の体の上へ、彼はシーツをかけてきた。

「横澤、さん？」

「くっそ……最後までしたかったんだけど、傷心のあんたを丸め込んでってのは、やっぱ性に合わねえや」

意外な言葉に雨宮は体を起こして、ベッドに腰かける彼を見つめた。言葉使いが乱暴だったり強引だったりするが、でも想像以上に思いやりがあって人の心の機微に敏感な人であることを知っている。

起き上がって横澤の隣に座ろうとしたとき、彼の股間が膨らんでいることに気がついた。あれだけしてもらったのに、彼に我慢させているのかと思うと胸が痛い。じっと膨らみを見つめたあと、下唇を噛んだ雨宮は横澤の顔を見上げた。

目が合うと、仕方ねえよ、と言うかのように、まるでアメリカ人みたいに肩を竦《すく》めさせてリアクションしてくる。

「泣くほど壮さんのこと好きなんだろ？　失いたくないって、思ったんだよな。弱ってるあんたに手を出すのは、さすがに寝覚めが悪いよな」

「でも、これ……いいんですか？　俺だけしてもらって、その……」

「なに、してくれんの？」

にやにやしながらこちらを見下ろしてくる。まさかそう言われるとは思わずに、ぶわっと頬が熱くなった。

（いやいや、壮一郎さんとあんなことしたのに、今さら恥ずかしいって、どうなんだ）

とはいえ、横澤のものを口でするのは初めてだし、と思っていたが、さっき散々されたのを思うと、ここは断れないだろう。

「そういや、俺の口に出す前に言ってたな。片方だけじゃ嫌だって、両方欲しいって。ってことは、そういうことか？」

すいっと横澤の手が伸びて、熱くなった雨宮の頬を撫でてきた。思いのほか彼の手は冷たくて、火照《ほて》った肌に心地よく感じる。

雨宮は横澤の手の上へ、自分の手の平を重ねた。頭を傾けて、彼の感触を確かめるように目を閉じる。さっきまで胸の中で暴れていた心臓が、今は静かにゆっくりと鳴っていた。

「俺、横澤さんのこと、好きです。きっと壮一郎さんに嫌われても、横澤さんに嫌われても、同じだけ傷つくんだと思います。二つを選べなくて欲張りで……こんな自分を初めて知ったけど、でも、諦めたり我慢したり、嘘《うそ》を吐《つ》くのは嫌なんです」

目を開くと、横澤は真剣な眼差《まなざ》しで雨宮の言葉を聞いていた。適当に聞き流すのではなく、言葉を遮るのでもなく、ただ静かに耳を傾け、瞳の奥に慈しみの色を滲《にじ》ませている。

（ああ、こういうところ、なんだろうな）

初めてこのバーに来たときに感じた、言葉ではない彼のやさしさが今は心の奥底に染みるのを意識する。

雨宮はシーツを引っ張り体に巻きつけると、横澤の前に立ってその場で座り込んだ。

「なんだ？　なにしようって……おい、マジか」

勇気を振り絞り、彼のフロントを寛げて下着の中で大きくなっているそれを摑んだ。

「俺、自分がずっと受け身で、今までそれをなんとも思ってなかったんです。子供の頃から、父にずっと全てを管理されていて、それが普通だと思って育ったんです。父が亡くなったら普通に戻れると思ってたんですけど、そんな都合のいいことはなくて……」

下着のウエストから横澤の熱塊を引きずり出した。出しやすいようにと、彼は自ら尻を上げてパンツと下着を太腿まで下ろし、雨宮がやりやすいように脱いでくれた。

「自分で決めることが怖くて、いつも、彼女に振られて、会社でも……お昼のメニューすらなかなか決められない有様で……」

世間話でもするかのようにしゃべりながら、横澤の硬直を摑み厚ぼったい唇の先に押し当てた。

「でも、それじゃ、ダメなんですよね」

泣きはらした真っ赤な目で横澤を見上げ、にこりと微笑んだ雨宮は太く息づいた彼の肉茎を口に含んでいった。

「……っぁ、すごい、な」

「よほはわはん……」

「こら、口に入れたまま名前を呼ぶな」

彼はやさしく頭を撫でてくれる。口腔でぐんと力を増した肉剣に舌を這わせ、さっき横澤がしてくれたように裏筋を舐めて亀頭の筋を舌先でくすぐった。

「さっきから、あんたよくしゃべるな。緊張したら口数が増えるのか？」

余裕があるように見えて、雨宮の口腔では彼の味でいっぱいになっている。もしかしたらかなり我慢しているのだろうかと、上目使いで微《かす》かに上気した頰の横澤を見る。

唇で挟んで吸い上げて、根元から舌を這わせて先端の鈴口まで一気に舐める。摑んでいる手を動かすことも忘れない。涎《よだれ》で口の周りをべとべとにしながら懸命に彼を愛した。

余裕のある表情だった横澤が、ときどき目を閉じ始める。喉をごくりと鳴らし、眉間《みけん》に皺を寄せて、ぎこちない舌での愛撫に感じてくれているのだと分かった。

（うれしい……気持ちいいって、感じてくれてるんだ）

してもらうだけじゃない、自分からしたいと思ったことに応《こた》えてくれる彼を愛《いと》しく思った。口の中で彼がさらに大きくなり、もう喉の奥まで入れられなくなる。やさしく撫でていた横澤の手が、ときどき乱暴に髪を摑み始めた。

「んっ、んっ、ふ……ぅ、んんっ」

懸命に扱いて刺激して、射精を促した。ぎゅっと双珠が上がったり下がったりを繰り返し、彼がイくのだと分かる。

「あ……あぁ、出る、あんたの口に、出す……っ」

ぐっと頭を押さえられた。喉の奥に切っ先が押し込まれ、苦しくてもどしそうになるのを我慢すると、じわっと涙が浮かんでくる。握っている竿《さお》がぎゅんと手の平に伝えてくるのは、横澤が精液を吐き出している証拠だ。

「く……っ、ぁ……、すっご……なんだこれ……」

びゅくびゅく……と何度も雨宮の口腔で熱が吐き出される。口の中では収まりきらずに、肉茎を咥えた唇の隙間から彼の欲情がぽたぽた滴になって落ちた。

「悪い、すげぇ大量に出た。ってか、それはお互い様だな」

飲み込めるだけ嚥下《えんか》した雨宮はようやく横澤を解放し、彼と同じように唇を舐めた。

「欲張りで、ごめんなさい」

にっこり微笑んで言うと、それが謝ってる顔か、と額を人差し指でコツンと突かれてしまう。

横澤は言葉通りそれ以上はなにもしてこなくて、心なしか残念なような、そんな気持ちもあったが口にはしなかった。

シャワーを終えて出てくると、脱衣所に洋服が丁寧にたたんで置いてあり、なんだか胸の奥がほんわりと温かくなる。横澤の几帳面《きちょうめん》な一面を知ってくすっと笑いつつ、ぱりっと乾燥した服をありがたく思いながら着替えたのだった。

リビングへ行くと、バスローブ姿の横澤が一人で酒を飲んでいる。

「おお、出たか？　あんたもこっちに来いよ」

「あの、でも……」

「いいから来いって」

テーブルには日本酒に合う肴《さかな》が用意されていたのだが、これはいつの間に準備したのだろうと思いながら、雨宮は横澤の隣に腰かけた。

「冷酒、飲んだことあるか？」

「あ、はい。少しなら。あの、洋服、ありがとうございました。横澤さんって結構、ちゃんとしてますよね」

「は？　ちゃんとしてるってなんだ？　あんた、俺のことどう思ってたんだよ」

彼が呆れたように笑い、雨宮の分のグラスを手渡してくる。酒を注《つ》がれながらテーブルの上の料理に目が行った。

そこには牡蠣《かき》とエリンギのガーリック炒《いた》め、イカの塩辛、生鮭《なまざけ》の玉ねぎドレッシングがけなど、数分で用意できるイメージがないメニューが並ぶ。もしかしたら簡単に用意できるのかもしれないが、料理をしない雨宮にはよく分からなかった。

「なんだ？　食っていいぜ？　旨《うま》そうだから驚いてるのか？」

「いや、短時間でこんなに作れるなんてすごいなって。あ、おいしそうだなってまず初めに思いましたけどね」

へらっと雨宮が笑うと、取ってつけたように言いやがって、と笑う横澤は上機嫌だ。

「用意しとくって言ったろ？」

電話で話したとき、確かそんなふうに言っていたかも、と雨宮は思った。そしてそのときに落ち込んでいた理由も蘇ってきて、再び気持ちがどんよりしてしまう。

「ほら、食えよ。腹も満たされれば少しは気分も変わる」

器を近づけられて雨宮は箸《はし》を伸ばした。

「いただきます」

丁寧に手を合わせた雨宮は、塩辛に手を伸ばして次に冷酒を口にする。この冷酒に合うのだと驚きながら咀嚼《そしゃく》する。その様子を横澤が横目で観察してくるので、雨宮は箸を持ったまま彼の方を向いた。

「壮さんを泣くほど好きだとはな。まぁあの追い返され方はちょっと強引だったのは否めない。そんで、なにがきっかけで泣いたんだ？　なにもなくて突然ああなるなんてないだろ」

直球で聞かれて言葉に詰まった。だいたいはさっきベッドの上で吐露したのだが、こうして面と向かって聞かれると地味に恥ずかしい。

「その、本屋さんで雑誌を買ったら壮一郎さんのインタビューが載っていて、それで打掛を汚したのを思い出して……駅ビルの呉服屋さんに行ったんです。で、値段を聞いたらすごく高いものもあると知って、壮一郎さんが怒って、きっと、もう……」

「なるほど。壮さんから連絡ないから、いらない方向に考えて落ち込んでたわけだ。それってまさか、壮さんのファンだから嫌われたくない、とかじゃねえよな？」

横澤の意外な質問に固まった。確かに少し前に知り合ったときは那花のファンとして目を輝かせて彼を見ていたのだが、しかし今は——。

「今でも那花壮一郎の本は好きだし、ファンです。でも……でも今はもっと、壮一郎さんに、求められたい、と思うように……なって……」

この気持ちはそうなんだと、自分でも自覚したとき不思議な感覚だった。嫌われたくない、求められたい、異性と交際をしていたときには感じなかった気持ちで、それが愛というものだと気づいたのは、ほんの少し前だった。

「なんだ、本気か」

ロックグラスをぐいっと呷《あお》って、にやにやしながらこちらを見てくる。そして雨宮の肩を引き寄せて、まるで女性にするかのように頭をぽんぽんと撫でてきた。

「それじゃあ言わせてもらうけど、あんたのそれは本気の恋な。そんでもって、俺もそれをあんたにしてる」

「え？」

「え？　じゃねえよ。俺だってあんたに本気。それは壮さんも同じ。あんたがベッドで泣きながら言ったこと、忘れてないぜ？　片方だけは選べないって、欲張りだけど両方欲しいって、そう言ったよな？」

「い、言いました……」

改めて聞かれると妙な恥ずかしさがある。冷酒のせいなのか分からないが、体が妙に熱くなってしまう。両手でロックグラスを持って俯いた。

「でも、壮一郎さんも同じって、本気ってことですか？」

「そう、本気。あんな壮さん初めて見たからね。俺、壮さんとは結構長い付き合いなんだよ。昔はモデルやってたけど、モデルやる前から知ってた。だから実は十年以上の知り合い」

「あ、そうだったんですね」

「今までいい寄る女もいたし男もいたけど、遊びはすれど本気にはならなかったあの壮さんが、あんたには本気になった」

「でもどうして本気だって分かるんですか？」

雨宮は那花のことはどんなことでも知りたくて、横澤に詰め寄るようにして顔を近づける。それに驚いた顔を見せた彼だったが、仕方ないな、というように少し困ったような表情を見せた。

「あんたを逗子の本宅へ呼んだから」

「逗子……？」

「呼ばれたんだろ？　逗子」

「あ、はい……」

いつの間に知っていたのだろう、と動揺して、そこでされた行為が脳裏を駆け巡り、雨宮は無駄に頬を赤くする。しかし横澤は那花が本宅へ呼んだから本気になったと言うが、本当なのだろうかと半信半疑だ。

「あのさ、さっきも思ったけど。あんた本当に俺のこと好き？　さっき好きって言ったけど、俺の咥えて感じてたけどさ」

「えっ！　な、なに言ってるんですか……くわ、咥えたって……確かに、しましたけど……」

「今さら照れてんの？　かわいいなぁ！」

「わぁっ！」

横澤がぎゅうっと抱き締めてくるので、酒の入ったロックグラスを慌ててテーブルに戻した。

「で、どうなんだ？」

本気で好きだと言った彼の言葉は、きっと本心なのだろうと思った。だから雨宮も本心を伝えようと思う。

「俺も、何度も言いましたよ……横澤さんのこと、壮一郎さんと同じくらい、好きですから。どっちかなんて、選べないんです。欲張りで、わがままで、優柔不断かもしれ……わっ！」

さっきよりもさらに強く抱き締められて、雨宮は彼の腕の中で窒息しそうになった。けれどそうされるのは嫌いじゃないので、雨宮は横澤の背中へ腕を回す。

「じゃあ、今度の休みまでに連絡なかったら、二人で壮さんちに乗り込むか」

「乗り込むんですか？」

「そう。なんか忙しそうだけど、そんなの関係ねえよ。あんたをこんなになるまで放っておく方が悪い。まぁ、……そしたら、三人で楽しもうな？」

横澤がまるで子犬にキスをするように、雨宮の額にかわいらしい口づけをする。

顔が熱いのは酒のせいか、それとも今横澤が口にしたとんでもない提案のせいなのか分からない。

真っ赤になる雨宮を笑い飛ばした横澤と、来週末に那花の自宅訪問をすると決めたのだった。

◇　◇　◇

本格的な冬の気配がそこまでやってきていた。薄手のコートでは肌寒くなり、朝と夜にはぐっと気温が下がる。もうそろそろダウンを出そうか、と考えるも、今は別のことで頭がいっぱいで、雨宮は未《いま》だに秋用のチェスターコートのままだ。

(会社から帰るときはちょっと寒いよな)

横澤の自宅で色々と吐露した雨宮は、ここ一週間、ずっとそわそわしたまま過ごしていた。仕事中、上の空であり得ないミスをしでかし、バイトの女の子にまで叱られた。

あまりにぼんやりしているので、体調がよくないのか？　と飯山にはかなり心配される始末だ。しかし彼にはその原因を打ち明ける勇気がない。長年の友達だからこそ言えないことだってあるのだ。そのため、雨宮の諸々《もろもろ》の行動はとても不審に映っている。

「おはよう、雨宮」

　会社のエントランスを抜けると、後ろから声が聞こえた。振り返るとそこには飯山がいて、いつもと変わらず爽《さわ》やかな笑顔だ。

「おはよう」

「なあ、今日、昼飯さ、ちょっと離れてるんだけどオープンしたばかりのラーメン屋見つけたんだ。行かない？」

「ああ、うん」

　頭の中は那花のことばかりで、飯山の提案が全く耳に入ってこない。今みたいに生返事してばかりなのを注意されたのは昨日の夕方だ。

「会社帰り、どこか寄っていくか？　ＴＯＭＡＲＩＧＩとかどう？」

「ああ、うん」

　廊下で飯山と二人でエレベーターを待っていると、いきなり尻をパン！　と叩かれた。

「いっ！　な、なにするんだよ！」

「なんだ、起きてたのか」

　回数表示を見上げたままの飯山がのんびりした声で呟く。周囲にいる人たちがくすくす笑う声が聞こえて、雨宮は顔を真っ赤にした。

「なに、起きてたって、起きてるに決まってるだろ？」

「あーっそ。俺がなにを聞いても……『ああ、うん、ああ、うん』って生返事をしてるだろうが。尻を叩かれても文句を言うな」

飯山には珍しく少し怒った口調に焦った。確かに少し前にも注意されたのだが、相変わらずこんな調子だ。エレベーターが到着して人が乗り込んでいくが、ちょうど雨宮と飯山だけが乗れなかった。周囲に人がいなくなり、次のカゴが来るのを待つ。

「先週から何回も聞いてるけど、俺には相談できない悩みなのか？　それって俺がなんの解決案も出せないと思ってるから？　それとも相談するだけ無駄って、思ってるから？」

「えっ、違うって。そんなこと思ってないよ、全然。ただちょっと、プライベートなこと、だから……」

そう言って前も誤魔化《ごまか》した。今も同じ理由で返したが、じっとりとこちらを睨む飯山に雨宮はなにも言えなくなった。

「ごめん……きっと、理由を聞いたらお前は俺のこと、嫌いになるだろうし、気持ち悪いって言われるだろうと思う。だから……」

「思わない。絶対に思わない。約束するから、話してくれないか？　大学からこの会社に就職するまで、ずっと一緒で友達やってただろ？　俺がそのくらいで雨宮のこと軽蔑《けいべつ》するって、思う？」

今日はやけに突っ込んで問い詰めてくる。隣を見上げると、目の端に他の社員がこちらへ歩いてくるのが見えて、慌てて彼の腕を摑んで雨宮は歩きだした。

（こんなところで、どうしたんだ。いつもはもっと周囲の空気を読んで話す奴なのに）

雨宮は動揺しながら人気のない袋小路の廊下の隅に引っ張ってきた。

「おい、飯山。他の人が聞いたら喧嘩《けんか》だって思われるだろ。なんであんなところで……」

「あんなところでもなきゃ、お前、話してくれないだろ？　ずっと生返事されてるこっちの気持ちも考えろよ」

予想外に尖《とが》った声の飯山に、雨宮はドキッとする。今まで彼と喧嘩なんてしたことはなかった。のんびりしている雨宮にしっかり者の飯山。いつもいつもリードされてフォローばかりされてきたが、そうしている彼は嫌そうに見えなかったし、むしろ楽しそうだった。

「飯山……」

「頼むよ。お前のどんなことでも俺は受け入れる。人を殺したっていうなら、解決策を考える。一緒に逃げて欲しいっていうなら逃げてやる。だから、話して欲しい。お前のため息も悩んだ顔も見たくないんだ」

切実で真摯《しんし》で彼の本音だと思った。ここまで言ってくれる彼を、もうこれ以上適当な嘘で誤魔化すのはさすがに無理だ。自分が飯山の悩みの種になるのは胸が痛む。

しまうだろう。

雨宮は彼の真剣な眼差しを見て、はぁ、とため息を吐いた。全てを話して、やはりそれは受け入れられない、と彼が手の平を返したなら、きっと飯山との関係はそこで終わってしまうだろう。

（怖い――。飯山を失うのは……怖いけど。でもずっと嘘を吐くのも、隠しごとをしているのも嫌だ）

雨宮は心なしか怒っているような、それでいて不安も滲んでいる彼の目を見つめた。

こんな決断を自分でするなんて、と思ったが、よく考えてみれば自分で決めたというより、飯山に押し切られて、といった方が近いだろうか。

ここに来てまだ自分で自分のことを決められないでいる情けなさに言葉もない。

諦めたようにため息を吐いて、視線を落とした雨宮はゆるりと飯山を見る。

「分かった、話すよ。でも、これを話しても……」

「絶対に軽蔑もしないし、からかわないし、ちゃんと真面目に聞く」

雨宮が言おうとしたことを、全て彼が言ってしまった。

呆気《あっけ》にとられながら、彼なら分かってくれるかもしれない、と妙な確信が生まれてくる。一度そう思うと、それが徐々に怖い気持ちが薄れてくる。自分はなんて単純なのだろうと思った。

仕事が終わったら飲みに行くと約束して、飯山はようやく納得してくれた。

「あ、ちなみに人なんて殺してないし、そんな予定は今後一切ないからな」

「あれは、お前がそうなっても、俺は見捨てないっていうのを言いたかっただけ」

「分かってるけどさ、そういうときは自首を勧めてくれないか？　一緒に逃げるって……まるで逃避行だよ。ドラマの見すぎ」

二人で再びエレベーターホールへと向かう。飯山に話すと決めて数分、こんなに気持ちが軽くなるなんて思わなくて、雨宮は会社で久しぶりに笑顔を見せていた。


会社帰り、飯山に全てを話すために二人で繁華街を歩いている。ＴＯＭＡＲＩＧＩで話そうと言われたが、そこには横澤がいるし、打ち明ける瞬間を知り合いに見られるのはとんでもなく気まずい。なのでＴＯＭＡＲＩＧＩ以外にしてくれと提案した。

店は飯山の行きつけに決まり、雨宮は久しぶりに新宿へ足を運んでいる。この辺はいつも賑《にぎ》わっているなと思う。まだ二十時を過ぎたところなので客引きの人にも声をかけられる。

（一体どこに行くんだろう。この辺へ一緒に来るのは初めてだよな）

やたらそわそわ落ち着かない飯山を横目に、こちらは妙な緊張をしている。彼が受け入れてくれるかどうか、友人を失うかどうかの瀬戸際なのだ。

到着した店は密集したビルの地下にあって、カウンターだけの小さなバーだった。十人も入れないような狭い空間の、一番奥に陣取った。

店内は暗めで雰囲気はいい。酒の種類は多そうで、カウンターの向こうに無数の瓶が並んでいるのが見える。ここの店主は綺麗《きれい》な女性で和服を着ており、髪を結い上げた感じがとても上品な印象だった。

「こんな店に来るんだな」

「実は常連。ママ、適当になにか作って。そんで俺たち今からラブラブタイムなんでしばらく放っておいて」

「おい、なに言ってるんだよ」

雨宮は慌てて飯山の脇腹を小突いた。大丈夫だって、とへらへら笑いながら言われて、酒も飲んでないうちから顔が熱くなる。

「はいはい、分かってますよ。よしくんがここに誰《だれ》かと来るのは初めて見るし、やたらうれしそうだものね。そんな野暮なことをして邪魔したりしないわ」

さすが分かってる、と飯山が慣れた口調で言い返すのを聞いて、どんな顔をしてこの場にいたらいいのか分からなくなった。

カクテルグラスが二つとお通しが出てきて、適当に頼むぞ、と飯山がママに注文をしている。他の客から呼ばれて、すぐ用意するわね、ごゆっくり、とにっこり微笑んだあと離れていった。

「もう、なんであんなこと言うんだ？」

「いいじゃないか、別に。これで邪魔されないで話せるぞ」

「だったら、普通の居酒屋でよかったのに」

雨宮が困惑したような顔を見せると、まぁまぁ、と背中を叩かれて誤魔化された。

飯山の顔がどこか不安そうに見える。今から秘密を打ち明ける自分よりも緊張しているようで不思議に思った。

「じゃあ、聞こうか」

彼のその言葉を皮切りに、雨宮は口重く話し始めた。どこまで遡《さかのぼ》ればいいのか分からなかったが、飯山には父のことも教えていなかったので、とりあえず自分がこうなった発端から話そうと思った。

彼女ができてもすぐに振られるのを飯山は知っていたが、最後に付き合った彼女にいつもとは違う言い方をされたこと。それが起因になり自分の中の可能性に気づいたこと。

初めは驚いたようなリアクションをしていた彼だったが、那花の話を始めると飯山は黙って聞き始めた。

「それで、自分が同性じゃないとだめだって、最近知ったんだ。まだ自覚して日が浅いけど、那花さんのことで悩んでる。もしかしたら、もう嫌われたのかもって、そう思って

「……」

カウンターの上で組んだ手がとても冷たくて、指先が震えていた。だが飯山は落ち着いた様子で雨宮の話を聞いていて、俯き加減で自分の手の中にあるグラスの中身を見つめている。

「それで全部？　付き合う云々《うんぬん》の前に那花さんと寝て、自分があの人にとってどの立場なのか分からないってこと？」

露骨に言われて思わず言葉に詰まる。しかし全て正解だ。

だが横澤ともそうなったとまでは言えなかった。最後までしていなくても、どちらを選ぶ？　と聞かれたときはどちらも選べずに両方欲しい、と自分でも驚くようなそんな選択をしたのだ。もしそれを飯山が知ったらと思うと、全部を打ち明けるのが恐怖でしかない。

（さすがに、いきなり相手が二人だなんて言えない）

横澤との関係を話そうか、それともやめようかと迷う。ゲイである事実を打ち明けるのが精一杯で、横澤の話はややこしくなると困るので伏せておくことにした。

「……うん、そう、だよ」

ちらちらと横目で飯山の様子を窺いながら返事をすると、彼は手元のグラスの中身を呷るように一気に飲み干した。

「ママ、同じの作って」

そう言って飯山はグラスを渡している。

「分かった。別に人を殺したとかじゃないし、そう難しい問題でもないだろ」

「え、それだけ？　な、なんとも思わない、のか？　偏見とか、ない？」

「おいおい、偏見の目で見て欲しいのか？　お前の生い立ちはちょっとびっくりしたけどさ、お前が不安に思っていなくて納得してて、自分に嘘吐いてないなら、それでいいんじゃないのかな。それでお前が変わるわけじゃないだろ？」

意外とあっさりした反応だった。飯山なら分かってくれるかも、とそんな小さな希望を持っていたが、雨宮が思った通りの人間でほっとする。本当にこの飯山という男はどこまで心が広いのだ、と泣きそうなほどうれしくなる。

だからこそ横澤のことを隠した自分が後ろめたく思えて、だが今さら言える雰囲気ではなくなった。

「打ち明けたら、おかしいんじゃないのかって言われるかと思った。だって、男の人を好きなのって……やっぱり世間一般ではまだ受け入れられない人、多いと思うから」

「ゲイには偏見ないよ。むしろそんな友人も多い。この店もその部類に入るからな」

「あ、そうなんだ？　全然知らなかった」

「新宿の二丁目だぜ？　気づいてなかったのか？」

そう言われて、ここは二丁目なんだ、と気づかされた。

新宿にはあまり来ないので土地勘はないし、ゲイが集まるバーだからといって分かりやすく看板に書いてあるわけでもない。カウンターには女性が入っているし、店の客も男女が入り交じっている。だから全く予想しなかった。

「それにあのママ、女じゃないから」

「え？　ええっ!?」

「バッカ！　声がでかいって」

飯山が咄嗟《とっさ》に手で口を塞いできた。ごめん、と謝りながら情けなく笑うと、この店の中には男しかいないと教えられて再び声を上げてしまった。

（男しかいないって……そこに座ってる人って、あれで男？）

まるっきり女性にしか見えない綺麗な人が座っている。細くて綺麗で化粧も完璧《かんぺき》な感じだ。それなのに男性だなんて、と雨宮は思わず凝視してしまった。

「おい、じろじろ見るなよ。失礼だろ」

「あ、うん。ごめん。でもあんなに綺麗な人が男性とか、信じられなくて」

「まあ、世の中いろんな人がいるってことだよ。だから俺はお前が男を好きでも全然気にしない。むしろ安心した」

「安心？　なんでだよ」

「だって、本来の自分に気づいたんだろ？　そんで、その人を好きなんだろ？　寝たってことは付き合うのか？」

「まだ分からない。はっきりちゃんと言われたわけじゃないんだけど、そう、なるといいなって、思ってる」

「そうか。でもその人に夢中になって俺を蔑《ないがし》ろにしたら、そのときは本気で怒る」

がしっと飯山が肩を組んでくる。その力強い腕が妙にうれしくて、雨宮は泣きそうになっていた。飯山がこうして自分の全てを受け入れてくれて、こんなにうれしいことはない。

だがよく考えたら、逆に雨宮は飯山をあまり知らない。

（そういえば、いつも聞いてもらってばっかりで、俺……飯山を全然知らないよな。長い付き合いなのに）

今度は彼のことも聞いてみたい。そう思いながら雨宮も二杯目のアルコールを注文したのだった。

◇　◇　◇

雨宮は横澤に指定された喫茶店に向かって歩いていた。不安な気持ちは相変わらず消えないままだが、心なしか前よりは足取りが軽い。飯山に自分の秘密を打ち明け、しかもその全てを彼が理解してくれたのが大きかった。

一週間、那花からの返事を待っていたが、想像通り雨宮のスマホは鳴らなかった。それについては肩を落としたが、横澤が今日、一緒に那花の家へ乗り込む算段をつけてくれた。

――壮さんの家の近くに喫茶店があるから、そこで待ち合わせて一緒に行こう。きっとあんたの思ってるような最悪なことは起きねえから、安心しなよ。

そんなメッセージをもらって、雨宮が心強く思ったのは確かだ。しかし当日になってその気持ちはどんどん縮み、今は手の平くらいになっている。

「はぁ……壮一郎さん、家にいるのかな。いなかったらまた、来ることになるのかな」

喫茶店の窓際に座った雨宮は、コーヒーを飲みながら横澤の到着を待っていた。窓には薄手のカーテンがかかっていて、外の景色は白く霞《かす》んだように見える。天気がいいので人が歩く姿もちらほら目について、雨宮はそれをぼんやり眺めていた。

喫茶店の中は落ち着いたライティングで、外からは中を見るのは不可能だろう。そんな安心感で雨宮は窓際に座った。

しばらくコーヒーを飲みつつ横澤を待っていると、見知ったシルエットが目についた。長身でスタイルがよく歩き方にも品がある。その男の隣には小柄で線の細い男性が並んで歩いていて、ときどき隣の男性を見上げて楽しそうに笑っていた。

「壮一郎さん……？」

見間違うことはない、グレーのカーディガンに白いパンツ姿の那花だった。ドクンと鼓動が大きく高鳴った。彼の姿を久しぶりに目にできたうれしさと嫌な予感に、全身の血液が逆流するようなざわめきを感じていた。

(壮一郎さんだ……久しぶりに見た。後ろ姿だけだけど、見られた。でもあの人……誰かな)

そう思った次の瞬間、那花が隣の小柄な男性の後頭部を、左手でやさしく撫でているのが目に入った。二人は喫茶店からどんどん遠ざかっていき、彼の自宅がある十字路を右へと折れて姿が見えなくなる。

「た、確かめに、行かなくちゃ……」

動揺しながらも雨宮は席を立ち、急いで支払いを済ませ二人のあとを追う。

十字路を曲がって五十メートルほど行くと右手に那花の家がある。あまり焦って走ると見つかってしまうので、早足で彼らのあとを追いかけた。

(見つけたっ！)

那花と男性の後ろ姿を見つけて、雨宮は近くの自動販売機の陰に隠れた。そっと顔を出して見てみると、門扉を開いて那花が男性の肩を抱いて中へ入るように促し、二人は敷地内へと入っていく。

その男性は少し恐縮した様子で、でもうれしそうに笑っていた。見た感じの印象はまだ二十代前半で、学生のように見える。白いVネックのセーターに襟元は赤のチェック柄で、下は濃い青のストレートジーンズを身につけていて、とても砕けた格好だった。

雰囲気は親しげで、最近知り合った感じには見えないくらいの距離感だ。かわいらしい顔のその子は、中性的で大きな目が印象的だった。

木陰で二人の姿が見えなくなったので、雨宮は不審者のように那花の庭先を覗《のぞ》くために近づいた。門の隙間からちらちら顔を覗かせて扉の前の二人を窺う。

二人はなにか楽しそうに話していて、那花が家の扉を開けて男性の肩を抱くようにして入っていった。雨宮はそれを呆然と見送って、その場に立ち尽くす。足先から冷たいものがじわじわと上がってくる。さっきまで体の中で暴れていた心臓が急に静かになって、雨宮はゆっくりと後ずさった。

(もしかして、誰でもよかったのかな。俺じゃなくても、――よかったのかな)

那花が男性の頭を撫でたとき、自分もそうされたことを思い出す。同じように彼を見上げて、うれしくて笑っていたあの頃が遠い昔のような気がした。

なにも考えられないで、ぼんやりと来た道を引き返す。横澤と待ち合わせの喫茶店を通り過ぎたのも気づかないで、そのまま交差点に差しかかる。

「危ない!」

車のブレーキ音が耳に飛び込んできて、そして人の声にはっとして雨宮は止まった。目の前をぎりぎりで車が通り過ぎていく。なにが起きたのか分からずふらふらと後ずさりすると、背後から肩を摑まえられた。

「あんた、なにやってんだよ！」

強引に振り返らされ、肩をぎゅっと強く摑まれた。

「横澤、さん……？」

「危ねえ、ほんと。まじで、車に突っ込むかと思った」

ちょっとこっちに来て、と道の端へ引っ張られると、パン、と頰を軽く叩かれる。そこでようやく我に返り、雨宮は状況を飲み込んだ。

「ごめ……な、さい。前、見てなくて、気づかなかった、です」

「はあ？　前向いて歩いてただろうが。寝惚《ねぼ》けてんのか？　なんだ？　どうかしたのか？」

雨宮の様子がおかしいと横澤が気づいて、怪訝《けげん》そうな顔でこちらを覗き込んでくる。なにかあったのか？　と再び聞かれて雨宮は俯く。

「今日……やめにしませんか？　せっかく、予定を空けてくださったんですが……」

「え、なに？　どういうことだよ。あーっ、もう、こんなところで立ち話してて見つかったら、特攻の意味もなにもないから、店、入るぞ」

腕を引っ張られて、雨宮がさっきまでコーヒーを飲んでいた喫茶店に連れ込まれた。今度は窓際ではなく一番奥まった席に座る。店員にコーヒーを二つ頼んだ横澤が、不機嫌そうにこちらを睨んできた。

「で？　なんでやめようって思ったわけ？」

尖った声で聞かれて、雨宮は思わず目を逸らした。どう伝えればいいのか思案しているうちに、コーヒーが運ばれてきた。目の前に二つのカップが並び、そこから白い湯気が細く立ち上る。

横澤は苛ついているようだが、雨宮を急かす言葉をぶつけてはこない。そして深呼吸をひとつして、雨宮は顔を上げる。

「壮一郎さんには、たぶんもう、他の人がいるんだと思うんです」

雨宮がそう口にすると横澤は驚くかと思ったが、彼は表情ひとつ変えずにこちらを凝視している。もっとちゃんと詳しく話せ、と言っているような目だった。

「さっき、喫茶店の前を、壮一郎さんが通ったんです。久しぶりに姿を見たのでうれしくて、つい外まで出てしまって。でも、彼は一人じゃなくて、男の人と一緒で……」

「男？　どんな奴だった？」

「えっと、二十代前半で、中性的なかわいらしい感じの人でした。親しげで、以前から知ってるような感じで、それで……肩を抱きながら、家に入っていったので……きっと」

「きっと、もう自分は用済みだと思います。って続くわけだ」

さっきよりも怒りの色を滲ませた横澤が、そっとコーヒーカップに手を伸ばした。伏し目がちにひと口含んで、再び雨宮を見てくる。妙な緊張感に鼓動が速くなった。

「それ、本人に確かめてねえんだよな？」

「あ、はい……」

「じゃあ、分からないな。俺は憶測だけで諦めるのは好きじゃない。まあ、もしそれで壮さんが飽きたってんなら、あんたは俺が独占するだけだけどな」

そう言ってにやっと笑う横澤に、どんな顔をしたらいいのか分からなくなる。

確かに全て憶測だが、あんなに親しげに肩を抱くような相手が、昨日今日知り合った人だとは思えない。

もともと那花は人見知りをしない人のようだし、人好きする部分も少なからずある。誰にでも同じような接し方なのだとしたら頷けるが、彼から連絡がなくなって一ヶ月後にあれを見たら、どうしたってネガティブに考えてしまうだろう。

「横澤さんの考えも一理ありますけど。でもだったらどうして一ヶ月も連絡がないんでしょうか？　それって普通なんですか？　俺、わがままなんですか？」

「まあ、忙しくなれば一ヶ月なんて普通に連絡ないぜ？　そんな毎日、おはよう、おやすみ、なんてやりとりしたいわけじゃないだろ？」

「そ、そんなこと！　したいわけじゃないです……。でも、打掛のことに関しては、ちゃんと話したいと何度かメールはしたんです」

「この間も言ってたけどさ、別に気にするなって壮さんも言ってたじゃん。だから気にしなくていいんじゃねえの？」

あっけらかんとそんなふうに言う横澤を、雨宮はやはり理解できない。あの色打掛がいくらするのかさえ分からないのに、なんてのんきなんだと驚いてしまう。

（もしかして、俺が気にしすぎなのか？　だって、でも……っ）

那花にも横澤にもなぜか一般常識が通用しない気がした。それとも、雨宮の常識が一般からかけ離れているのか？　と根本の問題とは違うところで悩んでしまう。

「でも……」

「はぁ。なんかよく分かった」

「え？」

「あんたの友達の、なんだっけ、飯山、さん？　この前うちの店に一人で来てさ」

いきなり話題が変わって驚いたが、飯山が一人でＴＯＭＡＲＩＧＩに行ったことにも驚かされた。会社で顔を合わせても、そんなことは全然聞かされていない。

（別に、一人で行くなとか言ったわけじゃないけど。でも、教えてくれたっていいのに）

なんだか一人だけ蚊帳《かや》の外に置かれたようでムッとしてしまう。子供じゃあるまいし、と思い直すも、やさぐれた気持ちになる自分が嫌だった。

「まぁそれで、あんたのことを色々話したんだ」

「色々って、なにを話したんですかっ」

自分の知らないところで話題に出されているなんて、陰口を言われているようでいい気分ではない。

「そんな変なこと話してねえよ。焦ってるあんた、かわいいなぁ」

「からかわないでくださいっ」

顔を赤くして小声で反論した雨宮は、それでなにを話したんですか？　と詰め寄った。

「いや、普通のこと。雨宮さんってどんな人？　って聞いたら教えてくれたよ。おとなしくて優柔不断でネガティブなところがあって、悪いことは結構思い詰めて、憶測し始めたらどんどんドツボにはまる性格ですって、あの人が言ってたわ」

横澤の言葉を聞きながら、恥ずかしいのか怒りたいのか分からない感情がぐるぐる駆け巡った。

(飯山、あいつなに人のことをぺらぺらと……っ)

落ち着くためにコーヒーを一口飲み、ふぅ、と息を吐いた。まだ顔が熱いが、これくらいで動揺するのはもっとみっともない、と気を取り直す。

「それを聞いてたから、今みたいにあんたが不安に思うのも納得した。性格なんだな。あの飯山って友達とはもう長いんだろ？　ノーマルっぽいけど素質はありそうだな。まさかそういう……」

「な、ないです！　あるはずがないですよ！」

思わず周囲のことも気にせず大声を出してしまった。揉めてるのかしら、と他の客がこちらをちらちら見ている。雨宮はなんでもないような顔をして座り直すと、目の前でにやつく横澤を睨んだ。

「と、とにかく、飯山とはそんな関係じゃないです。親友としては全幅の信頼は置いてますが、そんな、関係では……」

「そっか、俺とか壮さんみたいな、肉・体・関・係、はないわけだ」

わざと強調する言い方で煽《あお》られてさすがにイライラしたが、もう顔にも態度にも出さなかった。今はそれが問題ではないのだ。

「飯山の話はもういいじゃないですか。それでえっと……壮一郎さんは、その……」

「それ、憶測な。男を連れ込んでたらそれはそれで、聞けばいい。あんたが壮さんをどう思ってるのか、そんで、あの人があんたをどう思ってるのか、本人に聞くのが一番だろ？　もしかして、そういう修羅場には慣れてないのか？」

そうなるとは限らないけどな、と横澤が呟いて、雨宮は歴代の彼女を思い出していた。

「そういう経験は、一度もないです。あ……でも、彼女に振られる瞬間が修羅場というなら、結構何回も……」

あれはあれで、それなりに傷ついている。同じ理由で振られているから特にだ。それが横澤の言う修羅場というなら何度か経験はあると言える。

「ああ、振られる方なんだな。そうだろうなぁ。あんた絶対に人を切ったり突き放したり、嫌ったりできない人だよな。それはすごく分かるわ」

「はあ……そう、ですか？」

「まぁ、そういうことなんで、ここでぐずぐず考えてても仕方ないだろ？　だから、会って話すのが一番だ。どんなに忙しくたって目の前にあんたが現れたら、嫌でも話すだろうよ」

「そうですかね……」

まだ本当にそうなるのか信じ切れないが、今はもうここまで来てしまったし、那花の家へ行くしかなさそうだった。結果がどうあれ、ずっともやもやしたまま無駄に時間を過ごすのは嫌だ。

「ほら、行くぜ。きっとあんたが思ってるようにはならねえよ」

「だと、いいんですけど」

ようやく重い腰を上げた雨宮は、楽観的な横澤と一緒に喫茶店を出た。

外は日が傾き始めていて、道路がオレンジ色に染まっている。夕方の肌寒くなった風に体を震わせると、びびんなよ、と雨宮を励ますように横澤が肩を抱いてきた。それが妙に安心できて、いつもなら周囲の目が気になる雨宮だが、今はそれも気にならなかった。

「おや、二人揃《そろ》って突然どうしたんだい？」

那花の家の勝手口の玄関先で横澤と雨宮は並んで立っていた。那花は驚いた顔で、横澤はいつもと変わらずリラックスしているようだった。しかし雨宮は那花の足先を見つめたまま、こんにちは、と那花の顔を見ないで失礼な挨拶をしてしまった。

「最近、壮さんＴＯＭＡＲＩＧＩにも来ないし、この人もなんだか相手にされないって泣きついてきたから、乗り込んできたんすよ」

なにを言うかと思えば、全て本当のことをさらっと言ってのけたので背筋が冷やっとする。

「前にここへ来たときは、俺がこの人と遊んじまったから着物ダメにしたじゃないすか。そんでこの人もそれなりに落ち込んで、俺んところに泣きながら来たもんで……」

「な、泣きながらとか、そんなっ！」

横澤を止めないで放っておいたら、オブラートに包まないでまるっとそのまま話しそうな気がして怖くなり、雨宮は思わず顔を上げて彼を睨んだ。しかしそんなのはお構いなしに横澤は続ける。

「俺がかわいがって慰めて、もう壮さんなんてやめときなって言ったんだけど、この人ねぇ、どっちも選べねえって言うの。両方欲しいって、そんなかわいいこと言うから、連れてきた」

「も、もうやめてくださいっ！　横澤さん！」

慌てた雨宮は横澤の口を塞ごうと手を伸ばすが、あっさりとその手首を摑まえられ動きを封じられる。自分の顔がじわじわ熱くなっていくのが分かって、穴があったら入りたいとはこのことだと思っていた。

「ほう、君はそんなことを言ったのか？　というか、私はそんなに連絡をしていなかったか」

「壮さん、もう一ヶ月半だぜ？　どんなふうに仕込んだかは知らねえけど、この人……こんなの放っておいたらちょっと大事《おおごと》になるよ」

横澤がなにを言っているのか分からなくて、雨宮はじたばた暴れ、唇を噛み締めながら必死に横澤の手から逃れようと藻掻《もが》く。

「まあとにかく、上がりなさい。玄関先で話すような内容でもない」

「じゃ、お邪魔しまーす」

のんきな横澤の声が聞こえ、手首を離されるかと思いきや、そのまま引っ張られたので雨宮も慌てて靴を脱いだ。

廊下を那花の後ろについて歩きながら、雨宮は横澤の腕を引っ張った。

「横澤さん、どうしてあんなこと言うんですかっ」

「あんなことって?」

「かわいがるとか、な、慰めるとか……りょ、両方欲しいとか……そんなの、壮一郎さんに今言わなくてもいいじゃないですかっ」

那花には聞こえないよう声のボリュームを落として抗議しているのに、横澤は普通の声音で返答してくるので、会話が丸聞こえの状態だ。

(ああ、もうこの人……空気を読むとか、器用にできるくせに……っ! もしかしてわざと? わざとやってるのか?)

後ろを振り返った横澤がにやりと嫌な笑みを浮かべ、その顔で雨宮は気づいた。

ああ、もう、と右手で額を押さえる。ここに来る前にそういう打ち合わせをしておけばよかったと思いながらも、それはあとの祭りだった。

那花に案内されて広い和室へ通される。この応接室は初めて来る場所だ。二階の寝室と応接間には通されたが、一体いくつ部屋があるのだろうと驚いてしまう。

「ここで少し待っていてくれるかな。お茶を用意するよ」

那花が障子を開けて出ていくと、緊張していた雨宮はほっと体の力を抜いた。そして隣であぐらをかいて座る横澤をムッとした顔で見る。

「そんな顔するなって。俺は嘘は言ってないだろ?」

「そ、それはそう、ですけど……でもあんなに明け透けに言わなくたって……。俺、壮一郎さんの顔を見られなかったんですよ？　それで……あの、彼は怒ってる感じでしたか？　それともこう、呆れたような感じとかじゃなかったですか？」

自分で那花の顔を見て確認できなかったからと、横澤にせっついてしまった。それを聞いた彼は声高に笑い、だったら自分で見りゃよかったのに、とまっとうな言葉で反論された。

「そ、う……なんですけど。でも、なんていうか、怖くて、見られなくて……」
「怖い？　まだ気にしてんだ、あの着物の件」
「気にするに決まってるじゃないですかっ。それが一番気になってるのに」
「違うだろ？　一番はそれじゃないだろうが」

こちらを見ながら話していた彼が、那花の出ていった障子扉を見て急に真面目な口調になった。

(確かに、打掛も気になるけど、本当は……壮一郎さんが家に招き入れた男性との関係や、彼が俺をどう思っているか、どうしてあんな……こと、したとか、そういうのが聞きたい)

自分が聞きたい事実を頭の中で思い浮かべて、もしかしたらこんなことを聞くのも厚かましいのでは？　とそんな気持ちになった。

「壮一郎さん、部屋にある本……読んでい……」

男性の声が聞こえて、それとともに障子扉が開く。雨宮も横澤も同じタイミングでそちらを向いた。

「あれ……と、お客さん、だったんだ。ごめんなさい。僕、知らなくて失礼しました」

慌てたその人が障子を閉めようとしたが、視線が廊下の方へ向く。

「幸哉《ゆきや》、こんなところでどうしたんだ？」

「壮一郎さん探してたんだ。お客さんだと知らなくて僕、開けちゃった」

「気にしないでいいよ。私の親しい友人たちだ。紹介するからそこを開けてくれないか？」

「あ、うん」

廊下で那花とその彼が話す声が聞こえて、障子扉がいっぱいに開く。ようやっと那花の顔を正面から見られた雨宮は、胸の奥がきゅうんと切なく疼くのを感じた。喫茶店で見かけたぼんやりしたシルエットでも、玄関先で見つめていたつま先でもなく、やさしげで色っぽい彼の顔だ。

（ど、どうしよう……もう、なんか、ドキドキして止まらないんだけど……）

恋する乙女《おとめ》のような眼差しで那花を見上げた。しかし那花のトレイからティーカップをテーブルに並べるのを隣にいる男の子が手伝っているのを見て、舞い上がった気持ちはすぐさま降下する。

「紹介する前に顔を合わせてしまったようで、申し訳ないね」

那花が雨宮の正面に座る。その隣にかわいらしい男の子がちょこんと腰を下ろした。それは雨宮が喫茶店から見た人で、遠目でもかわいらしいなと思ったが、間近で目にするとまるで人形のように思えた。

髪は黒くてストレートで見るからにやわらかそうだ。黒くてアーモンド型の大きな瞳は長い睫毛《まつげ》に縁取られ、子鹿のように濡れて見える。上目使いに見つめられたら、たいていの人はきゅんとくるだろう。

上品に伸びた鼻筋と、ルージュを引いたようなピンクの唇はとても愛らしい。

（……なんか、女の子みたい。でも声は男だった、よな。壮一郎さんとどういう関係なんだろう）

じっとりとした目で斜め前の彼を見て、那花が彼を紹介するまでの数秒がまるで何時間にも感じてしまった。

目の前の男の子はにこにこしながら雨宮と横澤の顔を交互に見やったあと、那花を見上げた。それだけで雨宮の頭の中にネガティブな考えが渦巻き、視線は目の前のティーカップに落ちる。

ドクンドクンと体の中で心音が響く。目の前で那花の新しい恋人だよ、と紹介されたら、自分はどうなってしまうのだろう、とそんな後ろ向きな想像を何度もしてしまう。

「紹介するよ。彼は私の甥《おい》っ子で幸哉だ。就職のためにこっちへ出てきたのでしばらくうちに滞在予定だ。とはいえ、一人暮らしの予定だから、住む場所が決まったらすぐに移るらしい」

「こんにちは。幸哉です。初めまして。さっきは突然、障子を開けてしまってすみませんでした」

彼は愛想のいい顔でにっこり微笑んできた。それはあまりにも邪気がなく純粋なもののように思えて、雨宮は自分の邪《よこしま》な気持ちを思い知らされる。

「へえ、壮さんの甥っ子かぁ。俺はまた若い恋人ができたのかと思ったよ」

横澤がそう言って挑発的な視線を那花に送る。雨宮はそれをヒヤヒヤしながら見つめていた。

「若い恋人？　まさか。幸哉には許嫁《いいなずけ》がいるんだ。その子がこっちで就職をするからと、内定していた会社を蹴《け》って追いかけるようにして来た。かと思えばこちらで改めて就職活動を始めてね。それほどその娘《こ》に夢中なのだから、そう心配することはない」

那花の言葉を聞いて、雨宮はホッと胸を撫で下ろしたのは言うまでもなかった。

「叔父《おじ》さんっ、今日初めて会った人の前でそういう話をしないでよ。恥ずかしいじゃん」

「だが、事実だろう？」

那花が微笑み、やさしげな視線を甥っ子に向けている。ついさっきこの家の玄関先で二人を見たときは、胸を打ち抜かれるような強烈な衝撃を受けたが、今は全くそう思わない。那花が向けるそのやさしさは、強いて言うなら自分の子供に向ける無償の愛情だからだ。

(愛にも色々あるってこと、かな。俺はもっと——)

灼熱《しゃくねつ》の焼けるような欲情に満ちた愛情がいい。ドロドロと絡みついて離れないような、執拗《しつよう》で濃く深い、逃れられない恐怖さえ孕《はら》んでいる、そんな愛情がいい。

「ほら、な？　俺が言ったろ？　聞かなきゃ分からないって。それに壮さんはそんな人じゃないってさ」

「なっ……！」

横澤がにやつきながら雨宮にそう言うと、みんなの視線が一斉にこちらに集まる。笑って誤魔化そうとしたが、顔の筋肉が上手く動かなくて微妙な笑顔になった。

「聞かなきゃ分からないって、一体なんのことかな？　私がそんな人間じゃないって、一体どんな人間だと思われてたんだ？」

探るような目で那花に見つめられ、その隣で純粋に疑問の瞳で凝視され、隣からは見透かしたような視線を投げかけられ、雨宮は身の置きどころをなくした。

「ま、その話は長くなるので、もっと時間のあるときにゆっくりじっくり、話そうぜ。な？」

横澤の腕が雨宮の肩を抱いてぐいっと引き寄せてくる。

なにも言い訳を思いつかなくて、唖然《あぜん》としたまま朗らかに笑う那花を見つめるばかりだった。


話をするから、と那花に言われた甥っ子の幸哉は、終始にこやかな笑顔のまま部屋を出ていった。三人だけになって、さて、と那花が向かいに腰を下ろす。微かに笑っているが、彼は鋭い視線で雨宮を見つめている。

「さっきの話を聞かせてくれるかな?」

「えっと、あの……」

改まって聞かれるとなんとなく言いにくい。一ヶ月半放り出されて寂しかったとか、甥っ子を見て自分の代わりを見つけたのではないかとか、もう連絡がなくなってこれきりになるのではないか、という子供っぽく嫉妬にまみれた感情ばかりだ。

(そんなの、面と向かって言えない……どうしよう)

ちらっと隣に座る横澤を見たが、彼は雨宮が言えないのを分かっていて、わざと知らない振りをしている。そこまでは面倒を見ないということだろう。

(それはそうか。自分のことだもんな)

そう思った雨宮は、姿勢を正して那花を見据えた。そして小さく息を吸って口を開く。

「あの、俺……壮一郎さんの色打掛をダメにした件を聞きたくて……その、あれは、弁償した方がいいかなと思ってるんです。おいくらくらいのものでしょうか？」

本当は、打掛よりも嫉妬にまみれた質問をしたかったのに、やはり言い出せなかった。

「ん？　打掛？　ああ、この間のあれか。気にしていたのか？」

「気にしてました。だって、せっかく着せていただいたのに。借り物をあんなふうに……」

しゅんとなって俯くと、あはは、と那花が声を上げて笑った。謝っているのに笑うなんてさっぱり分からない。落ち込んでいる雨宮を見て楽しんでいるのか。

「まあ確かに。メールもたくさんくれたね。あまり得意じゃないから返事を送れなかったけど。ちなみに、あの打掛は私が気に入って買ったんだよ。今回の主人公があんな感じの打掛を着るシーンがあったからね」

「そうなんですね。それなのに俺……」

那花の言葉を聞いてやはり胸が痛んだ。横澤と淫《みだ》らな行為をしてしまい、あれでは那花のイメージをぶち壊したのではないだろうかと思った。

「壮一郎さんに悪いことしました。本当にごめんなさい……」

「どうして謝るんだい？　私は君たちの姿を見てこれだと思って、イメージが湧いたんだよ。すぐに書きたかったんだけど、ちょっとしたトラブルで二人を追い返す事態になってしまった。もし時間があったら、二人が絡んでいるのを見ていたかったよ。むしろ謝るのは私の方かな」

そう言われて呆然とするが、なんとなく那花との論点がずれているような気がしてならない。

雨宮の困った様子を見ていた横澤が、こちらにだけ聞こえるように、違うだろ、と言いながら太腿に手を置いてきた。なにを言っているのかピンとこなくて、首を傾《かし》げた雨宮を見た横澤は、呆れたようにため息を漏らした。

「っていうか、あんた、聞きたいのはそれじゃねえだろ？」

「横澤さん……。そう、ですよね」

雨宮はぎゅっと下唇を噛んだ。打掛のことも聞きたかったが、今はもっと他にある。

「俺は壮一郎さんにとって、どういう存在……でしょうか。ファンであるのは間違いないですけど、でももっと……あんな、ことをしてしまって、だから……」

「あんなこと？　私が君を抱いたこと？」

言葉にされてぶわっと顔が熱くなる。もっと恥ずかしいこともされたのに、単純な言葉が照れくさいなんて初心《うぶ》にもほどがある。

雨宮の様子を見ていた那花が、肩を揺すって笑い始める。そして二階へ行こうか、と言いながら立ち上がった。妙に楽しそうなその雰囲気に、雨宮も横澤もポカンとする。

「あの、壮一郎さん……、俺っ！」

雨宮も慌てて那花のあとを追うように立ち上がり、縋《すが》るようにして彼の腕を掴んだ。大きな目に涙を浮かべて見上げると、さらにやさしい笑みを浮かべた彼が雨宮の頬へ触れてくる。

「全部、二階で教えてあげるよ。でもあの打掛の件は本当に君が気にしなくてもいいんだよ。何度も言っただろう？　あの日、帰り際にもそう言った。メールでも書いたと思う。私の言葉が信じられない？　一ヶ月半の間、連絡がなかったから不安になった？」

那花の手の平が雨宮の頬を意味ありげに撫でた。親指が唇に触れると、那花の両目が色っぽく細められる。雨宮も彼にそうされるのが嫌ではないから、うっとりと見惚《みと》れてしまう。

「聞いているのかな？　子猫ちゃん」

その言葉にはっとして、慌てて那花の腕を放した。すぐ夢中になってしまう自分が恥ずかしい。

「いいから、二階へ来なさい。宗くんもだ」

なにがおかしいのか、那花は楽しそうに部屋を出ていき、さっさと廊下を歩いていく。

その後ろを雨宮と横澤もついていった。

　那花が二階の和室へ入ったので、雨宮と横澤も続く。部屋の中にはこの間だめにしたと思った打掛が大衣桁《だいいこう》にかけられていて、その隣には赤い長襦袢《ながじゅばん》もかけてある。

　美しく優美で、艶《あで》やかな輝きはあのときのままで、予想外の光景に言葉を失う雨宮は、呆然と口を開けたまま固まっていた。

「君が言っているのはこれだろう？　あのくらいの汚れでだめになるなんてないよ。まあ、私がいない間に二人でいいことをしていて、参加できなかったのは残念だった」

　しれっと那花がそう言って、打掛に近づいていく。その前に立って打掛をそっと撫でて彼がこちらを振り返った。

「汚しちゃって、もうだめになったんだと思ってました。でも大丈夫みたいでよかったです」

「コーヒーや墨汁を零したわけではないだろう？　打掛だってクリーニングできるんだよ。和幸の匂いが洗い流されるのは不本意ではあったけどね」

　くすくす笑いながらそう言う那花を見ながら、あっ、と雨宮は思い出す。撫子呉服店の店員がクリーニングの話をしていたような気がしたのだ。ちゃんと聞いておけばよかったと今さら後悔した。

「それにこれは、君の打掛だ。女性物なんて贈るのはどうかしているけど、あのときの君があまりにも美しかったから、もう和幸に贈ると決めた」

これをあげると言われて驚きで頭が真っ白になった。実際もらったところで、どこに着ていけばいいのか、むしろ一生しまい込むことになりそうな気がする。

「贈るって、でもこれ相当高いものなんですよね？　それに女性用で俺が持っていても、宝の持ち腐れですよ？」

「なら私のために着てくれればいい。あの艶やかな姿の君は最高によかった。思い出すと今でもぞくぞくするよ」

呆然とする雨宮は、両手を伸ばした那花に抱き締められる。

「君が不安に思うのは、君が聞きたいのは、この打掛のことではないだろう？　言葉が必要？　それとも、もっと体に染み込ませないと、分かってもらえない？」

「壮一郎……さん」

那花のやわらかくやさしい声が耳元で聞こえる。甘い匂いが鼻腔《びこう》へ流れ込んできて、安心する鼓動が胸の向こう側で自分のものと重なった。

「君はなにも心配することはない。和幸は、私が見つけた最高の……」

なにかを言おうとした那花がそこで言葉を止めた。不安になり、雨宮は腕の中で顔を上げる。

「私がそうしたくて、君にあの打掛を着せたんだ。それも自分の作品のために。それなのに、君はずっと気に病んでいたなんて……なんて健気《けなげ》で、かわいい子なんだ」

彼の言葉の意味を探りたくて、必死に那花の瞳を覗き込む。慈しむような、それでいて深い業を抱えているようなそんな表情をしていた。

（壮一郎さん？　どうしてそんな目で俺を見るの？　ちゃんと、言って欲しい）

そう心で願っても、那花ははっきりと言ってくれなかった。ただやさしく頬を撫で、ただきつく抱き締めるばかりだ。

「君が私に償えるものは、強いて言うならクリーニング代くらいじゃないかな？　だから気にしないでいい。それでもまだ気が済まないというなら……」

那花の両手が雨宮の顔を包み込み、綺麗な顔が近づいてくる。

「私の傍《そば》にいて、ずっと一緒に物語を作る手伝いをして、私の原稿を読んで一番初めに感想を聞かせて欲しい」

囁くような甘い声で言われ、最後は唇で言葉を封印された。言わなくても分かるだろう？　とそんな気持ちを伝えてくるようなやさしいキスだった。

「壮一郎さんの傍で、ずっと……？」

「私は結構、ひどいことを言ったのに気づいているかな？　君はこの先ずっと、私にかわいがられるんだ。ずっと一生。そういう意味だよ？」

どろっとした欲望を滲ませた那花の瞳に、彼が言わんとしている意味を察した。打掛が高かろうが彼にとってはどうでもいいのだ。

欲しいのは人生の全てだと言われて、ずっと彼のものになるのだとそう気づいた雨宮は、泣きそうになる気持ちをぐっと嚙み締めて耐えた。

「おや、震えてるのかな？」

那花に全てを支配される、そう考えただけで体が震えるのは当たり前だ。

「俺……壮一郎さんが、好きです。全部、もらってください。それで、償いができるなら……」

「ふふ、どうかな。君の一生をかけても、償えないかもしれないな」

那花がぎゅうっと抱き締めてきた。震えているのは体だけではない。心も同じくらい震えていて、不安に思っていた気持ちがどこかへ飛んでいった。

瞳の中に薄《う》っすらと涙の膜が張り、瞬《まばた》きをするたびに睫毛が濡れていくのを感じる。

「だから言っただろ？　壮さんはそのくらいであんたを切ったりしねえって」

那花の胸に頰を預けていた雨宮は、大粒の涙をぽろぽろ零して声のする方へ視線を向ける。戸口に肘《ひじ》をついて体を傾けた格好の横澤は、呆れたような、それでいてやさしい眼差しでこちらを眺めていた。

「なんだい？　宗くんは私がこの子を捨てるとは思っていなかったのかな？」

「捨てる？　まさか。こんなかわいい子猫を、手放すなんてバカっしょ」

部屋に入ってきた横澤が、雨宮の背後から両肩に手を乗せてくる。那花の腕に抱かれながら、横澤にキスをされた。

「壮さん、隣の寝室、準備できてるんでしょ？」

「ああ、できてるよ」

二人が申し合わせたように顔を見合わせて言葉を交わし、雨宮は頭の上にクエスチョンマークを飛ばす。茶色の大きな目をぱちぱちしながら、頭の上でされる意味深なやりとりに首を傾げるのだった。

第五章　全部、愛して

打掛の飾ってある和室から、隣の寝室へと移動した。部屋の奥の障子は開け放たれていて、昼間の明るい光が差し込んでいる。窓の向こうに見えるのはなんと露天風呂《ろてんぶろ》だ。白い壁で囲まれているが、風呂の周囲には背の高い木々が植わっている。

三人で入っても大きすぎるくらいの広さがあるであろう風呂は、趣があってとても個人の家とは思えない豪華さだ。前に来たときはこんなものはなかったのに、と雨宮は首を傾げるばかりだ。

（そうか、前は障子扉が閉まってたんだ。向こう側がこうなってるとは想像もしなかった）

「露天風呂なんてあるんですかっ。すごい……昼間に入っても気持ちよさそうですね。こんな素敵な露天風呂、俺も入ってみたいです」

雨宮は子供のように露天風呂のガラス扉に近づいて、目を輝かせながら外を眺めた。

「夜だと星が綺麗だよ。湯船に浸《つ》かりながら日本酒もいい。なんなら、今から入ってみるかい？」

隣にやってきた那花に肩を引き寄せられて、静かに鼓動が速くなる。

「いいん、ですか？」

興奮で頬が熱くなり、ゆっくり那花を見上げる。汗を流そうか、と言われて、雨宮は小さく頷いた。

気分が乱高下して変な汗をかいたので、流したいと思っていた。だがまさか三人で入ることになるとは予想していなくて、脱衣所で二人が服を脱ぎ始めたので驚いてしまった。

そして今は、檜《ひのき》の香りのする湯船の中で、那花と横澤の間に座らされている。

――心配させたようだから、今度はたくさん安心させてあげよう。

そう言って、動揺する雨宮はあっという間に裸にされた。なにがどうなったのか分からないうちに、高級旅館のような露天風呂の湯船の中だ。

「壮一郎さん、三人で入っても、その……広い、ですよね」

心地いい湯の中で、雨宮は肌が密着するくらいの近さで二人に挟まれている。

「広いと気分もいいだろう？　風呂ってこうあるべきだと私は思うよ。宗くんもそう思わないかい？」

「そうっすねえ。広くて開放的で、気分は最高って感じっすよ」

二人はそんな会話をしながら、彼らの手は雨宮の足を撫でている。こんなに広い湯船で、密着して浸かっているのは、きっとこれがしたかったのだろう。

しかし住宅街で個人の家でこんなに豪華な露天風呂を作れるものなのか、と感心する。そういえばこの家の周辺は高い建物がないし、上から覗かれることはないようだ。

（こんなのがあるなんて、旅館みたい）

さっきまで不安で胸が潰れそうだったのに、今はその那花と横澤の間に挟まれて風呂に入っているなんて信じられなかった。

「和幸のおかげで原稿がようやく仕上がったよ。初めての読者になってくれるかな？」

そう言う那花の右手が雨宮の太腿をゆるゆると撫でていて、ときどき際どいところまで上がってくる。そちらが気になって話が頭に入ってこない。それでもなんとか返事をして、左の頬にキスをもらった。

「それにしても、壮さんが急に態度を変えたもんだから、不安で不安で俺に泣きついてきたんすよ？　着物のせいで嫌われたって」

「あはは。そのくらいで捨てたりしないさ。初めて会ったときにひと目ぼれしたんだから」

那花の言葉に雨宮は首を傾げる。自分はそんなに美しくもないし、学があるわけでもない。話術にも長《た》けていないし、こんなになんでも持っている那花に好きになってもらう要素が見当たらなかった。

「どうしてって顔をしているね」

「俺ってそんなに、いいものじゃないですから……」

そう言うと、左の太腿を撫でていた手がするっと股間に伸びてくる。

「あっ！」

思わず飛沫《しぶき》を上げて膝を折り、那花の手を避けてしまった。だが今度は右から横澤の手が伸びてきて、閉じた膝を開かせようとしてくる。

「いいものだよ。君はとても美しい。白い肌がこうして温められてピンクに色づき、男性なのにきめ細かい肌は、いつまでも触っていたい気持ちになるよ」

「それに、あんたは気づいてないかもしれねえけど、すっげえ感度いいだろ？　全身どこを触っても敏感に反応する。その感じがたまんねえよな」

横澤の手が膝裏に入ってそのまま尻の方へ移動してくる。足を開かされたので、湯の中で雨宮の竿と双珠がゆらゆら揺れていた。

「あっ……ん、んんっ！」

肌をいやらしく撫でられているだけで気持ちがよくて、変な声が出るうえに、体の中心が硬くなってくる。

それでも二人の手は雨宮の肌の上を這い回り、ときどき手がペニスを掠める。無意識に当たっているだけだと分かっているのに、ちょっとの刺激でぐっぐっと硬度を増していった。

（どうしよう……このままだと、もっと欲しくなる……）

一度そう思ってしまうともうそれしか考えられなくなった。足の指先をもじもじし始めると、目ざとい横澤が口を開く。

「さて、湯あたりしないうちに上がろうぜ」

「そうだね」

両側の二人が立ち上がった。湯が波打って、雨宮も立とうとしたがそれは叶わなかった。湯あたりしたわけではなく、太腿を撫でられたおかげで完全に勃《た》っているからだ。

（立ったら、見えちゃう……）

二人のものが雨宮の顔の位置にあるのだが、全く反応をしていない。それは当たり前だが、自分だけが発情しているようで恥ずかしくなる。

「ほら、和幸も立ちなさい。本当に湯あたりするよ」

「あのっ……でも、その……」

「ああ、勃ったんだろ？　そのつもりで触ってたんだから。いいんだよっ」

「うわっ！」

横澤と那花に両脇を抱えられ、勢いよく湯船から立ち上がらされた。そこは完全に勃起していて、湯の中では上を向いていたが、重力のおかげで体から垂直に出っ張っている。

「おやおや、なにを想像したのかな？　君のここが欲しがっている」

「感度がいいって、最高だな」

二人が口々にそう言って、雨宮はますます下腹部を硬くするのだった。

体を洗われるのも二人がかりで、そんなの自分でやります、と何度言ってもやめてくれなかった。どうして楽しみを奪おうとするのか、と那花にぴしゃりと言われ、手取り足取りで隅々まで綺麗にされた。

ぐったりした雨宮をベッドまで運んだのは那花で、横澤に膝枕《ひざまくら》をされながら火照った体を、まるで犬の毛並みを確かめるように撫でられていた。

二人はバスローブに身を包んでいる。それなのに雨宮だけはなにひとつ身につけていない。露天風呂から上がった雨宮は、バスローブを着ようとして自分の分がないことに気づいた。

——あの、俺のはないんですか?

ないのなら着てきた服を着させて欲しいと言ってみたが、見事に却下された。

——これから君をかわいがるのに、洋服は必要ないよ。

那花に裸のまま抱き上げられて、ベッドの上へ乗せられた。露天風呂に入った段階で、いや、寝室へ連れていかれたときから予感はあったが、まさか三人でとは思っていなかった。

しかしどちらか片方だけ選べと言われたらそれは無理だ。だからこうなるのは至極当然な成り行きだったのかもしれない。

「しばらくしてないのなら、私がちゃんと解《ほぐ》してあげるから、君は宗くんの膝の上でそうしてリラックスしていればいい」

　冷たいベッドシーツが心地よくてそれを味わっていたいが、雨宮は横澤の膝の上に頭を乗せ体を震わせながら必死に声を我慢していた。リラックスするどころの話ではない。

「んっ……ぅ、んっ……、ぁっ、……んっ」

「どうした？　なんか顔が辛《つら》そうだな。ほら、もっとリラックスしな？」

　横澤の手は二の腕を撫でていたが、それがゆっくり胸の方へ下りてくる。指先が乳首をぴんと弾くと、新たな快楽が生まれ始める。

　那花は雨宮の足元に陣取り、閉ざしていた窄まりに指を入れている。せっかく露天風呂で綺麗になったのに雨宮の下半身はローションでべっとりになっていた。

「いい具合に緩んできたな。でももう少し、拡《ひろ》げようか。痛いのはいやだろう？」

「あっ……ぁ、んっ、ぅ……んっ、も、もう……や、ぁ……」

「嫌じゃねよな？　乳首だって触ったらすぐに硬くなった。前も触ってやりたいけど、そうしたらあっという間にイくだろ？　だから俺は、ここだけな」

　那花にローションを借りたのか、いつの間にか胸を弄る彼の指先がぬるついている。そして目の前には、バスローブの隙間から隆々と天を向いた横澤の硬直が見えていた。

（すごい……これ、びくびくしてる）

口でして欲しい、と言われたら雨宮は躊躇《ちゅうちょ》しないだろう。それなのに触らせてもくれなくて、ただ目の前で見せつけられていた。

「んっ……ぁっ、あぁっ……は、ぁ、んっ……ぅんっ」

那花の指が蜜道のいい部分をゆるゆると愛撫していて、ずっと快感が途切れない。足の間にある自分のものを摑もうとしたら、その手を那花に阻止される。

「自分でしていいとは言ってないよ？　この手は……少しおとなしくしておこうか」

中を擦っていた指がずるっと出ていき、疼きと焦燥感が強く残った。自らそこを開閉させてみるが、痺れていてどんなふうに動いているのか自分でよく分からない。

（なんか……変だ。閉じてるのか開いてるのか、分からない。触りたい……触って確かめたいのに、でももっとして欲しくなる）

そう思っているうちに、ベッドから離れていた那花が帰ってくる。

「壮さん、相変わらず好きっすね」

「ああ、好きだよ。これも一種の愛情表現だからね」

そんな会話と金属の擦れる音が聞こえてきて、なにが始まるのか、と不安になって頭を上げる。

「だめだめ、あんたは俺の膝の上。我慢できないならこれ、食べていいから」

バスローブの間からいきり勃っていたペニスの根元をぐっと押さえた横澤が、その切っ先を雨宮の口の前に持ってきた。充血した鈴口は濡れていて、むわんと横澤の匂いが鼻腔へ流れ込んでくる。それがさらに雨宮を興奮させて、自身の硬直もびくびく反応した。

「は……、んっ……」

口を開けて大きな熱塊を咥え込む。それと同時に雨宮の両腕が背中に回され、ぐいっとテンションがかかる。前腕を重ね合わせるような感じで固定されたのだ。

「はに……ひへ……んっ」

横澤を咥えたまま頭を上げようとすると、あんたは見なくていいんだ、と言われ彼に頭を戻される。腕を後ろに回した状態になると、自然と胸を前へ突き出す格好になった。そうするとピンと勃った両方の乳首が無防備になってしまう。

(俺……縛られてる……んだ)

初めて那花に拘束されたことを思い出す。ベッドに張りつけのように固定され、好き勝手にあちこちを弄られた。恥ずかしくて気持ちよくて、もどかしいその焦燥に悶《もだ》えて感じて身を捩《よじ》った。そのときの感覚が蘇ってきて、横澤に弄られている乳首がさらに硬く凝《しこ》った。

「おっと……急にあんたのここ、反応したけど？　腕を拘束されて興奮してんの？　かぁわいい」

横澤が揶揄《やゆ》するように言ったが、雨宮の乳首が硬くなったのに気づいたすぐあとに、彼のペニスも硬度を増した。

(俺が気持ちいいと、横澤さんも……悦《よ》くなるんだ)

そう思うと見えないなにかで繋がっている気がしてとても愛しく思った。

しかし横澤の膝に頭を置いたまま彼の熱塊を口にする体勢はやりにくくて、大きいので、ぶるんと口から出てしまう。押さえたくても両手は拘束されているので無理だ。雨宮は訴えるような眼差しで彼を見上げた。

「やりにくい？　じゃあ体を起こして膝立ちならどうだ？」

横澤に体を起こされて、雨宮は言葉通りベッドの上で膝立ちになる。その前に横澤が仁王立ちになり、天を射貫くような凶器を顔へ近づけてきた。

「ぁ……んっ」

目の前にあるそれを口腔へ迎え入れる。充血して膨張した亀頭で自分の口蓋《こうがい》を擦って気持ちよくなろうとしてしまう。もちろん横澤を悦くするのも忘れない。舌を使って裏筋を舐め上げて、彼が好きな亀頭の括《くび》れ部分を丁寧に舌先でなぞる。

「ん……、いいねぇ。この眺めは最高だ」

雨宮が咥えているのを彼は上から観察している。ときどき上目使いでそれを確認しながら、横澤の表情が変わるところを探していった。

(気持ちいい……口の中、これで擦るの、いい……)

飲み込みきれなかった唾液が、口の隙間からだらだら零れ落ちてベッドに染みを作っていく。じゅぼじゅぼと淫猥《いんわい》な音を響かせながら、一心に快楽をむさぼり食った。

「いい眺めだね。でもまだ終わってないからね？　ここは……もう少し拡げるつもりだ」

背後から那花の声が聞こえた。足を開かされ、尻の肉を左右に引っ張られる。股間でローションがぐちょりと淫らな音を立て、雨宮は再び後孔を彼の指で愛撫された。

「ん……ぁ、んんっ」

口が塞がっているのでくぐもった声しか出ない。しかし体勢が変わったので那花の指の当たる角度も変わり、新たな快楽が芽生えてくる。二本の指がバラバラに動きながら、熱くなった肉襞《にくひだ》を拡げているのが分かった。

「すごいね。さっきも思ったけど、すごく吸いついてくるんだよ。宗くんはもうこの中の具合を知っているかな？」

「いや、まだっすよ。この間……そうそう、壮さんの件で泣きながら俺の胸に飛び込んできたとき、さすがに食っちまおうかと思ったんすけど、弱ってるこの人をそんなふうに慰めるのはどうかと思って、我慢しましたよ」

「へぇ、我慢？　宗くんが？」

背後で那花の少し笑いを含んだ声が聞こえる。一体どんな顔で横澤と話しながら雨宮の尻を弄っているのかと、気になって仕方がない。

「俺だって、こんなかわいいのどうにかしてしまいたかったたっすけど、でも……つけ込んでるみたいで嫌ってのもあって」

横澤がそう言いながら、懸命に口淫する雨宮の頭をやさしく撫でてくる。

「確かに、これはかわいい生き物だね。なら、今日は君からしてみるかい？　その場所を交代しよう」

ぐちゅぐちゅと尻の中を掻き回していた指が、にゅぽんと抜けた。もういい加減入り口の付近だけでなく、もっと確実なモノが奥まで欲しいところだ。

口を犯していた横澤の凶器も引っ張り出され、雨宮はゆっくりと尻を下ろしてベッドの上で正座する格好になった。

「横澤さん、あのとき……我慢したんですか？」

「ん？　あのときって、あんたが泣きながら電話してきた日？」

「な、泣きながらなんて……っ」

取ってつけたように言う必要があるのか、と羞恥《しゅうち》で頰を赤くしていると、那花がベッドの上に足を放り投げてヘッドボードを背に寝そべり、右手で雨宮を誘う動きを見せた。それにつられ、雨宮は那花のもとまで膝でいざり寄る。

「泣いたのか？」

顎を摑まえられ、そのまま両手で顔を包み込まれる。まるで感触を確かめるように雨宮の顔や髪、耳を撫でてきた。

「ちょっと……だけです。あのときは、壮一郎さんに嫌われたって思ったら……悲しくて」

「ああ、そうか。落ち込んで泣いて、駆け込んだ先が宗くんのところだったと」

那花が艶然と微笑んだ。その瞳はやさしそうに見えるのに、なぜか背中がぞくんと震える。

バスローブのポケットから、那花がシルバーの金具を取り出す。それが見えた途端、雨宮のペニスがびくんと反応する。

「そ、れ……」

「これをつけて欲しいかい？」

「あ、……はい」

羞恥の欠片《かけら》もなく雨宮は小さく頷いた。この器具がどれほど気持ちいいかを知っている。乳首の先を挟まれて、痛みが快感にすり替わって、その刺激が疼く下半身に溜まっていくあの悦さを、この体は知ってしまっているのだ。

「うーん、どうしようかな。私が君を簡単に捨てるような人間だと、そう思ったんだよね？　寂しいなぁ。そんなふうに思われていたなんて」

那花は雨宮の目の前で思わせぶりに器具を見せびらかす。それを見ながら胸の先がじんじん疼き、思わず口が開いてしまう。

「壮さん、そうは言っても、この人一ヶ月も放り出されて寂しがってたし、たったひとこと、言ってやればいいんじゃないっすか？」

横澤がそう言いながら尻臀《しりたぶ》を左右に開いてくるので、雨宮は思わず前のめりになる。横澤の指が双丘の間を何度も行き来し、あわいから双珠と熱塊を一気に愛撫してきた。

「あっ……んっ、は、ぅっ……」

那花に喘ぐ顔を見せつけるようにしてしまい、それでも胸飾りをつけてもらえない。その間も横澤のぬるぬるした手が何度も撫で回してくる。

「このままじゃ、どれだけ熱烈に愛してやっても、また不安になるし」

「そうだな。まだ言ってなかったね。かわいい子にかわいいという言葉も、好きな子に好きだという言葉も、とても当たり前なものだけど、態度より言葉がいいというなら、いくらでも言おう」

那花の指先でクリップ状の胸飾りがぐっと開かれる。突き出した乳首の先にそれが近づいてきて、雨宮は息を飲んだ。

「和幸、私は君をとても愛しているよ。従順さも恥じらいも、そして……敏感な部分も。全部だよ。あのとき私に、カクテルをかけてくれたことを感謝するくらいにね」

愛の言葉とともに両方の胸の先から鋭い痛みと、痺れるような快感が走った。

「ぅあっ！　ああぁっ、ぁ……あ、あ、く、ぁ……っ」

「どう？　私の愛を感じてる？」

二つのクリップの先には小さな鈴がついていて、雨宮が体をびくびく揺らすたびにその鈴が綺麗な音色を奏でる。切なげな表情を浮かべながら、声にならない声を漏らした。

「和幸？　教えてくれないか？」

「あ……、あ……、感、じ……てる、すご、く……感じて、る……も、もう、ああ、いい……っ！」

那花の問いかけにたどたどしく答えると、後孔に熱いものが押し当てられた。それがぐぅっと押し入ってくる。

「んっ……ひ、……ぁっ！」

肉環が横澤のペニスの大きさに合わせて広がった。那花が十分やわらかく解してくれたので痛みはない。それどころか中をいっぱいにされる充溢《じゅういつ》感に体が震える。その証拠に胸から下がった鈴がチリンチリンと騒がしく鳴った。

「そう、私は君を本当に愛しているよ。全てをだ。初めて会ったときに思ったね。この子は絶対に欲しいって」

那花が雨宮に愛が芽生えた瞬間を教えてくれているのに、彼につけられた胸クリップと後孔に埋められた横澤の熱塊のおかげで、快感で体がわななき、ちゃんと聞いていられない。

後孔に入ってきた長大な雄は、止まることなく最奥にキスをしてくる。ずっしりと重くなった下腹には、もうひとつ心臓があるような感覚だった。

彼の亀頭が細かな襞を捲り上げながら腰を引き始めると、いっぱいになっていた肉筒が窄まっていくのが分かる。中を愛撫される気持ちよさに内腿がぶるぶる震えた。

「あ……ぁ、すご、い……あぁ、あ、……ぁあっ！」

今度は後ろから横澤に腰を摑まえられ、ぱん、と尻と彼の腰がぶつかって音がするくらい強く突かれ、目の前に白く星が飛ぶ。

「もう私の言葉も聞こえていないようだね」

那花がうれしそうに笑いながら言うと、ゆっくりと頭を押さえ込まれた。雨宮は後ろから横澤に穿《うが》たれ体を揺らされながら、彼の熱塊をずるずると口へ挿《い》れていく。

「ん……っ、ぐ……、んんっ……ぅ、んっ」

口いっぱいに那花の匂いが広がり、喉の奥で濃厚なディープキスをした。彼の大きな手が雨宮の頭の上へ乗せられる。尻を上げる格好で前と後ろから同時に二本の熱塊で愛され、雨宮は夢中になって硬直にしゃぶりつく。

「すげ……この人、こんなだとは、思わなかったぜ。中が……絡みついてくる」

げな声で返事をしている。

横澤が後ろから雨宮を攻めながら呟いた。それを聞いた那花が、そうだろう？　と得意

激しく突かれると体が前へ弾んで那花を喉の奥まで押し込まれ、生理的な涙が目に溜まり始める。瞬きをすると睫毛が涙に濡れた。

それでも雨宮は那花の亀頭を自分の口蓋に押しつけて、また喉の奥へ飲み込む。鈴の音を聞きながら、徐々に射精感が高まるのを感じていた。

「いいよ、一回目は、君の顔にかけてあげよう」

頭を両端からやんわりと摑んだ那花が、口腔から熱塊を出すように促してきた。ずるん、とペニスが雨宮の口から出る。

唇から垂れる唾液が那花の熱塊の先と繫がり、細い銀糸で道を作った。濡れ光るそれを、目の前で那花自ら扱き始めた。

横澤もまた雨宮の肉筒の中で果てようとしているのか、雨宮を激しく攻め立ててくる。

「あっ、あぁ……あぁっ、いい、いいっ……そこ、すごく、いい……っ！」

卑猥《ひわい》な水音が響き、ベッドが軋み、雨宮の嬌声《きょうせい》が部屋に広がる。

「ほら、目を閉じないで私を見て……、んっ、ぁ……っ」

那花を見上げた途端、目の前に白い飛沫《ひまつ》が飛ぶ。欲情して艶《なま》めかしい表情の那花が見えて、雨宮も一気に射精感が高まった。

「あぁぁあっ！　イ、くっ！　もう、だめ……だめぇ……っ、ひ……っ！」

どろっとした那花の愛情を雨宮は顔で受け止める。横澤の強烈な突き上げで、瞼の裏に火花が散った。出すぞ、と彼が言ったあと小刻みに抜き差しされ、最後は一番奥にぶつかって止まる。

「ああ……やば、俺も止まらねえ……」

横澤の色っぽい声を聞きながら、雨宮はがくがくと体を震わせていた。前を触らないのにオーガズムに達し、さらに勃起したペニスからはとろとろと白いものがあふれ出ていた。

腹の奥で横澤の熱い激情を受け止め、息をするのも忘れるほどの快楽に見舞われる。意識が真っ白になるような感覚はたまらなく悦くて、気の遠くなる絶頂に啜《すす》り泣いたのだった。――しかし。

「これで終わると思っているのかな？」

那花の膝の上にぐったりと体を横たえた雨宮の頭の上から、そんな言葉が聞こえてきた。

全身を焦がすような快感は、雨宮の体を駆け巡って身動きひとつさせてくれない。これでまだ一回目なのか、と雨宮は薄い意識の中で考える。

（どうしよう、これ、すごくいい……もっと、もっと欲しい……）

今度はもう少し痛くしてくれてもいいのに、と思いながら、虚《うつ》ろな眼差しで瞬きをする。

口の中へ流れてきた那花の精液を舌で舐め取ると、それを挑発と受け取った彼は、頬についた自らの劣情を雨宮の口へ押し込んできた。

「いいね、その顔。誘っているんだね？　今度は君のを搾り取ってあげよう」

雨宮は那花のエロティックな顔を目にして、体の芯《しん》が再び疼き始めるのを感じる。こちらからは見えないが、きっと横澤も同じだろう。

力の入らない体を、どちらのものか分からない手で持ち上げられ、今度は仰向けにされる。チリンチリンと鈴の音が聞こえて、雨宮は両脚を大きく広げさせられていた。

「ほら、目を開けて私を見なさい。和幸」

那花のやさしい声が聞こえ、雨宮はゆっくり瞼を開く。熱でぼやけた視界には那花の欲に満ちた瞳があった。

「壮、一郎……さん」

「ほら、中を擦りながら、してあげるよ」

彼の熱塊が蕩《とろ》けた窄まりに押し当てられる。膝裏を押さえられ、さっきまで横澤の硬直が入っていたそこへゆっくりと這い入ってきた。

「ひ……ぁっ、ぁあぁっ……あ、は……ぁあっ……んんっ」

横澤のときとはまた違うところを擦られて、涙が滲むような快感が迫《せ》り上がってくる。あわいがぴくぴく痙攣しているのが分かった。ドライオーガズムで射精し、雨宮の濡れた鈴口から再び先走りが滲み始める。

「こっちも、かわいがってあげるよ」

腹の上でくったりしているペニスを手の平で握られる。やわやわと刺激されながら、同時に後孔から熱塊がじわじわ引き抜かれた。

「ん……っ、あっ、あぁ、んっ！」

前と後ろの刺激に腰が悶え始める。自分の体が跳ねて、不規則な鈴の音が聞こえた。

「ちょっと……二人の世界？　妬《や》けちゃうねぇ。こっちは放りっぱなしか？」

雨宮の顔の横に座ってきた横澤が、両胸を繋いでいる鎖をくいっと引っ張ってくる。

「ひ……っ！　あ……っ、んっ、それ、や、……ぁっ！」

鈍い痛みとそのあとにやってきた、甘く痺れるような快感に体が跳ねた。無意識に肉筒がきゅっと締まり、那花を包んでいる細かな襞が蠢《うごめ》いた。

「嫌？　嘘だろ？　これ引っ張ったらあんたの、壮さんの手の中で大きくなったけど？」

揶揄するような言葉が飛んでくる。それと同時に、弾力のある感触が頬へ触れて、雨宮は目を開く。そこには自らの凶器を擦りつけている横澤の姿があった。

「ほら、口開けよ」

「ぁ……んんっ」

顔を横に向けた雨宮の口の中に、さっきまで下で咥えていた横澤のそれが入ってくる。大きな亀頭で口蓋を小刻みに擦られ、それと同時に下からも同じリズムで突き上げられた。

口で呼吸できずに苦しくなって、雨宮の眦から涙が零れ落ちる。それでも二人の攻めは終わらなかった。

体を揺すられてペニスを苛められる。思い出したように横澤が胸飾りを弄って、雨宮を追い詰めてきた。

(全部……、ぜん、ぶ……されてる。すご、もう、ああっ……死んじゃう)

こんなプレイを初体験し、快楽があっという間に体を満たしていった。

「いいぜ……あんたの口ん中。下ほどじゃないけど、ん……っ、いいね……また出すぜ」

横澤の動きが激しくなる。喉の奥を強引に突き上げられて、ぎゅっと目を閉じ苦しいのを我慢した。激しく抽挿されたあと、不意に横澤が口腔から出ていく。

「……げふっ、ん、ぁっ！」

少し咽《む》せた雨宮の顔に、熱いものがかけられた。目の前には苦しげに眉《まゆ》を顰《ひそ》めた横澤の、快楽に滲んだ表情が見える。それを目にして、思わず腰の奥が絞られるような感覚に見舞われた。そして白い飛沫が何度も額や頬や唇に飛び散る。

「あれ？　和幸……君、宗くんがイったのを見て、少し出したね」

那花の手の中でくちゅくちゅと扱かれている雨宮のそれから、白濁が漏れていたらしい。それを塗りたくるようにしてさらに弄《もてあそ》ばれ、緩慢な腰の動きが徐々に激しくなってくる。

「――うっ、……あっ、は、んっ、……あぁっ、ああっ、だめ、それ、ああっ！　だめぇっ」

「なにがだめなんだい？　ここを突き上げると、締まりがよくなる。ああ、そうか。君の言うだめは、悦いってことか」

違うけど、そうだ、と心の中で思いつつ、那花の攻めに腰をわななかせた。あまりに悦すぎて頭がおかしくなりそうだ。

体の奥の快楽が迫り上がって限界に近くなり、視界が白く滲む。そのとき、チリン、と一際大きく鈴の音が響き、雨宮の胸の先に挟まっているクリップが弾け飛ぶ。

横澤がタイミングを見計らって思い切り引いたのだ。

「……ひっ、あああっ！　あ……っ、あ……ぁ、あ、あ……！」

胸の先と那花の手の中にある肉茎と、そして蜜窟の奥が甘く痺れて雨宮を狂わせる。鈴口から精液が勢いよく飛び出したのは一度だけで、そのあとは那花の指の間をだらだらと滴った。

「あ……、あ、ぁ……、な、に……これ、すご……ぁ……」

体が浮き上がるような快楽に、全身が愉悦に満たされていくのが分かる。ゆるゆると何度もペニスが肉胴を往復して、最奥に熱い迸《ほとばし》りを感じた。横澤と同じ場所を今度は那花に濡らされる。

「この腹ん中で、俺のと壮さんのが混じってるんだぜ。体にも俺たちの匂いつきまくりだな。って、あれ？　聞いてる？」

　意識がぼんやりする中、肩で息をしながら目を閉じて横澤の声を聞いていた。好きな人の匂いに満たされて、心も体も喜んでいるのが分かる。こんなに痺れたのは初めてだったが、雨宮がうっすらと瞼を開くと、まだ終わらないよ、と言って雨宮を起こそうとする那花が見えた。

「う、嘘……まだ……なの？」

　掠れた声で問いかけると、いつもの笑顔を浮かべる那花だったが、彼の前髪は汗で濡れて束になり、頬も心なしか上気していて、それがまた色っぽくてうっとり見上げてしまう。

　体の中で自分の鼓動が激しく響き渡り、那花の言葉でさらに高鳴った。それは期待と恐怖が入り交じった音だ。

「終わるわけがないだろう？　宗くんもまだいけるね？」

「まだ二回しか出してないっすよ。もちろんいけます」

「じゃあ今度は、二人で抱いてあげよう」

　もう二人に抱かれているのに、一体、この人たちはなにを話しているのだろう、とふわふわした頭で考えている。そうしているうちに、後ろ手にされてついていた手枷《てかせ》が外され、雨宮は抱き起こされた。

「ぐでぐでだな。でも意識はあるな？」

ベッドの上で座ると、中に出された二人の精液がとろとろ流れ出す感覚があった。まるで漏らしているような気がして、懸命に尻に力を入れてしまう。

那花と向かい合う格好で太腿を跨がされて、子供を抱っこする体勢にさせられた。

「壮一郎……さん、俺、好き……壮一郎さんが、好き……」

那花の肩口に頭を乗せて、まるで熱に浮かされているように呟く。すると衣擦《きぬず》れの音が聞こえて、横澤が顔を覗き込んできた。

「あれ？　俺は？　俺のことはどうなんだ？」

そう言った横澤に後頭部を力強く掴まえられ、口を塞がれた。まるで生気を吸い上げるようにきつくキスをされて、惚《ほ》れ惚《ぼ》れするような横澤の艶美な顔を見つめる。

「好き……、ぁ……っ、す、き……っ、ひっ、ぁっ！」

そう答えると同時に、後孔に那花の指がぐりゅっと入ってきて、小さな悲鳴を上げさせられた。

「ちょっと、壮さん、今そういうことする？」

「なんのことだい？」

二人のおもしろがる声が聞こえた。その間も、雨宮の後孔を那花がぐちゅぐちゅと掻き回し、中からあふれる混じり合った精液を、肉壁に塗り込むような動きを見せる。

「俺だって、もっと好きって言わせたいのに、ずるいなぁ」

「ほら、聞いてみればいいよ。今、とてもいい顔をしてるだろう？　ああ……すごくいい匂いがする」

　那花が耳の裏に鼻を突っ込んでくる。汗の匂いを嗅《か》がれて恥ずかしいのに、その反面、那花にそうされることがうれしい。

　さっきまでクリップで留められていた乳首が那花の肌で擦られてじんじんするし、さっき射精して萎《な》えたはずの雨宮のペニスは彼の硬い腹で愛撫され、じわりと快感を運んでくる。

「ほんと、ずるいよなぁ壮さん。結局、好きな子は独り占め？」

「人聞きが悪いな。今度は二人でかわいがってあげればいいだろう？」

　肉筒を弄っていた那花の指が引き抜かれると、両手が雨宮の尻を掴んで上へと持ち上げる。

「まずは私から……」

　そう言った那花が、串刺《くしざ》しにするかのように孔を目がけて太い杭《くい》を根元まで差していく。

「ん……っ、ぅんっ、はぁ……っ、あ……、んっ」

「ほら、一本目」

　長大な硬直をずっぷりと咥え込み、上半身を那花の上へ倒すようにして寝そべると、今度は背後から横澤が腰を掴んだ。

「ほら、今度は俺だぜ？　意識、飛ばすなよ？」

那花を飲み込んで拡がったそこに、今度は横澤の切っ先があてがわれた。

「ひ……、ぁ、あ、あぁあぁあっ……な、なに、ああっ！」

隙間などないと思われた肉環だったが、那花の竿を押しながら横澤の熱塊が入り込んでくる。引き攣れる痛みで体に力が入った。

「和幸、私を見なさい。口を開けて」

「あ……あぁ……、や、後ろ……拡がって……く……」

体を震わせながら雨宮は涙を零す。それを那花が掬い上げ、雨宮の唇を塞いだ。涙の味がするキスに、緊張していた体がゆっくりと弛緩《しかん》していく。

「いい子だね。キス、好きだろう？」

「好き……す、き……。んっ、んんっ……」

夢中になって那花の舌を追いかけて、吸って舐めて唾液を絡ませる。そうしているうちに雨宮の背後から横澤の息を詰める声が聞こえた。

「全部入ったぜ」

「……え、ぁ、なに……？」

唇を解いて那花を見つめた雨宮が問うと、彼は悠然と微笑んだ。

「これからだよ」

熱く蕩けた下半身で、ズズッとひとつの熱が動いた。

「ん……っ、ぅんっ、はぁ……っ！　あ……、んっああ！」

下腹部は重苦しくいっぱいに満たされている感覚がある。そして襞を擦られる心地よさで腰が跳ね上がった。

「すげ……締まる。二本咥え込んでるの、あんた分かってるのか？　拡がってるぜ、目いっぱいな」

「は……ぁっ、あ、ぁ、……っ」

同時に二人から愛されていると知った雨宮は、横澤の動きに合わせて自らの雄を那花の腹筋に擦りつけた。

「いい顔だよ、和幸」

那花の手が赤く膨れ上がった胸先を親指の腹で撫で回し、敏感になって疼く先を摘《つ》まんでくる。

「かわいいよな、あんた。そうやって気持ちよさそうにしてる顔見ると、ほんとテンション上がるわ」

ゆっくり引き抜かれた楔《くさび》は、奥まで一気に突き入れられる。那花に感じているその顔を見られながら、雨宮は両腕を彼の首に回す。

「あんっ、んっ、んぁっ、あっ、……んっ！」

後ろから激しく穿たれつつ那花とキスをして、二本の陰茎がじゅぷじゅぷと雨宮の後孔を不規則に出たり入ったりしている。完全に勃起した雨宮のペニスは、何度か射精したのにまだ透明な涙を流していて、体が揺すられるたびにいやらしい染みを那花の腹に擦りつけていた。

「あっ、あんっ……、やっ、やだ……っ、そこ、ひっ……ぁっ！　変に、なる……っ」

「もっと、変になれよ」

背後から横澤の熱塊が容赦なく攻めてきて、前では那花の手がペニスを扱く。今度はあっという間に絶頂がやってきた。

「イくっ……あっ、あっ、も、イく、いっ……、あっ……、ああ——っ！」

腰を震わせ那花の手の中でほんの気持ちほど精液を飛ばしたが、それでも二人の攻めは止まらなかった。ペニスを扱かれ、中を擦られ、奥を激しく突き上げられる。目の前が白くなって、太腿がガクガク震えた。

「やめ——っ、もう、今、イって……る、か、ら……あっ、ああっ！　もう、やだ、……も、ぁ——っ！」

「もっとイけよ。ずっと気持ちよくなってろ。よがって俺らを欲しがって、かわいい声を聞かせて、その顔を見せろって」

ぱちゅぱちゅと背後でいやらしい音が聞こえ、絶頂がいつまでも終わらない。

これ以上されたら本当に頭がおかしくなってしまうと思った。そしてにわかに、オーガズムの向こう側に意識が飛んだ。

「な、に……なん、か、へ、ん……っ」

「ずっと変だろ？　ほら、俺はまだ、いけるぜ？」

体を揺さぶられて、またなにかが出そうな感覚が膨れ上がる。イくのとは違う感じだった。背後から横澤に両腕を引っ張られ、背中を仰《の》け反《ぞ》らせて体を起こす。

「ち、違う……、これ、違うぅ……あ、出る……出ちゃう、や、だめ、出ちゃう……っ！」

雨宮は那花の首に腕を絡ませて必死に訴えていた。それでも二人の動きは止まらなくて、雨宮は今まで感じたことのない快楽に身を震わせた。

「ぃ——や……っ、ああっ……、ぁ、あ、あ、ぁ、そ、な、……や、だ……っぁ！」

刺激され続けた雨宮の肉茎の先から、白濁ではない透明なものが勢いよく飛び出した。それは那花の腹とベッドを濡らし、体が不規則に震えて雨宮自身も怖くなる。

「や……、ぁ……、もう、やだ……っ！　とまら、な……っ」

「すっご……締まる、くそ、出すっ！」

「私も、中に……っ」

雨宮が潮を噴き上げたと同時に、那花と横澤を容赦なく締め上げた。

奥までずっぷりとインサートされた状態で二本の熱塊に放たれ、雨宮はとうとう意識を失ってしまったのだった。

◇　◇　◇

今、日常生活がとても充実している。大好きな作家、那花の新作をいち早く読めることもさることながら、その彼と恋人関係になれたこと。そしてもう一人、TOMARIGIの店長、横澤ともそういう関係で、二人から無償の愛を注がれているからだ。

思春期に父が植えた罪の種は、一度は冬眠したものの横澤に刺激されて芽吹き、那花が美しく咲かせてくれた。その花に彼らは絶え間なく水と肥料を注いでくれるから、雨宮は美しく優雅に咲き誇っている。

会社でも同僚から、顔つやよくなったね、とか、前より格好よくなったよね、と言われていた。だが最初に気づいたのはもちろん飯山だ。

「よっ。お疲れ」

軽く肩を叩きながら弾むような声をかけてきた飯山は、口元をにやつかせている。ここのところずっとだ。

（ああ、また今日も問い詰められるのか）

あまりに突然、雨宮が垢抜《あかぬ》けたことを不審に思った飯山が、とうとう那花さんと付き合うようになったのか？　と聞いてきたのが一週間前。それから毎日、詳細を教えろよだの、那花に会わせろとうるさいのだ。今日もその時間がやってきた。

「昼飯、今日は社食にしないか？　なんか新しいメニューが今日からだってよ」

「へぇ、そういうことは情報が早いな」

「まぁね。お前の話も聞きたいし」

「またそれか……」

雨宮はパソコンで入力しながら、うんざりしたような声で返答した。普通に食べればおいしいのに、問い詰められながら食事をしたら、大好物だってまずくなる。

「そう、それ。お前が白状するまで聞くからな」

彼はそう言い残して自分の部署へと戻っていった。

飯山には以前、バーへ連れていってもらったときにカミングアウトしている。那花と寝たことも知っているから、恋人になったのがその那花だと言っても、きっと飯山は驚かないだろう。

しかし雨宮の懸念はそこではなく、相手が一人じゃなく二人というところだ。飯山はそれを聞いてどう反応するだろう。もしも軽薄で浮気性で淫乱《いんらん》だと思われて、雨宮から離れていくのなら打ち明けるのは得策ではない。

昔からの数少ない友人で、だから彼を失うのは辛いし、かといって、ずっと黙っているのもそろそろ限界にきている。

どん詰まりだ。

「どうすればいいんだ……」

那花や横澤との悩みがようやく解消したと思ったのに、今度は飯山で頭を抱えるなんて思いもしなかった。

迷いを捨てて打ち明けるための勇気は、どうしたら湧いてくるのだろうか。

そう考え始めてもう一週間だから、きっとこの先も最善策は見つからない気がしている。

そして辿り着く答えはいつも同じだった。

「話すしかないってことかなぁ」

そう呟いて、止まっていた手をまた動かし始めた。


昼休み、雨宮と飯山は向かい合って社食で昼食を取っていた。二人とも同じメニューで、彼が言っていたエビと鶏のココナッツカレーが二つ並んでいる。

「結構、旨いな」

「そうだな。でもちょっと辛いかな」

エビをスプーンで掬った雨宮は、口の中へ入れる前にちらっと飯山を見やった。つい数分前まで、雨宮の付き合っている人について問いただすと言っていたのに、一向に話を振ってこない。聞かれないなら聞かれないで、今度はこちらが気になってしまう。

(こんな状態がいつまで続くんだろう……)

胸の内でどんよりしていると、ふっと顔を上げた飯山が、雨宮を見てにやっと笑う。

「そんな、俺の顔色を窺うなって。そこまで話したくないのか？　俺って、雨宮の親友だと思ってたのになぁ。ちょっと傷つく」

彼はわざとらしく自分の胸を押さえて、項垂れるような格好をしてみせた。大げさにやっているのは分かるが、それでも雨宮の胸にぐっさりとなにかが突き刺さる。

「……もう、分かったよ」

「マジ!?」

太陽のように眩《まぶ》しい笑顔を見せる飯山に、呆れ返る前に驚いた。

「お前がしつこいのは知ってるから、きっと俺が折れるまでずっと言い続けるだろ？　そんなのごめんだよ」

「さすが、長年の友人だよ」

まだなにも話していないのに、やたらうれしそうに微笑む彼を見て今度こそ呆れた。まずはカレーを先に食べてしまうからな、と言い置いて、雨宮は食事を再開させたのだった。

昼休みのうちに話してしまおうと思ったのに、いざ雨宮が口を開くと、ちょっと待て、と言って飯山が止めた。どういうことだと問いかけると、仕事が終わったらゆっくり飲みながら聞きたい、と言われ、まんまと罠《わな》にはまったのである。

（これは事細かく、聞かれるパターンだ……）

そう思った雨宮はがっくりと肩を落とすのだった。

仕事を終えて、飯山と二人会社を出た。平日なので遅くまでは付き合えないから、と飯山に約束させて、彼の行きつけである新宿のバーに向かっている。

「お前、本当は飲みたいだけなんじゃないのか？」

「まさか！　飲むだけなら一人でも来るし、会社の近くでだっていいだろ？」

駅の構内を出て、肩を並べて歩いている飯山が言い返してくる。微妙に誤魔化されたような気もするが、今は問い詰めるのはやめておく。

前に来たときは二丁目だとすぐに分からなかったが、二回目の今は道をなんとなく覚えていた。

（繁華街からちょっと離れてたんだな）

雨宮はそう思いながら歩き、目的の店の看板が見えて気が重くなった。

飯山がバーの扉を開けて、意気揚々と中へ入る。彼の後ろを不安げな顔で雨宮が続いた。

「こんばんは」

「あら、よしくん。そちらは雨宮さんね」

相変わらず綺麗なママがカウンターの向こうにいて、きらきらする笑顔を向けてくれる。時間が早いせいもあって、店内では二人が一番乗りだった。

「さすがママ。もう雨宮のこと覚えたの？」

「当たり前でしょう？　よしくんのお友達でこんなにかわいいんだもの。覚えるに決まってるわ」

くすくす笑うママは雨宮にかわいらしいウィンクを飛ばしてきた。どんな反応をしたらいいのか分からなくて、愛想笑いを返してしまう。

「さあさあ、立ってないで奥にどうぞ。今日も内緒話をするなら……私は離れておくわね」

「ママ、さすがだね。なんか適当に作ってもらえたら助かるよ」

はーい、と快活な声が聞こえて、雨宮と飯山は席に着いた。しばらくしてカクテルとお通しが出され、今日のおすすめ、と言ってイカとリンゴのカルパッチョが出てくる。本当は白ワインの方が合うんだけどね、と言いながら、ママは新しく入ってきた客の接待に行ってしまった。

「さて、アルコールもきたし、お通しもきたし、落ち着いたところで聞かせてもらおうか」

お疲れ、と軽くグラスをぶつけた飯山は、楽しそうな顔を向けてくる。

「う、うん……」

話しにくそうにして飯山から視線を逸らすと、ふいっと伸びた手に顎を掬われ顔の向きを変えさせられる。

「目を逸らすなよ。ここまできたんだから言うしかないだろ？」

「そうだけど……」

内容が内容だけに、素面《しらふ》では言いづらいと思ってカクテルを流し込んだ。二杯目を注文している間に、飯山に切り出すことにした。

「この間、俺が言ったこと覚えてる？　那花さんとそういう関係になったって、いう……」

「忘れるわけないだろ？　そんな後ろめたそうな顔するなよ。俺は別に偏見ないって何度も言ったじゃないか」

「……うん。そうだよな」

「えっと、那花さんだっけ。雨宮が付き合う前に寝たって人、たしか有名なミステリー作家だよな」

飯山が視線を上に向けて思い出すような仕草で言う。付き合う前に寝た、と直球を投げられて妙な恥ずかしさが湧き上がる。

「そう、壮一……那花さん」

「あは……いつも呼んでるように呼べば？　知ってるの俺だけだし」

「そ、壮一郎さんに……、愛してるって言われて、その……一応、公式の恋人になったかなと思う」

「おお……とうとう、付き合うことになったのか。よかったじゃん」

意外とあっさりした飯山の反応に、ほっと胸を撫で下ろす。しかし本題はここからだ。

「それで、ＴＯＭＡＲＩＧＩのマスター覚えてる？」

「ああ、あのモデルやってたっていう格好いい人か。もしかして、あの人にも告られた？」

鋭い飯山の指摘にギクッとする。両手でカクテルのグラスを掴み、その中身をゆらゆら揺すりながらゴクリと喉を鳴らした。

「その、横澤さんとも、付き合うことになって……」

「え？　じゃあ那花さんとはまさか、もう別れたのか？」

もっともな質問が飛んでくる。早すぎない？　と驚く飯山に、雨宮は気まずそうな顔になった。

「いや、実はそれも続行で……その、二人と同時に交際するっていうか……」

無言になった飯山を、雨宮は恐る恐る上目使いで見る。中途半端に口を開けて、カクテルグラスを途中まで持ち上げたまま止まっていた。

「飯山？」

「ああ、なるほど……そうきたか」

そうかそうか、となにか懸命に納得しようとしている彼を見て心なしか不安になる。

（なんか、やっぱりここまで打ち明けるのは、ダメだったかな。さすがに心の広い飯山でも、引いたのかも……）

誰かが自分から去っていく寂しさと痛さは、父をはじめ、これまで何度も味わってきている。那花が離れてしまうかもしれないと思った瞬間が、今までで一番心が痛かった。

もし飯山が自分から距離を置く結果になれば、きっと那花のときと同じくらい辛いだろう。それでも飯山を責められないし、どうしようもないのだ。

「ごめん、変な話、して……。やっぱりこういうの、嫌いだよな？　ほんと……ごめん」

隣で黙ってしまった飯山を見る勇気はない。いつもはすぐになにか言ってくれる彼が黙った、おそらくそれが答えだ。

「ＯＫ。さすがにびっくりした。たいがい、お前の打ち明け話では驚かないけど、その選択をしたお前にびっくりだわ」

「飯山？」

口元に笑みを浮かべたまま、彼は正面を向いてグラスの中身を一気に飲み干し、おかわりを要求していた。

「そうだな……うん。まぁ、その話を飲み込むまで、ちょっと時間をくれないか？」

真面目な顔でこちらを見た飯山に、もちろんいいよ、と即答する。こんなふうに返答する彼は初めてだ。イエスともノーとも言わない保留だった。

「俺……」

「待った。それ以上言うな。俺を嫌いになった？　とか、軽蔑してくれていいよ、とか、そういう後ろ向きな発言禁止。とにかく、しばらく考えさせてくれたら答え出すから」

一気に捲《まく》し立てるように言われ、雨宮は無言のまま頷くしかない。

しかしそのあと飯山は、普通に仕事の話や店のママを交えて冗談を飛ばしたり、いつもと変わらない様子だった。ただ、雨宮の恋愛話には一切触れてこなかった。

◇　◇　◇

飯山に二人と交際することを伝えてから二週間。雨宮の日常は平穏そのものだった。まるであんな打ち明け話など忘れてしまったかのようで、実際、雨宮自身も自分が飯山に言った現実を忘れそうになるくらい、彼は普通に接してくれていた。

（もう、答えは教えてくれないかもしれないいな。それとも普通に話してくれるっていうの

が答えかな。受け入れて、もらえてるのかな）

一人になるとそんなふうに考えてばかりだ。飯山にゲイだとカミングアウトしたときも、二人と交際をすると決めたと伝えたときも、彼なら絶対に受け入れてくれると、心の片隅でそう思っていたのかもしれない。

だから保留にさせてくれと言われて心底驚いて、ショックだった。なのに会社では普通に話しかけてくるから、彼の本心が見えなくてモヤモヤする。

（認めて、くれたのかな）

雨宮はロイヤルホテルのロビーにあるソファへ座り、下を向いてスマホの画面をスクロールさせていた。大手ニュースサイトの文字を追っていたが、内容は全く入ってこない。

考えることは飯山の言葉や態度ばかりで、悩むことにも疲れ始めていた。

「あれ？　もしかして雨宮さん？」

はぁ、とため息を吐いたとき、横から声をかけられて反射的に顔を上げる。そこには見覚えのある人が立っていた。

「あ、ああ……久しぶり」

「ほんと、久しぶりだね？　元気だった？」

髪をアップにまとめ、胸元に大きくて白いリボンのあるトップスに赤いカーディガン姿の女性。黒のフレアミニスカートを身につけた彼女は、少し派手なメイクで立っていた。

隣には長身でそこそこ見た目のいい男性を伴っている。

男の方がいいんじゃないの？　と辛辣《しんらつ》なひとことを添え、最後に別れた彼女だ。

「あ、うん。元気だよ。そっちはデート？」

「そ。朝から色々遊びに行って、最後のイベントがこのホテルのスイートなの」

なにが言いたいか分かるよね？　とそんな目で見つめられる。胸の中に嫌な気持ちが広がり、雨宮は仕方なく愛想笑いを浮かべた。

「なあ、この人って誰？　お前の知り合い？」

「うん、知り合いっていうか、元カレ」

「ああ、例の……」

侮蔑《ぶべつ》に満ちた男の視線が刺さり、雨宮はびくっと体を強ばらせる。おそらく彼女は雨宮と別れた理由をこの男に話しているのだろう。そうでなければこんな目で見られないはずだ。

「ちょっと、そんな目で雨宮くんを見ないでよぉ。失礼でしょぉ？」

「はいはい」

そんな会話をしつつも、言葉の端々に雨宮を卑下するようなニュアンスを含んでいた。

男が彼女の肩を引き寄せながら、優越感に浸るような表情をしてこちらを見下ろしてくる。

二人の言いたいことはもう存分に伝わった。私たちはこんなに幸せなの、あなたとは違うから、そう言いたいのだ。

だが雨宮は嫌な顔をしないで、二人と向き合っている。こんなところで売られた喧嘩を買うわけにはいかない。

「雨宮さんはここでなにしてるの？　誰かと待ち合わせ？」

お前の相手はどんな奴なのか、とそう言いたげな視線を投げかけられて、雨宮は視線を足元に落として唇を噛んだ。

（こういうときどう反応したらいいのか分からない。なんて言えばいいのかな）

今まで、以前付き合っていた彼女と再会するなんて経験がないし、まさか彼氏連れの彼女とホテルのロビーで顔を合わせるなど想像もしなかった。

今日はこのロイヤルホテルで那花と横澤の二人と待ち合わせをしている。一番乗りでここに来たのが雨宮だったというだけで、一人でただ座っているわけではない。

「一応、待ち合わせなんだ。俺が一番に来ちゃったから。あと二人来る予定だけど、ちょっと遅れてるかな」

「へえ、二人？　それ、一体どんな集まり？　あとから来る二人も冴《さ》えない人だったりして。あ、でも、雨宮さん前よりは少し印象が変わったわよね。普通っぽくなったっていうか」

彼女が馬鹿にするような口調で言い、男が笑う。自分が笑われるのはいいが、那花や横澤を揶揄されるのは腹が立った。

そんなんじゃない！　と言い返そうとして睨みつけると、二人の顔つきが凍りついて固まっていた。視線は雨宮の頭の上へ注がれていて、ゆっくりと後ろを振り返る。

「さっきから聞いてりゃあ、嫌みったらしくネチネチ、ネチネチ言ってんなぁ、あんたら」

横澤が雨宮の肩に腕を乗せて引き寄せながら、今にも嚙み殺さんばかりの殺意を帯びた、地を這うような声音でそう言った。顔は笑っているのに、目は身が竦むほど冷酷な色をしている。

（こ、怖っ！）

思わず雨宮も怯えてしまった。

「あら……お、お連れさん、想像以上に格好いいのね。お友達？　それとも……」

「恋人だが、なにか異論でもありますか？」

今度はビクつくカップルの背後から声が飛んでくる。そこには案の定、那花がにこやかな笑顔で立っていて、振り返った二人はまたもやイケメンの登場に頰を引き攣らせていた。

「こ、恋人……」

「なに、あんたら差別主義者？　いまどきそういうの格好悪いぜ？　外見ばっか気にしてないで、もっと中身を充実させたらどうだ？」

那花と横澤に挟まれた二人はじわじわ顔色を失っていき、雨宮たちから離れていく。

「と、とにかく、元気そうでよかったわ。私たちこれからスイートルームでゆっくりするので、失礼するわね」

ほら行くわよ、と彼女に脇腹を突かれた彼が我に返ったように目を泳がせる。

「へぇ、スイート！　じゃあ俺らの下か。俺たちはロイヤルスイートなんだよな。この人が声でかいから、もしうるさくしてそっちのラブラブタイムを邪魔したらごめんね。でも、ほどほどにするから、よろしく」

にやっといやらしい笑いを浮かべて横澤が挑発する。

それを受けた二人は顔を真っ赤にして足早に離れていき、横澤は悪戯《いたずら》が成功したと喜ぶ子供のように声を上げて笑っていた。

「まったく、宗くんは大人気ないよ」

「なんっすか？　だってこの人が侮辱されてるの、黙って見てろって言うんすか？」

「まあまあ、落ち着いて。あんな子供にマウントしても仕方がないだろう？」

そう言いつつ、那花もあの二人を今にも殺さんばかりの目で見ていたのを雨宮は見逃していない。

「あの……お二人とも、すみません。まさかこんな場所で元カノと遭遇するとは思いませんでした。というか彼女、あんな性格がねじ曲がってたのかなと、今すごく驚いてます」

「あんたと付き合ってたときはネコ被《かぶ》ってたんだって。あの女だろ？　別れ際に砂かけたやつ」

「あ、はい。どうして分かったんですか？」

「どうしてってねえ、壮さん」

「明らかだね」

二人は顔を見合わせて頷き合っていた。そういうものなのか、とそれを眺めていると、さあ、行こうぜ、と横澤に肩を抱かれたまま一緒に歩き始める。腰にはさりげなく那花の手が添えられていて、なにげなく二人の騎士に守りを固められているような気がした。

「ふふふ……」

うれしくなって思わず雨宮が笑うと、どうかした？　とすぐに那花が聞いてくる。なんでもないです、と雨宮は微笑みながら答え、エスコートされながら上階へ向かうエレベーターへと乗り込んだのだった。

◇　◇　◇

二人に連れてこられた部屋はロイヤルと名のつくだけあって、とんでもなく広かった。那花の逗子の本宅を知っている雨宮でさえ気圧《けお》される。

「まあ、このホテルの最上級って、こんなものだよな」

「そうだね。そこそこかな」

二人の感想を聞きながら、雨宮は部屋に入って廊下を抜けたリビングの前で呆然としていた。

(これがまあまあ？　こんなもの？　二人は普段から価値観が違うと思ってたけど、これほどとは……)

一般庶民の雨宮は毎回驚かされてばかりで、もう慣れたかと思ってもそのさらに上をいくから恐ろしい。

「そんなとこ立ってないでこっち来いって」

リビングの向こうの窓に広がるシェードカーテンの前に立った横澤が呼んでいた。あまりに豪華な部屋だったのでビクビクしながら近づくと、彼はいつの間に手にしたのか、黒いリモコンを操作し始める。

ピッという機械音がしてシェードカーテンが開いていくと、窓の向こうに息を飲むような夜景が広がった。手前に大きな東京タワー、離れた場所に小さくスカイツリーが見える。そしてその周囲は小さな星が敷き詰められたように輝いていた。

「うわ……すごい！　宇宙みたい」

素直な感想を口にすると、左隣に那花がやってくる。二人の間に挟まれ、雨宮はただ黙って夜景を眺めていた。

夢のような時間がこれから始まる。そしてそれが始まったら、もうこの夜景を気に留めることはないだろう。そう思うから、雨宮はちゃんと目に焼きつけておこうとしていた。

「よし、じゃあ他の部屋の中も見て回るか？」

「あ、はい」

いつもより浮かれたような横澤に、部屋の案内をしてもらう。部屋に入ってすぐのところには、大きなソファが三つとテーブルがあって、その奥には六人掛けくらいのダイニングセットが見えた。

部屋全体は落ち着いたブラックやアイボリー、ナチュラルな色の木目調フローリングでコーディネートされている。

リビングダイニングから二、三段階段を上がってすぐのところにベッドルームがあった。部屋が大きいので違和感はないが、このベッドはかなりビッグサイズだ。

(これ、すごくない？　下手したらベッドだけで四畳半くらいありそう)

スプリングを確認するように手で押していると、ベッドと向かい合うように置いてあるソファが目に留まる。普通に考えれば、そこにソファがあってもおかしくない位置なのだろう。だが那花と横澤が一緒に泊まると思うと、なぜかそれが普通に見えなくなる。

(俺……なに考えてるんだ)

ベッドでしているところを、このソファに座って那花に見られている想像をして、ひくん、とあそこが疼くのを感じた。

「おお、こっちはバスルームだ。広いなー」

横澤の声にはっとして、雨宮はその声の方へ歩いていく。

ベッドルームとバスルームの中央に、大きな引き戸のパーテーションがあった。しかしそれは向こうが透けて見えるような薄い材質でできていて、あまり仕切りの意味をなさない気がする。

（あれって、仕切っても絶対こっちから見えるよな）

普通のホテルなのに、なぜかそこだけラブホっぽい造りになっていて妙にドキドキする。

バスルームには丸くて大きなバスタブが中央にあって、壁に寄り添う形で赤いソファが連なる。そのソファの向こうは大きな窓で、そこからも夜景が見えるような仕組みだ。

バスルームを挟む両側の壁一面がミラーになっていて、その鏡の一部が扉仕様になっているようだった。

「凝った作りですね。この向こうはなんだろう？」

横澤と二人で鏡の扉を開けると、向こう側はサウナ室だった。反対側の鏡扉を開くと、そこはシャワールームだ。これらを全部入れると、おそらく二十畳以上はあるだろう。

（こんな広いお風呂、銭湯以外で来たことないな）

特別な日でもないのにこんな部屋を取って一泊だけするなんて、どんな贅沢《ぜいたく》なのだと一般庶民の雨宮は思ってしまう。

「さて、部屋の探検はその辺で終わりにしたらどうだ？　さっき頼んだルームサービスも届いているし、バスルームの準備をしておくから、二人は向こうで先にどうぞ」

どこに置いてあったのか、那花が籠《かご》の中の大きな蠟燭《ろうそく》を手にしている。

「うっそ、壮さんがここ準備してくれるんっすか？　じゃあお言葉に甘えて……」

雨宮は横澤に肩を抱かれながら、ダイニングへ拉致されていく。しかし那花の横を通り過ぎようとして、腕を掴まれたのは横澤だった。

「その代わり、メインを一番乗りで食べるのは私だ。いいね？」

妖艶《ようえん》な笑みと情欲を孕んだ彼の目を見て、雨宮は自分が食べられるところを想像する。

（あ……、また……）

敏感に反応する自分の体は、すっかり二人に変えられてしまった。一心に愛を注がれて、今はとても幸せだ。ただひとつの気がかりである、親友の飯山のことを除いては。

（今は、考えるのをやめよう）

気持ちを切り替えた雨宮は、ルームサービスを横澤と摘まみシャンパンを少しだけ飲んだ。雨宮がほろ酔いのうちに準備を終えた那花も合流して、雨宮は二人に弄られながら一時間ほど話をした。

内容はついさっきロビーでやり合った雨宮の元カノのことばかりで、二人から質問攻めにあった。最終的には自分の恋愛遍歴を全て言わされた。

「でも結局、その彼女が和幸の可能性を後押ししたのなら、私は感謝した方がいいのかな？」

「それは言えてるっすね」

二人が顔を見合わせて、そうだよな、と意見が一致して頷き合っている。こういうときの連帯感は素晴らしい。

「ちょっと、二人ともやめてくださいよ。俺、あのときかなり悩んだんですからね？　何度も同じ理由で振られてたんですから」

雨宮は皿の上のローストビーフをフォークで掬い上げて口へ運ぶ。内心は二人の意見も一理あると思っているので、これ以上反論するのはやめにしておこうと思う。

食事と楽しい会話を終え、少し休憩したあとバスルームへ誘《いざな》われた。


蠟燭の明かりだけで照らされた浴室の、丸いバスタブの中で那花の膝の上へ座らされている。正面には横澤が浴槽の縁に尻を乗せ、股間に雨宮の頭を抱えている。

雨宮は彼の熱を口に含みながら、後孔には那花の肉茎が奥まで挿入されていた。

「ぅんっ……んっ、は……ぁ、んんっ」

懸命に横澤の硬直を舐め、口の中のいいところを自分で愛撫する。それに夢中になっていると不規則な動きで下から突かれ、水面が小さく波立った。

奥の気持ちいい部分を小刻みに擦り上げられて、喘ぎとともに口腔から熱塊を吐き出してしまう。

「あっ、……あぁっ！　んっ、んっ、んぁっ……ぅぁ……っ！」

「壮さん、それわざとやってるっしょ。俺がイキそうなの分かってて、この人のことそうやって突いてんの、意地悪いっすね」

「前菜から順番に食べるのがマナーだろう？　このあとはベッドでメインディッシュがあるしね」

「つっても、ほんとにやるんすか？　この人、泣くんじゃねえの？」

頭の上で意味の分からない話をされているのだが、しかし下からズンズンと激しく攻められ続け、痺れるような快感が途切れないため、まともに言葉も紡げなかった。

「和幸の中に出すのも、私が最初だよ」

那花の声が聞こえて、さっき以上に背後から穿たれる。とても横澤に奉仕なんてしてあげられない。手で熱塊を摑んだまま頭を彼の太腿に乗せ、悲鳴のような嬌声を上げるばかりだった。

「――ぁっ、も、……あぁっ！　イっ……く……っ！」

簡単に後ろだけでオーガズムを感じる体になっていた。硬い肉茎で那花の熱を擦り込まれ、何度も奥にディープキスをされる。雨宮の肉襞はそれがうれしいとばかりに纏《まと》わりついた。

「もうイくのか？　お口がお留守だけど、聞こえてないみたいだな」

雨宮の若茎が湯の中で揺らめいている。その根元には黒いベルトが巻きついていて、膨れ上がる快感と吐き出したい欲と、物理的な射精を堰《せ》き止めていた。それなのに達する感覚は凄《すさ》まじく気持ちがいい。

「――ひっ！　……ぁっ！　あっ、あ、あ……ぁっ！」

腰を不規則に震わせながら雨宮は極まった。中途半端に口と目を開けて、背中を仰け反らせて上を向く。その顔を横澤にまじまじと見つめられたが、今は全身を駆け巡る甘い電流を感じるので精一杯になり、他に気が回らなかった。

「おお、いい顔、してる」

「今日は一段と締まりがいい。さて、これ以上は和幸も逆上《のぼ》せるから、移動しようか」

にゅるんと後孔から那花の熱塊が引き抜かれる。それと同時に締まりきらないその孔に湯が入り込んできて、腹の中で那花のものと混じり合う。

「力は入らないよな。ほら、こっち来な」

両脇を支えられて立たされると、足の間を白濁と湯が混ざった淫蜜が滴り落ちて湯を汚していく。

(腰に……力が、入らない)

二人とするときはこうなるのは分かっているが、湯船の中でしたのは初めてで、浮力がなくなった途端、自分の体重の重さに驚く。

「あ……横澤、さ……」

彼にしがみつくような格好のままバスタブから引き上げられて、バスタオルで包まれた。まるで赤ん坊のように横向きに抱かれ、ベッドへ連れていかれる。

「さて、本番はここからな」

「なに……し、て……？」

ベッドの上に乗せられた雨宮は、横澤の手にしたものを見て首を傾げる。ふわふわの耳と尻尾《しっぽ》のセット、そして黒い幅広の布だった。

耳は雨宮の頭の上にぽんとつけられる。尻尾の先は二センチほどの丸くて小さなプラスチックのボールが連なっていて、それを尻に入れようとしてくる。

「あのっ……これ、これなんですかっ？」

焦った雨宮が問いかけると、にやにやといいやらしい笑みを浮かべた横澤が教えてくれた。

「なにって、尻尾だよ。見たら分かるだろ？　ほら、尻出せって」

背中を押されて腰を引き寄せられた。あっ、と思ったときには尻を横澤の方へ向け、腰を掲げた状態になり、蕩けた後孔にその白くて丸いものが中へ埋められていった。

ぷりゅん、と何個目かのそれが入れられると、先に入っているどれかが雨宮の悦いところに当たって、じわっとした快感を連れてきた。

「あっ！　なっ、なにっ！　あんっ！」

「あん、じゃねえよ。不安そうな顔しながら感じてるじゃねえか」

「宗くん、もっとやさしくしてあげなさい。ほら、和幸がかわいそうだろう？」

ベッドに顔を押しつけて尻を上げている雨宮の横へ、白いローブを着た那花がベッドの脇に腰を下ろしてきた。かわいそうに、と言いながら雨宮の髪を指でやさしく梳《す》き、頭を撫でてくれる。しかし横澤の行為を止めるでもなく、ただ愉《たの》しそうに見つめていた。

「そんな口ばっかり。うれしそうにしてる自分の顔、鏡で見たらどうっすか？」

横澤の揶揄するような冗談を、那花は喉の奥で低く笑いながら受け流していた。そして近くに置いてあった黒い布に手に伸ばす。

「あ、んっ！　や、やだ……これ、あっ、あぁっ、中で、中、が……あぁっ！」

腹の中でいくつかの粒が振動し始めた。微かなその刺激が淫靡な刺激を生み始める。

横澤の手の中には黒いリモコンが握られていて、こちらの様子を窺いながらボタンを押していた。

「今のは弱な。これが中」

そう言ってカチッと音が聞こえた途端、さっきまで存在感を主張するくらいの振動だったのが、急に暴れだした。

「——ひっ！　あ、あ、あぁ、ぁ……っ！」

振動が腹の奥から急激に広がり、双珠も若茎も、そしてもっと上にある胸の突起にまでそれは及ぶ。むず痒《がゆ》いようななんとも形容しがたい刺激に、雨宮はベッドの上で身悶えた。

「や、や……ぁ、ここ、かゆ、い……」

両手で乳首に触り、カリカリと先端を爪《つめ》で引っ掻く。その刺激と中からの振動でさらに快感が増長して腰を振ってしまった。もう一本手があれば下も触りたいと思いつつ、片方の手を下へ伸ばすと、それは那花に阻止されてしまう。

「胸はいいけど、ここは今から私がするからね」

なにを？　と涙目になりながら那花を見上げたが、やんわりと微笑んだ彼の顔がすぐに暗転して見えなくなった。瞼が押さえつけられ、後頭部で引っ張られるように締めつけられる。

「目隠しは初めてだね」

那花の声がしてすぐ、首に冷たく無機質なものが触れて体を強ばらせた。首元でパチンと音がしたそのあとに、シャリシャリと甲高い金属の擦れる音がする。ぐん、と首を引っ張られる感覚で、首輪をされているのだと分かった。

「壮一郎、さん……」

「どうした？　痛くはしないよ？　気持ちいいことだけしてあげる。いつもそうしてるだろう？　そんなに切なそうな声で呼ばないでくれ。私は自分を止められなくなるよ」

「壮……いひろう……しゃ……ん」

名前を呼ぶ雨宮の口に那花の指が入ってくる。それをしゃぶりながら彼の名前を何度も呼び、目隠しをされていることで体の感覚がさらに敏感になると教えられた。

那花の指が舌の真ん中を撫で、そのまま歯列をなぞり始める。内頬のやわらかい部分を愛撫され、そのまま口蓋をくすぐられると体の震えが止まらなくなった。

「弱のまま、これ、入れっぱなしに？」

横澤が那花に聞いているようだ。どちらの手かは分からないが、雨宮の尻を捏《こ》ねるように撫で回している。

「そうだね。もう少し待てば来るんじゃないかな？　見せてやればいい」

「なに、なんの、話……ですか？」

「いい子だね。和幸はなにも心配しなくていいんだよ」

頭を撫でられている。雨宮は体を引き起こされると、ベッドの上で足を広げてアヒル座りになる。尻を完全に下ろすと尻尾バイブが押し込まれるので、背筋を反らせて僅かに尻を上げた。おのずと体重が前にかかるので、それを支えるために犬のように両手をベッドにつくしかない。

「口は自由にしておいてあげたかったんだが、さっき宗くんがまだだったからね」

背後で那花の声がして、背中をトンと押された。前のめりになってさらに尻を上げると、口元に馴染《なじ》みのある匂いが近づいた。鼻先に当たる横澤の硬直に誘われるようにして口へ含む。

「んっ、ぅ……んっ」

さっきバスルームでは中途半端だったからか、横澤のそれは今にもはち切れんばかりに大きく硬くなっていた。

「あんたさ、結構口でするの好きだよな。これしゃぶってるときの顔、目隠ししてても分かるぜ。旨そうに食ってるもんな」

頭の上から横澤の声が降ってくる。そして……カチ、とあの無機質な音がした。

「んっ、ぁあああっ！」

腹の中で緩かった振動が急に強くなり、驚いた体が反射的に跳ね上がる。もちろん口の中に入れていた横澤の硬直は吐き出してしまった。

下腹へ力が入り、その拍子に尻の粒がつぷん、と一個飛び出した。だが他の小さなバイブたちはお構いなしに雨宮の肉筒を刺激し続ける。

「あっ、ぁ……っ！　んんっ、や、やだ……これ、やぁ……っ！」

横澤のペニスを左手で摑んだまま、ベッドの上で尻を振った。強すぎるそれに射精感が高まる。しかし雨宮の若茎の根元には黒の革ベルトが巻かれているので、だらだらと先端から涙を流すばかりで、絶頂を迎えることは叶わない。

(視界が遮られると、他が……敏感になりすぎて、つらい)

横澤が自らの熱塊を雨宮の口の中へ押し込んでくる。続きをご所望らしい。

「あ……、ぁ……んっぐ、んんっ」

尻を高く上げた四つん這いの状態で、雨宮は再び横澤を口に含む。見かねた横澤がバイブの振動を弱めてくれた。しかしそれが逆にむず痒い焦れったさを生んでしまう。

「口の中で、出すからな。だからしっかり、奥まで……咥えろ」

ぐっと喉の奥に熱塊の先を押しつけられて、苦しくて涙が浮かぶ。それが果てる前の癖だと知っている雨宮は、強く太い幹を唇で扱いてスパートをかける。

部屋の中には低いバイブの音と、自分が口淫するいやらしい水音がしていた。

さっきまでは那花の気配が背後にあったのに、それがいつの間にか消えている。

(壮一郎さん……いない？)

横澤を愛しながら気を逸らしたのがバレて、彼の両手がぎゅっと乳首を摘まんできた。

痛気持ちいい刺激に体を震わせていると、その両手が強く雨宮の頭を摑んだ。

「そろそろ、出すぜ」

強引な彼の動きに翻弄《ほんろう》されつつも、歯が当たらないように気遣い、なおかつ自分も気持ちよくなりたくて亀頭をわざと口蓋に擦りつけた。

「んっ、んっ、んっ、……っ！」

奥に押し込まれて横澤の動きが止まった。そして脈打つ熱塊が欲情を口の中に放出する。喉を押さえられているので飲み込めなくて、瞬く間に口の端からだらだらとあふれ出た。

「まだ出る、ほら……顔出しな」

ずるんと口腔から硬直が出ていき、ひゅう、と大きく息を吸った雨宮の頬にボタボタと熱い滴が落ちてきた。顔にかけられているのだと分かると、尻に入っているバイブをきゅうっと締めつけてしまう。

（後ろが……疼く）

無意識に後孔をひくつかせていると、背後に人の気配を感じた。今度はなにをされるのかと、期待と不安で心臓が高鳴る。ギシッという音とともにベッドが揺れて、汗ばんだ背中を撫でられた。ぎこちなく怖々触っているような感触に、雨宮は首を傾げる。

「壮一郎、さん？」

「宗くん、後ろのこれを、抜いていいかな？」

那花の声が右から聞こえた。耳をそちらへ向けて彼の様子を窺う。すると微振動するバイブが肉環を広げて、ぷりゅん、とひとつ飛び出す。そしてまたひとつ、雨宮の中から出ていった。

「あっ、……んっ、ん、ぁっ！　あんっ！」

空っぽになっていく肉筒には、喪失感ばかりが募っていく。そして全部が出ていってしまった孔は寂しげにぽっかりと口を開いているような感覚だった。

そこがすぐに閉じきらないのを雨宮は知っている。最初はそれが怖かったけれど、今は早くなにかで埋めて欲しいと感じる体になった。

「や、やだ……はやく、して、ください」

「どうした？　寂しくなったのか？」

横澤に聞かれて、こくこくと小さく何度も頷いた。

「それじゃあ私は、君の好きなこれをつけてあげようね」

両腕を後ろに引っ張られた雨宮は、ベッドの上で前のめりの格好で膝立ちになった。散々弄られて赤く腫れた乳首を突き出し、胸の先が期待に満ちて震えている。なにをつけられるかは分かっていた。

「あ……はやく、欲しい、壮一郎、さん……」

足の間で根元を縛られたペニスが、刺激を待ち望むかのようにびくんびくんと跳ねる。

金属の冷たい感触が乳首の周りを何度も回り、焦らして焦らして挟まれた。

「ああぁっ！　あ……、ぁ……っ、ひ、ぅ……、は、ぁ……っ」

痛くて気持ちよくてむず痒い。この感じが好きだった。それは後孔も同じ状態で、まだ一度だけの無射精オーガズムでは物足りない。

「それじゃあ、もう片方……つけような」

金属のクリップが反対側の乳首もパチンと挟む。体がびくんと反応して、腰の奥のもどかしさがさらに大きくなった。このまま後ろから突き上げられたらまたイってしまうだろう。それが好きなのを那花も横澤も知っている。だから余計に期待感が高まった。

「あ……ぁっ！　は、ん……ぅあっ、すご、い……。して、ください。後ろから……ぁ、はぁ……ぁっ、ああ、してぇ」

後孔をひくつかせながら求めると、俺は前からな、と横澤の声がして口を塞がれた。彼のキスは死ぬほど気持ちがいい。抵抗しても攫《さら》われて、逃げても捕まって、最後にはとろとろにされてしまう。

「ぁ……ん、く、ぁ……ぁ、あっ、んんっ！」

キスに夢中になっていると、背後から腰を摑まれる。渇望する蕾が、那花に咲かされるのを今か今かと待っていた。

「ほら、こっち来い」

体の上半身は横澤に寄りかかるような格好になった。真っ暗な視界の中、キスをせがむように彼の唇を探しあちこちに口づける。そしてようやく探し当てた唇に吸いついて、舌を出して愛撫を求めた。

「今度は本物がいいだろう？　今日はとっておきを用意したからね」

右の少し離れたところから那花の声がする。なんだかおかしいな、と思ったのだが、それを深く考える思考はあまり残っていなかった。

腰を摑んでいた手が肉が食い込むほど強く握ってきて、後孔に熱塊を押し当てる。ようやく欲しかったものをもらえる、と淫洞が打ち震えた。

肉環が広がり、体に馴染んだ那花の熱塊が入ってくる。そう思っていた。それなのになにかが違う。

「あ……んん、ふ、ぁんっ！」

キスの息継ぎの合間に喘ぎが漏れる。自分の中に挿入されているのが、彼のではないとすぐに分かった。どうなっているのか理解できず頭がパニックになって、雨宮は横澤の首に回していた腕を放して目隠しを取ろうと手を伸ばす。

「おっと、まだ……見るなよ」

「どうしたんだい？　なにか違うのかな？」

二人の余裕の滲む声に驚いた。横澤は雨宮の上半身を倒れないよう支え、腕をしっかり持っている。しかし背後にいるはずの那花の声がやはり遠く右の方から聞こえているのだ。

「なに、あっ……んっ！　どうなって……ひっ！」

ゆっくりと中を犯されながら、その太い熱塊が気持ちのいいポイントを通過すると声が弾む。

「う、後ろの人は……誰っ！　ああっ！　……ぁ、あ、は、ぁあ……っ！」

それまで慎重に進んでいた硬直がズンと突き入り、雨宮の最奥まで一気に埋めてくる。背筋を強烈な快感が駆け上がってきて、体の末端まで甘い衝撃に満ちていく。

「たまには趣向を変えようと思ったんだよ。きっと和幸は気に入るはずだ」

「なに、ぁっ……んっ！　な、に……っ！」

奥を突いたペニスがずるっと出ていき、再び這い入ってくる。それは徐々に速度を増していき、雨宮の尻の肉がたぷたぷと揺れた。

「あっ……や、やだ、誰、なの……っ、やだ、こんな、の……や、ぁっ！」

「嫌なのか？　本当に？　おかしいな。あんたの乳首はびんびんだし、下だって、縛ってるのになんかエロい汁が垂れてるぜ？」

「う、そ……嘘、そん、なの……っ、ぁ……っ！　ひ……っ」

嫌だ、嘘だと言いながら、雨宮の媚肉《びにく》が熱塊にみっしりと絡みついて、余すところなく快楽をむさぼっている。明らかに那花のものではないそれに困惑しつつも、快感に流され恍惚《こうこつ》としながらそれを受け入れていた。

「これは取ろうか」

ベッドが揺れて、雨宮のペニスの根元を縛っていたベルトが外される。解放されてさらに気持ちよさが増した。知った手で扱かれて思わず腰を振ってしまう。

「かわいいよ、和幸。愛を注げば注ぐだけ綺麗な花が咲く」

那花の声が耳元で聞こえる。首筋にキスをされて、それがゆっくりと上へやってくると耳朶を舐められた。彼の指が汗で濡れる肌を滑りながら乳首に触れ、両方を結ぶ鎖をやんわりと引いてきて体がわなないた。

自分の中の熱が誰なのか考えようとしても、蕩けた頭では思考が定まらなくて無理だった。あふれるほどの二人の愛に溺《おぼ》れ死んでしまいそうで、雨宮は幸せだ。

「あっ、……は、ぁあっ、い、いい……すごい、ああっ、もう、だめ……ああ、もう……っ！」

「好きなときにイくといい。君のかわいいこれも、そろそろ出したいようだからね」

那花の手の中でくちゅくちゅと淫靡な音をさせながら弄られていて、ローションなのかそうでないのかもう分からない。ベッドシーツはきっとドロドロのぐちゃぐちゃだ。

「ひ、あ……っ、あっ、ああ……っ、――ぁあっ！」

若茎を扱かれる快感と、後ろを激しく犯される衝撃に、雨宮は悲鳴のような嬌声を上げて達した。気が遠くなり、意識が途切れてしまいそうなほどの耐えがたい愉悦に息が止まる。

「は——あぁっ、中、すごい……あぁ……も、う……」

全身の力が抜けて一気に弛緩していく。ベッドに頽《くずお》れていく雨宮の中からペニスが抜けていき、腰の奥で何度も中に出された白濁が閉じきらない蕾からあふれ出た。

「壮さん、目隠し取ってやっていいんじゃないすか？」

「そうだね。意識が飛ぶ前にこのサプライズを教えてあげないとね」

ベッドの上で横向きに寝かされ、肩で息をする雨宮はぐったりしている。後頭部の締めつけが弱まり、瞼を押さえていたテンションが消えていく。ゆっくりと目を開くが、視界がまだぼやけていてよく見えない。

「横澤さ、ん……」

「まだ見えないか？　まあ、仕方ないよな」

やさしく頭を撫でる手を見上げ、雨宮は軽く目を擦る。さっきまで自分を犯していた人の顔を見るために、足元の方へ顔を向けた。

綺麗な体のシルエットと、黒い髪。逆光になっていて分かりづらかったが、目のピントがようやく合って確認した。

「え……、飯……山？」

驚愕《きょうがく》した。なぜ彼がこんな場所へ来ているのか。状況が飲み込めずに固まると、ベッドの上であぐらをかいて座る彼が、照れくさそうに雨宮を見ながら、よう、と間の抜けた挨拶をしてきた。

「ちょ、なん、え……なんでっ！」

慌てて起き上がりベッドシーツを引っ張り、自分を隠そうとするのを、止めたのは横澤だ。

「おいおい、急になんでそんな照れてんだ？　さっきまでお前に突っ込んでたんだぜ？　これ、引っ張られて、あんあん言ってたろ」

「あっ、ん！」

横澤が雨宮の乳首を繋いでいる鎖を引っ張ってくる。思わず変な声が出て口を押さえた。恥ずかしくて足を縮め体を小さくすると、那花がベッドへ腰かけ、雨宮の隣へやってくる。

「サプライズ、どうだった？」

頬を両手で挟まれて唇にやさしくキスをされる。那花の顔はいつになく愉しそうで、ようやく状況が飲み込めてきた。

「ごめん、雨宮。内緒にしてってって那花さんに言われたんだ」

「なに、どういうこと？　飯山！　お前なんでこんな……」

掠れた声で雨宮は飯山に問いかける。しかし彼が全裸で座っているその股間はまだ隆々としていて、それが目に留まってじわっと頬が熱くなった。

「ああ、新鮮な反応。俺んときも最初はこんなだったよなぁ、あんた」

「確かに、こういう和幸を見るのは久しぶりだね」

「なに、二人とも、説明してください！」

雨宮の声に横澤と那花は笑い、飯山はなんとも気まずそうな笑みを浮かべていた。こんなサプライズをされて、うれしいのか怒りたいのか分からない気持ちだ。とにかく今はちゃんとした説明が欲しくて仕方がない雨宮だった。

◇　◇　◇

汗を流して中に出された男たちの精を掻き出し、雨宮はバスローブに身を包んでリビングへやってきた。そこには三人の男の姿があって、こちらに気づいた那花が自然な仕草で手を出してくる。

雨宮はいつもそうしているかのように彼のもとへと近寄り、足を組んで座る那花の隣へ腰を下ろす。

三人ともみな同じ白のバスローブ姿で髪も濡れている。那花が二人に見せるようにして雨宮の額へキスをして、右手に持っているアルコールの入ったグラスをテーブルに置いた。

「分かってますよ？　基本的にその人はあんた優先なんっしょ？」

向かいに座る横澤が呆れたように言って足を組み替える。

「独占したいんだか、新メンバーを迎え入れてかわいがりたいんだか、どっちなんすか」

「私以外の誰かに愛されて、よがっている和幸を見るのはたまらなくそそられるのでね」

ぐっと体を引き寄せられて那花にしなだれかかると、体が密着してホッとする。しかし妙な緊張がすぐにやってきた。飯山へ視線を留めて、どういう状況？　と混乱してくる。

「あの、壮一郎さん、どうして飯山がここにいるんですか？」

「ああ、彼ね。何度か二人で話をしたんだよ。和幸のことでね」

「俺の、ことですか？」

「そう。和幸は彼から返事を保留にされているだろう？」

そう言われて思い出す。横澤と那花の両方と付き合うと告白した日、飯山にはそれを受け入れるかどうか保留にされた。それを那花が知っているということは、全てを話したのだろう。

もちろん飯山が那花と直接コンタクトを取るなんて無理だろうから、きっと横澤経由だろうと察しがつく。雨宮の知らないところで一体どんな話し合いが持たれていたのか、とまるで外堀から埋められていったようで微妙な気持ちになる。

「全部、聞いたんですか……」

那花に問うと、彼はやんわりと微笑んで雨宮の頭へキスをしてくる。イエスという意味だ。そして視線を飯山へ向けると、彼はなんともいえない顔でこちらを見つめていた。

「飯山、お前の……俺への返事って……これなわけ？」

「そういうこと」

心なしか拗《す》ねたような怒った口調で聞くと、瞬きもしないで雨宮を見つめている飯山が答えた。

「そういうことって……お前、男が好きなわけじゃないのに、なんでこんな――」

「俺は……」

雨宮の言葉を飯山が遮る。一瞬だけ俯いて、しかしなにかを決意したようにこちらを見据え、彼がゆっくり息を吸うのを見ていた。

「那花さんだけなら、応援してたかもしれない」

緊張感が漂う空気の中で、飯山の声が重苦しく変わったのが分かる。伏し目がちになって、どことなく悲しそうな顔をしていた。

「え？　どういう……」

雨宮には飯山の言う意味がさっぱり分からなくて、那花の腕の中できょとんとする。この状況に少なからず緊張している飯山の視線が僅かに泳ぎ、再び雨宮で留まる。

「でも、一人じゃなくて二人同じように愛せるなら、それなら……そこに俺も入れて欲しかった。ずっと、大学のときからお前の傍にいて、お前の幸せだけを願ってきた。そんなの、知らなかったろ？」

やはり飯山がなにを言っているのか分からない。大学のときから一緒にいて、母親のように雨宮の世話をしてくれていた。友人で親友で気の置けない相手で、しかしそう思っていたのは雨宮だけだったようだ。

「やっぱり嫌か？　俺、お前のこと好きだよ。それでも……嫌か？　あんなこと普通に、お前にできるんだ。その答えに辿り着くまで時間がかかったけど、真剣だから。俺が独占するのは不可能だろ。でもこういう形で愛することは――可能だ」

こんなだまし討ちして、それなのに都合よく許可を求めるなんて都合よすぎると思ってる、と飯山が俯く。

彼に対しては親愛の情がある。それは確かだった。そして不意打ちで体からそれを知ってしまった今、親愛から愛の部分が強くなり始めていると、雨宮は身をもって知ってしまった。

（俺、飯山にされて嫌じゃなかったんだよな。結局、それが答えなのかな。でも、二人はどうして飯山を連れてきたんだろう）

しばらく沈黙の状態が続き、それを打ち破ったのは那花だった。

「愛はたくさんある方がいい。特に和幸はね。君は愛情に餓《う》えすぎているよ。だから飯山くんを入れた。父親のような、恋人のような、友人のような、色々な愛で満たされる方が気持ちいいだろう？」

　誰が誰に当たるのか想像はつく。まさか那花がそんなふうに考えていたなんてと驚いた。そして、いつから自分に愛が足りないと気づいたのだろうと驚く。

（壮一郎さんって、すごくミステリアスだな）

　そう思っていると、那花がふっとこちらに視線を落とした。

「それで、飯山くんへの答えは？　焦らしていじめるつもりかい？　悪い子だ」

　那花をうっとりと見上げていた雨宮は、はっとする。横澤と飯山がいるのをすっかり忘れていた。

「えっと、その……嫌じゃ、なかったよ。でも、まさかこうなったからって友人を、やめるとか言うなよ？」

　愛は色々あっていいと思う。形も中身も重さも大きさも、色も匂いも、それぞれみんな違っているけれど、愛に餓えている雨宮を常に満たすには、どうしても一人では足りない。

「友達はやめないよ。当たり前だろ。でも……なんか変わったよな雨宮。そういうのを即決するの初めて見た」

　飯山が雨宮の答えを聞いてそう言った。自分ではなにが変わったのかは分からないが、飯山にはそう見えるのだろうか。

「俺、変わった？」

「変わったよ。自分で自分のことを決められるようになってきてる。那花さんと横澤さんの両方とこういう関係を続けたいって決めたときも、俺との関係も、最後に決定したのはお前だろ？」

「だって、自分のこと、だから……」

「それでも、だよ」

飯山がやわらかな笑みを浮かべてくる。雨宮を抱く那花の手にぐっと力が入り、なにも言わなくても、よかったね、と言われているような気がしてうれしくなった。

「でもさ、会社でずっと飯山さんはあいつと一緒なんだろ？　なんか不公平と言えばそうなんじゃねえの？」

横澤がソファから立ち上がってカウンターバーへ歩いていく。自分で酒を作りながらこちらに背中を向けて聞いてくる。

確かに飯山とは二人以上に過ごす時間が長い。ただ、会社という場所なので、横澤の考えるようななにかは起こらないと思うのだが。

「なに言ってるんですか、横澤さん。会社ですよ？　会社。仕事するところです」

いきなりなにを言い出すのか、と雨宮が反論すると、背中を向けていた横澤が振り返る。カウンターテーブルを背にして、グラスの氷をカラカラ音を立てて混ぜながら、それを一口飲んだ。相変わらずなにをしても絵になる人だと思った。

「分かってるって。でもな……」

「宗くん。君は分かってないね」

那花が口を挟んでくる。雨宮はまるで甘える猫のようにからだをピッタリ預けて、その状態で那花を見上げた。

「会社でそういう行為ができない分、飯山くんは生殺しだよ。もし人目がないところで和幸に手を出したりしたら、きっとこの子は止まらなくなるだろうから。そうしたら会社でどうなるか想像がつくだろう？」

那花の言葉を聞いて、そこにいる他のメンバーはゾッとする。

「言えてるわ。社内セクハラ？　社内淫行？　とか問題になるよな。一番大変なの、飯山さんだわ……」

まるでひとり言のように横澤が呟き、余裕の笑みを浮かべる那花が恐ろしくなった。飯山はそれに気づいたのか、中途半端に笑いを浮かべたまま頬を引き攣らせていた。

「そういうことだよ、宗くん。それでね、次の新作、三人の男に愛される淑女をテーマに書こうと思うんだが、協力してくれないか？」

那花は飯山と横澤、そして雨宮にそう聞いてきた。

「俺は平気っすよ。むしろ歓迎」

横澤がにやつきながらそう返事をして、飯山も無言で頷いていた。最後に那花が雨宮を見下ろして、ふっくらした唇を親指で弄りながら答えを求めてくる。

新作のモデルじゃなくても、いつだって愛してくれていいのに、と思いつつ、小さく頷くのだった。

体の中も外も愛で満ちている。この心地いい場所を見つけられたことに、雨宮は感謝していた。

◇　◇　◇

本屋の中は独特な紙とインクの匂いがする。それはどこも似ていて、雨宮はその匂いが好きだった。駅前の本屋に足を運んでいる雨宮は、小説が並んでいるエリアに来ている。平積みのタイトルを目で追って、そして棚に立てられてある一冊を手にした。

(あった！　これだ)

表紙は女性の白い背中で、タイトルは『快楽の証明』となっていた。著者名を変えるのかと思っていたが、そのままのようだ。どの名前で書こうが、那花は那花なのだから雨宮にはあまり関係ない。

落ち着いてから読もうと思ったが、気になってその場で中を開いてみる。ぱらぱらと捲り、真ん中ほどで手を止め文字に集中する。

〝加奈《かな》は自分の体の異変に気づく。しかしそのときにはもう、ベッドの上に押し倒されていて、男の手が白く豊満なマシュマロのようなやわらかい胸に乗せられていた。

白く滑《すべ》らかな肌を男の乾いた唇が這い、何度も跡をつけられて体は火のように熱く燃え上がる。そして加奈のクレバスは下着の中で、しとどにいやらしく匂い立つような淫蜜に濡れていた。

「あ、あぁ……っ！」

男の体の下で身悶えて、自分の足が動かないことに驚く。頭を上げて足元を見ると、両脚に枷がつけられていた。その鎖の先はベッドの脚に繋がっていて、完全に動きを封じられている。

「いつの間に……」

「こういうの好きだろう？　今からもっと、悦くしてやる」

男のいやらしい目に晒されて、また腰の奥が疼くのを感じた。〟

そこまで読んで、雨宮はぱたんと本を閉じる。これ以上読むと思い出して体に変調を兆しそうだった。

（これって、俺が壮一郎さんにされたことだ……）

あのときは両手も拘束されて、好き勝手に体を弄られたのだ。よく考えたら、あの頃は那花と会って日も浅くて、お互いなにも知らない関係だった。それなのに想像もできないような大胆なプレイをされ、それを受け入れた自分も意外と大胆だったなと思う。

しかし横澤や那花に出会って、色々と変わった自覚はある。全てを父に決められて管理されていて、ランチのメニューすら決められなかった雨宮が、両方欲しい、と自分で決めた。それはある意味、とてもすごい決断だった。

そのあとには、友人である飯山とまでそういう関係になったのも、雨宮自身が決めたのだ。

(俺、もう大人だけど、それでも成長してるってことかな)

雨宮はその小説を手にレジへ向かった。カバーをかけてもらいそれを鞄《かばん》の中へしまう。物語の内容は男女のものだったが、その中に自分が透けて見えるのはとても不思議な感じだ。

この話を書いているとき、那花がどれだけ自分を思い出してくれたのだろうかと、そんなふうに考えてうれしくなってしまう。

雨宮は本屋を出て駅に向かって歩きだす。鞄の持ち手が肩から滑り落ちてきて、それを何度もかけ直した。だが鞄が重い分、わくわくする気持ちが膨れ上がり足取りは軽くなる。

駅のホームに着いて、ちょうどいいタイミングで入ってきた電車に乗り込む。車内は空《す》いているかと思ったが、休日の今日はやはり人が多いようだった。

電車の窓際に立った雨宮は、鞄の中からさっき買った小説を取り出す。車内でそれを読み始めると、主人公は女性なのにまるで自分のことのように思えて興奮が首を擡げる。

(だめだ、読みたいけど、これ以上は無理だ)

これから那花と会う約束をしていて、新刊を買ったのは本にサインを入れてもらおうと思ったからだ。

数分、電車に揺られた雨宮は、待ち合わせの駅で下車した。人であふれ返っているターミナルを足早に抜けて、外のロータリーに向かう。

そこには数台車が止まっていて、その中にハザードを点けた黒いスポーツカーを見つけた。

「あ、あれかな」

雨宮は駆け足で車へ近づくと、運転席から那花がゆったりとした所作で姿を見せた。相変わらず格好いい彼を目にして、思わず顔がにやけてしまう。白いセーターに黒いコート姿だ。かけていたサングラスを外し、彼の甘い笑顔を見て胸がときめく。

「こんにちは、壮一郎さん。お待たせしてすみません」

「やあ、久しぶりだね。準備はできてる?」

「はい。三日分の旅行準備、できてます」

肩からかけたバッグを見せると、那花は満足げに頷いていた。荷物を後ろに積み込んでくれて、雨宮は車の助手席に座った。

今日は那花の別荘へ招待されている。もちろん那花と二人だけではなくて、横澤が飯山を拾って現地に向かっているのだ。別荘では四人で過ごす手筈《てはず》になっていた。

だが雨宮と那花は、別荘へ向かう前に一カ所だけ寄り道をするつもりなので、待ち合わせは昼前だった。雨宮は心なしか緊張気味に、助手席でシートベルトを締める。

「さあ、行こうか」

那花がそう声をかけて車を発進させる。人の多い交差点を抜け、そのまま高速の入り口へと向かっていた。

「実家へ帰るのは久しぶりなんだろう？　私も母上に挨拶をした方がいいのかな？」

しばらく走ったところで彼にそう聞かれた。そういえば自分の家族の話をしたことがない。反対に、那花の家族の話もあまり突っ込んで聞いたことがなかった。

（そういえば、父に関してはちょっと話したけど。もしかして、壮一郎さん気を遣ってくれたのかも）

一度だけ父について尋ねられた。それは初めて那花に抱かれたとき無意識に口走ったからだ。しかし家族の話はそれっきりで、今までも深く追及されることはない。

「いえ、母は……もう新しい家庭を持っているので、あそこに実家はないんです」

「そうだったのか。じゃあ、あるのは父上のお墓だけなんだね」

「はい」

もう何年も墓石の前で手を合わせていない。しかしこの年になってようやく墓前で手を合わせようと思えるようになった。那花と一緒だから、というのは大きい。

（違うな。空っぽだった俺の中に、壮一郎さんと横澤さん、そして飯山がたくさん愛を注いで満たされたからだ）

いつからかそんなふうに思うようになっていた。間違ってはいないし、身をもって今もそれを感じている。

「父には……今なら色々と言いたいこともあるんですけど、でももういいかなって、思ってます。壮一郎さんたちに、愛されている自覚、あるので」

「そう。なら、いいね」

彼の手が雨宮の太腿に置かれた。やさしく撫でられて、那花の深い愛情を仕草だけで感じられる。

車は高速に乗り、合流して本線を走り始めた。渋滞気味だった都内から郊外の高速道路へ入ると、一気に車が少なくなった。そこそこスピードは出ているのに、あまり振動を感じない。

「夕方には到着するよ」

「はい」

雨宮は膝の上へ乗せられた那花の手を握り返し、とても穏やかな気持ちで目を閉じた。

◇　◇　◇

山間《やまあい》にある小さな墓地は、思いのほか手入れされていた。といっても、供えられている花は枯れているし雑草は少し目立ったが、雨宮が想像していたよりは綺麗だ。

「いい場所だね」

那花の言葉に、雨宮はふふっと笑う。ただなにもない場所で、静かで人がいなくて空気がよくて、時間の流れが緩やかなだけだ。

「ただの田舎ですよ」

雨宮は線香や手桶《ておけ》セットを持ち、供える花は那花が抱えてくれていた。

人影のない墓地が夕焼けに染められる。ときどき冷たい風が辺りの木々を揺らして、都会の雑踏とは違う心地のいい音が鼓膜を揺らす。

雨宮と那花は山の斜面にある崩れそうな階段を上り、ひとつだけ外れた場所にある墓前に辿り着く。この墓地には一度だけ来た記憶がある。たった一度なのに、思いのほか父の墓の場所を覚えていた。

「意外と、手入れされてますよね、これ」

雑草に埋もれているのでは、と思っていたが、予想外に手入れがされてあるのに驚いた。もしかして母がときどき足を運んでいるのかも、と思ったが、確信はない。

花立ての中の水を捨てて新しい水を入れると、那花が持っていた花を渡してくれる。

「ありがとうございます」

受け取ったその花を二つの花立てに差した。乾いた水鉢に水を入れ、取り出した線香に火を点ける。辺りに懐かしいような匂いが広がり、雨宮は線香をそっと香炉に置く。

「父さん。ずっと来なくてごめんね。お供え物もなにもないけど、でも今日は紹介したい人を連れてきたよ」

雨宮の後ろの、少し離れた場所に立っている那花を振り返った。彼に向かってゆっくり手を伸ばし微笑みかけると、近づいて雨宮の隣に立った。

「彼、那花壮一郎さん。俺の大切な人だよ。他にもたくさん、俺を大事にしてくれる人がいる。——見つけたよ」

あなたが植えつけた種が芽生えて美しく咲いています、と報告をした。那花が雨宮の肩を抱く。

「息子さんは、私たちが責任を持って愛するので。安心してください」

那花の言葉に胸が切なくなる。頭を彼の肩口に預けて、雨宮は那花の手をそっと握った。

父があの種を植えなければ、きっと那花とも横澤とも知り合えなかっただろう。そして飯山の気持ちにもずっと気づかないままだったのかもしれない。

心の中は満ち足りたような気持ちでいっぱいだった。

実際、あんなにもみんなから熱烈に愛されて、心も体も満ちている。父との歪《ゆが》んだ絆《きずな》がもたらした情欲は、雨宮に甘い幸福をもたらしていた。

「壮一郎さん、行きましょう」

「もういいの？」

「はい、もういいです」

強く那花の手を握り締めると、頭にやさしいキスを落とされる。来られてよかったね、と言われているような気がして胸の中が温かくなった。

那花と一緒に車へ戻り、父の墓をあとにする。車窓から外を眺めながら、小さくなっていく父の墓を見ていた。次にここへ来るのはいつだろうかと、そんなことを考えていると、右手に温かい手が乗せられる。

「またお彼岸に来ればいい」

彼の言葉に驚いた雨宮は、そちらをゆっくりと振り返る。

「いいんですか？」

「いいよ。当たり前じゃないか。私はもう和幸を家族だと思ってるから」

前を向いて運転する那花の肩先に、こてんと頭を乗せた。

目頭が熱くなる。

こんな言葉をもらえるなんてなんて、本当になんて幸せなのだろうと思う。

「どうした？　疲れたのか？」

「……はい」

「なら少し眠りなさい」

泣いているところを見られるのは恥ずかしいから、眠い振りをして目を擦ったのだった。

押すか、引くか

飯山美博《いいやまよしひろ》がゲイだと自覚したのは、中学生の頃だった。結構悩んだりもしたのだが、怖くて誰《だれ》かに相談しようとは思わなかった。そしてノーマルに擬態して生活していた飯山は、大学で雨宮《あまみや》に出会ったのである。

夏、大勢の友人と海に行ったとき、初めて雨宮の白い肌を目にした。普通に友人だと思っていた相手の体に、激しく欲情したのは鮮明に覚えている。線の細い体は色が白く筋肉もそれほどなかった。目が離せなくなるほど綺麗《きれい》なピンク色の乳首は、色白の肌に咲く花のようだった。砂浜で自分の下腹部がはしたなくも反応し、大いに困惑した。

雨宮はノーマルだ。自分の邪《よこしま》な気持ちを知られるのは正直恐ろしかった。だが欲望だけは膨らみ、友人という皮を被《かぶ》ったまま、湧《わ》き上がる欲を「世話を焼く」ことで発散させていく日々が続いている。

「お前また寝癖。社会人だろ？　ちょっと来いよ」

朝、会社のエレベーターホールにいる雨宮を見つけ、強引に近くのトイレへ引っ張り込んだ。これは日課である。

「え〜、そんなに分からないだろ？」

「これでもか？」

雨宮の背後に立ち、頭の横から顔を覗《のぞ》かせる。鏡越しに見ながら寝癖のついた頭を押さえ、パッと手を放す。

「これくらい、いいと思うけどな」

「だめだって、ほら、じっとしてろ」

体を密着させても嫌がらないのをいいことに、雨宮を洗面台に押しつけるようにして背後から腕を伸ばし蛇口のセンサーに手をかざす。尻《しり》に自分の股間《こかん》を押しつけても、雨宮はなにも気づかない。

「濡《ぬ》らすだけでもほら、少しはましだろ」

「あ、うん。ありがとう」

まるで子供のように、へらっと笑い、のんきに礼を言われた。飯山は満員電車で痴漢をしている気分だったが、気づかないお前が悪い、と身勝手な言い訳を胸の中で呟《つぶや》いた。

いつまでこの気持ちを抑えておけるのか分からない。もし雨宮が結婚するなんて事態になったら、一体自分はどうなるのだろうと考えてしまう。

世話してやってるのだと、理由をつけては髪や唇に触れた。どこまでなら許されるのか、試したいところがあったかもしれない。

「これでいいぞ。かわいくなった」

「かわいいってなんだよ。女の子じゃあるまいし」

「まぁ、そうだな」

頬《ほお》を赤らめて照れくさそうにするのを見ながら、もう少し攻めてみようかと思う。

「お前さ、意外といい尻してるよな」

飯山は鏡越しに雨宮の顔を見ながら、ニヤリと微笑《ほほえ》んで尻を摑《つか》んだ。過剰に嫌がったら冗談だと笑うつもりで。

「え、そう、かな……？　やわらかい？」

さっきより恥ずかしそうにそう言って、嫌がる様子も見せないで鏡越しにこちらを見てくる。

（なんだ？　その顔はなんだよ。なんでそんな目で見るんだ。期待するだろ）

冗談のつもりだったのに、思わぬ反応に飯山はゴクリと唾《つば》を飲み込んだ。

「なんだ？　まんざらでもない？　男に触られて、嫌じゃないのか？」

「え？　いや、でも飯山、だし……？」

お前だから嫌じゃないんだよと言われているようで、思い切り理性を揺さぶられた。もう一歩、もう少し、そんな気持ちで雨宮の首筋に視線を落とした。

「じゃあこういうのは？　こういうこと……されたらどうだ？」

鏡越しに雨宮の顔を窺《うかが》いながら首筋に唇を寄せた。鏡には自分の行為が映っていて、雨宮の視線がこちらを見ているのが分かる。

「あっ……、ちょ、くすぐったいって」

雨宮が肩を竦《すく》めたので、飯山はすぐに離れた。嫌がられたと思い、背中に冷たいものが走る。冗談だ、笑ってそう言うつもりだったのに、余裕はどこかへ消えていた。

「い、嫌だったか？」

上ずった声で苦笑いを浮かべて聞くと、飯山が触れたその場所を照れくさそうに手で撫《な》でながら鏡に映った飯山を見つめてくる。

それが怒っているのか、気持ち悪いと思っているのか、判断ができなくて戸惑った。

「だから、くすぐったいって、言ってるじゃん……。飯山、お前こそ男にこんなこと、できるやつなのか？」

「え？　ああ……まぁ、お前だから、できる、かな」

言ってしまってから気づいた。これは告白なのではないかと。どう取り繕うか考えているうちに、雨宮がくるりと体を反転させてくる。至近距離で向き合うと、怖さと戸惑いと少しの期待感がない交ぜになって胸に押し寄せた。

「俺をからかうのもいい加減にしろよな。そういうところ、性格悪いぞ」

冗談交じりの口調で言われ上目使いに睨《にら》まれた。そして、仕事が始まるぞ、と言ったかと思えば、雨宮はさっさとトイレを出ていってしまった。

(照れてるのか？　嫌がってた？　え？　脈ありか？　……嘘《うそ》だろ)

ほんの数秒ポカンとした飯山は、ハッとしてトイレを出た。

「今日の昼はどこで食べるんだ？　もう決めてるんだろ？」

エレベーターを待つ雨宮の隣に立てば、間髪入れずにそう聞かれた。

「えっと……よ、洋食亭ラビニア、かな」

「いいな。あそこのオムライス好き。あ、でもハヤシライスもおいしいな」

どうしようかな、また決められないかも、とさっきのことなどなかったかのように話す。

「決まらなかったら、俺が決めてやるから」

飯山の言葉にこちらを振り向いた雨宮は、やんわりと微笑んだ。

「ああ、頼む」

この笑顔をずっと見ていたい。雨宮が傷つかないよう慎重に慎重に、少しずつ深く掘り下げて、この気持ちを染み込ませていきたいと思うのだった。

あとがき

こんにちは。ラルーナでは初めましての柚槙ゆみです。人生二冊目のＢＬ文庫をラルーナさんでありがたくも出版していただけました。

実はこの作品が初めて書いた複数ものです。ずっと書きたいなとは思っていたのですが、なかなか手が出ずにいました。

某コンテストでも日の目を見られず、もう一歩のところで書籍には至りませんでした。それをラルーナ文庫さんが拾い上げてくださいました（足を向けて眠れません）。

このお話は、愛情に餓え欲を持て余す受けを、複数の攻めが一斉に愛しまくる物語です。どんな攻めを書こうかなと、初めに色々考えました。とにかく愛されたい受けを幸せにするために、父親のような、恋人のような、友人のような相手から愛されれば満たされるのではないだろうかと思い、三人の攻めができあがりました。その中でも雨宮が一番心を奪われたのは、大人でドSな那花だったように思います。

さらに今回、美しいイラストを描いてくださったのは、電子でもご一緒させていただいた篁ふみ先生です。美麗なイラストをつけてくださって本当にありがとうございました。ラフを見せていただいたときに、あまりに美しくて「ほえぇ～」とおかしな声が出ました（笑）。完成イラストを見て、さすが、さすが篁先生や……と手を合わせました（笑）。

イメージ通りの攻めキャラたちが受けを捕らえています。何度見てもニヤニヤしますね。美しく描いていただき、本当にありがとうございました！

そして私を拾ってくださった担当様、感謝しております。また次もよいものを作り上げられたらいいなと思いますので、ご指導のほどよろしくお願いいたします。

最後に、この本を手に取ってくださった読者のみなさま、誠にありがとうございました。ページの関係でほんの少し書き下ろしをつけられましたし、とても満足な一冊となりました。お読みになって何かを感じられましたら、感想などいただけると幸いです。

それではまた、どこかでお目にかかれるのを楽しみに。

初夏の頃　柚槙ゆみ

歪な絆と満ちた情欲：電子書籍作品に加筆修正
押すか、引くか：書き下ろし

ラルーナ文庫

この本を読んでのご意見・ご感想・ファンレターなどお待ちしております。〒111-0036 東京都台東区松が谷1−4−6−303 株式会社シーラボ「ラルーナ文庫編集部」気付でお送りください。

歪《いびつ》な絆《きずな》と満《み》ちた情欲《じょうよく》

2019年9月7日 第1刷発行

著　　者｜柚槙《ゆまき》ゆみ
装丁・DTP｜萩原 七唱
発 行 人｜曺 仁警
発 行 所｜株式会社 シーラボ
〒111-0036 東京都台東区松が谷1-4-6-303
電話 03-5830-3474／FAX 03-5830-3574
http://lalunabunko.com
発　　売｜株式会社 三交社
〒110-0016 東京都台東区台東4-20-9 大仙柴田ビル2階
電話 03-5826-4424／FAX 03-5826-4425
印刷・製本｜中央精版印刷株式会社

 ISBN978-4-8155-3219-2